# 时光，若能重新来过

Yesterday Once More

无处可逃 作品

新世界出版社
NEW WORLD PRESS

**图书在版编目（CIP）数据**

时光，若能重新来过 / 无处可逃著. — 北京：新世界出版社, 2013.1

ISBN 978-7-5104-3788-5

Ⅰ.①时… Ⅱ.①无… Ⅲ.①长篇小说—中国—当代 Ⅳ.①I247.5

中国版本图书馆CIP数据核字（2012）第316655号

**时光，若能重新来过**

**作　　者：**无处可逃
**责任编辑：**丁媛媛
**封面设计：**弘果书装
**责任印制：**李一鸣　黄厚清
**出版发行：**新世界出版社
**社　　址：**北京西城区百万庄大街24号（100037）
**发 行 部：**（010）6899 5968　（010）6899 8733（传真）
**总 编 室：**（010）6899 5424　（010）6832 6679（传真）
**本社中文网址：**http://www.nwp.cn
**本社英文网址：**http://www.newworld-press.com
**版 权 部：**+86（10）6899 6306
**版权部电子信箱：**frank@nwp.com.cn
**印　　刷：**北京中印联印务有限公司
**经　　销：**新华书店
**开　　本：**710×1000 1/16
**字　　数：**260千字　印张：18
**版　　次：**2013年3月第1版　2013年4月第2次印刷
**书　　号：**ISBN 978-7-5104-3788-5
**定　　价：**28.00元

题记：

你一定经历过这样一个男子。
你因他大笑，
为他痛苦。
你曾以为他是你一生所系。
可最后陪你走完这一生的，
却并不是他。

时光，若能重新来过

# CONTENTS 目录

# I 人群投我以孤独

## 1

初秋的傍晚，落日熔金。带了余热的光线顺着尚且葳蕤繁密的枝叶间落下来，流淌在唐思晨的颈上、臂上，和着海边城市特有的润泽气流，有着微妙的温润舒适感。

唐思晨不由自主地伸出手，遮了遮刺眼的阳光，而地上的光影，顺势将指尖拔得更为修长。她的目光落在这双无比熟悉的手上，又猝然收回，重新插回裙兜里。如果是两年前……这双手一定还沾满了各色油料。至于现在，她有些自嘲，又有几分无奈地勾起唇角，继续往校门口的方向走去。

“思晨？”

似乎有人大声地在路的另一边招呼自己，唐思晨摘了耳机，有些迟疑地往身后望去。

团委的小费老师已经飞快奔至她面前，拉了她的手腕就往小路上跑，“来来来——帮个忙思晨，一时间找不到人了——”

唐思晨只来得及将耳机扯下来，问了句“干什么”，身子却不由自主地开始疾奔，最后气喘吁吁地站在了大礼堂台阶下边。

说是“小费老师”，其实费祎平是唐思晨本科时的同学，因为留校工作，现在见面的时候，唐思晨就半开玩笑地喊她“小费老师”。

“DAB今天宣讲会，帮忙守下侧门，那几个学生赶不过来……”

费祎平焦头烂额的模样，实在无法让唐思晨说出一个“不”来。她只能点了点头，费祎平转身又进礼堂里去布置了。

唐思晨重新将双肩包背好，老老实实地开始帮忙，拦住了一个试图偷偷溜进去的女生，“同学，有票吗？请出示一下。”

宣讲会的时间是七点半，而人潮却汹涌不断，一波一波的，五点多就有学生结伴而来了，大有将这个海大最宽敞的大礼堂挤满的趋势。

唐思晨百忙之中看到竖在一旁的宣传板，DAB的LOGO简单却极有存在感，页面也是极清爽的，很符合当下年轻人的审美观。从今天热烈的反响看来，这家充满活力的高科技企业，对于海大的莘莘学子来说，有着无可比拟的号召力。

说真的，唐思晨之前近两年的时间一直在外地的小城，许久没见过这样热闹的场景了。有票的同学在往前挤，而门边还眼巴巴地等着好多没票、却希望借机混进去的学生，这让出入成为一件异常困难的事。唐思晨守了这里忘了那里，被人群压迫着，只觉得头昏脑胀。

七点钟的时候，有工作人员逆着人流从礼堂里边艰难地走到侧门，大声通知：“同学们，礼堂已经满了。不再进人，对不起，请离开吧。”

唐思晨松了口气，心想终于可以离开了吧？

人群中静默了一瞬，骤然起了一阵喧哗，有愤怒的声音在喊：“我们明明有票，为什么不能进去？”回应越来越强烈，那股由人流汇成的巨大力道，势不可挡地向窄小的侧门推进。

唐思晨就站在这股迎面而来的力道最前沿，眼前一黑，顿时就喘不过气来。混乱之中，她被人推搡着，只觉得自己像是一叶小小的扁舟，被扔进了巨浪中，连时空都能一并撕碎。

她的手足变得冰凉，脑海里一片空白，却下意识地将双手抱在胸前，因为记忆里仿佛有一个人，尽全力地将自己保护在角落，低头望着自己的眼睛，沉静地说：“把手放在胸前，别怕。”

恐惧、混乱、黑暗，不知过了多久，脚上的剧痛一阵阵地传来，唐思晨终于彻底清醒过来。眼前分明是人山人海，却并没有那个模糊的人影……之前的一切，不过是自己的臆想罢了。失落隐隐而来，加上周遭的闷热与汗湿，唐思晨忽然有些事不关己地想到，她……会不会在这里被人踩死？

东倒西歪中也不知坚持了多久，直到人群外响起了扩音器的声音，“同学们，请不要再往前挤。大礼堂前会有投影屏幕，大家可以就地观看，请不要再往前拥挤——”

反复播出数遍后，巨大的冲力终于渐渐和缓下来。

也就是这瞬间，又有几个年轻人挤了进来，拦在侧门前，重新筑起一道人墙，终于把里外隔开了。

因为有了空隙，唐思晨终于忍不住蹲下去，手指抚在被踩肿的脚上，疼得说不出话来。

身边一个陌生的年轻人扶起她，“同学你没事吧，要不要去医院？”

“不用，谢谢。”唐思晨深呼吸一口，努力将剧痛压下去，“没关系。”

“小叶，你陪这位同学去医院看看。”

是一道很特别却又很低醇的男声，这样平淡的一句话，并不是在商询，是指示，又或者是吩咐，不容置喙。

小叶扶着唐思晨离开的时候，她匆忙间回了下头，只看到一个穿着黑色Polo衫与灰色长裤的挺拔背影，被人群拥簇着，从另一个门进去了。

几个团委的同学忙着组织纪律去了，而那个叫“小叶”的年轻人异常地坚持，唐思晨到底还是被送去了校医院。

车子是银色的沃尔沃，唐思晨坐上去的时候略略有些不安。

“校医院是在……”小叶十分有礼貌地回头问她。

“往前开一点儿，就那幢灰色的房子。”唐思晨指着路，又补充了一句，“其实不用送我去的，很近……”

“不行。”小叶没有回头，却彬彬有礼地拒绝，理由很是冠冕堂皇，“DAB的企业文化中最受重视的一项是以人为本，我们来海大宣讲，却置受伤的同学不理，传出去不成了自毁招牌吗？”

唐思晨没有再争辩，“好吧，谢谢你。”

“哎，你们学生会组织得可真不怎么样。”小叶见她皱着眉头，以为她是怕痛，随便扯了几句，“我们老板一进门，脸色就不大好看了。”

“你们老板是？”

“徐泊原啊，刚才他说送你来医院的。”

后边没有发出意想之中的一声惊讶的“啊”，小叶不禁侧头看着她。

这个女生只是安静地坐着，脸色发白，黑白分明的眸子里露出几分茫然，倒是有几分漠不关心的样子，似乎没听说过“徐泊原”这个名字。

“你没听说过吗？”

唐思晨很礼貌地摇摇头，“不熟悉。”

小叶抚额，心中断定这个学生和社会已经脱节不少时间了。

事实上，唐思晨对这个名字，确实很不敏感……甚至对于DAB，她的印象也只停留在刚刚看到的企业LOGO上。从艺术角度来说，这个设计很不错，简单却不失简洁。

校医院只剩急诊室亮着灯，小叶扶着唐思晨坐下，又摁了摁电铃，值班医生一边拿钥匙开门，一边打着哈欠，“怎么回事？”

唐思晨一蹦一蹦地，挽起了长裙，“脚被踩肿了。”

医生简单检查了下唐思晨被踩肿的脚趾，唰唰地开始在病历上写字。

“她没事吧？”小叶问医生，“严重吗？”

“别的科室下班了，这里检查不出来。”医生耸耸肩，“我开张证明，你们去中心医院的骨科做下检查吧，拍张片看看有没有骨折。”

小叶正要接话，手机响了起来，他转身去接，“是，我还在校医院。您稍等一会儿……好的。”

挂了电话，小叶十分果断地拿了医生开的证明说：“我去安排车子，现在去医院吧。”

唐思晨只是不置可否地拿起了自己的书包。

一直走到校医院门口，她才不着痕迹地推开了小叶的手臂，微笑着说：“就送到这里吧。您一定很忙，不打扰了。我现在好多了，自己可以回宿舍。”

小叶有些愕然。

“我先走了。”唐思晨挥了挥手，没有给他多考虑的时间，“我的脚真的没事。不浪费你的时间了。”

徐泊原和DAB的王副总走在海大校园里，谈论着今晚的宣讲会。不得不说，之前组织活动的不力，让这位习惯了凡事井井有条的DAB帝国决策人有些失望和不快。当然，徐泊原并没有想到，或许是因为自己的出现，才导致了这样的混乱。

他当然不会出现在DAB每一场宣讲会上。之所以这一次特意来海大，于公，DAB从不放过最出色的人才，而海大的计算机系排名一直是全国第一；于私，徐泊原是因为一个人，而有些想了解这个学校。

此刻他放松地在校园中呼吸着日暮后的空气，一辆银色的车子停在路灯下，助理小叶看着渐渐走近的两人，扬声招呼说：“徐先生，王副总，这里。”

“那个女孩没事了吗？”徐泊原坐上车后，才想了起来。

小叶刚刚插上车钥匙，无奈地伸手夹起前座上那张医生诊断证明，“她说自己没事了，刚走。”

白色的纸张唰地响了响，从眼前一晃而过的时候，借着车内的灯光，徐泊原觉得自己抓到了一眼那个名字。

抿了抿唇，他淡声问道：“那女生叫什么名字？”

“唐思晨。”小叶很快地说，发动了汽车。

车子平稳地启动，滑进夜色中。

记忆深处似乎还带着小小的阴影，徐泊原忽然说：“她真的没事？”

“医生说最好去中心医院拍片看看，有没有骨折。”小叶说，“不过她坚持说不用了。”

或许是觉得徐先生的态度太过认真了一些，小叶好奇地看了后视镜一眼。

“小叶，在这里停一下车。”徐泊原沉吟了一会儿，“你和王副总坐后边的车走。我还有些事要去处理。”

车子追上唐思晨，并没有花多少时间。

她正走在海大最美的一条大道上。路边是一幢幢的小楼，墙壁上满是爬山虎。因是初秋，有些叶子落了，有些却还没有，带着脆生生的焦黄，被微风拂着，唰唰作响，有如天籁。

身边忽然有刹车的声音，唐思晨从这样的静谧中抽身，退了一步，眯起眼睛看着从车上下来的男人。

黑色Polo衫，灰色长裤，这个陌生的年轻男人一手扶着车门，侧了身子打量自己，彬彬有礼地问：“是唐小姐？”

唐思晨的思绪有片刻的停顿，尤其是目光掠到那双深不可测的双目之时，她忽然察觉出自己心跳的些微加快。

半边侧脸都隐匿在黑暗中的男人，和记忆中的某个人竟然这样相似。

她难以克制地去望向他的眸子，努力想要猜测他在想什么，可那里就像是大海，无垠无际。便是纵身而入又如何？其中小小的旋涡，便能将你吞噬，而他，只是回望你，不动声色。

“徐……”唐思晨回过神，发现自己记不清那个名字了，小心翼翼地顿了顿，试探性地问，“你是徐原泊先生吗？”

徐泊原浅浅笑了笑，低头望向她的脚，并不甚在意地说：“徐泊原。”

“呃……”唐思晨微微涨红了脸，有些不好意思地摸摸鼻子。

“我想确认一下，你的脚没事吧？”

“唔，没事。”

“是不是没事，医生说了才算。”徐泊原替她扶住车门，用十分轻松的语气说，“上车吧。”

## 2

尽管心里那样抗拒去医院拍片，唐思晨坐上车之后，才有些恍惚地发现，自己怎么会……被这个从未见过面的男人给说服了呢？

一模一样的话，助理小叶之前说过，徐泊原再说一遍未必多有新意。可是当这个男人认真看着你，用不疾不徐的语速，温和妥帖地告诉你该做什么的时候，你会觉得，自己之前是不是在无理取闹了？又或者，是做了一些不该做的事了？于是很快地妥协，照他说的去办。

唐思晨不禁又转过头，看了一眼身边坐着的男人，心中暗暗地揣测着他的年龄。

修剪得颇短的黑发，看得出很是浓密；眼窝处微微有些下陷，与极挺的鼻梁两相映衬，愈发显出五官的立体……如果他只是这样坐着的话，她猜他可能二十七八岁？

许是察觉到唐思晨的打量，徐泊原索性侧过头，微笑着询问：“唐小姐是海大的学生吗？”

“哦，是。”唐思晨回过神，礼貌地迎上他的目光，笑了笑，心中在想的却是……他的语气像是在询问一个孩子。

“我猜你……不是本科生吧？”

“毕业两年多了。”唐思晨有些自嘲般摸摸脸颊，她看起来这么老了吗？竟一眼让人看出不是本科生。

“那现在？”

“研一。”唐思晨微微扬起下巴，有些出神地望着窗外流逝而过的夜景，路灯的光影如琉璃色般在视线的尽头连绵。

徐泊原不动声色地将她的神色掠在眼底，目光从她身上那件简单到毫无特色的白色T恤上移开，浅浅问道：“唐小姐是艺术系的吧？”

“不——”唐思晨有些诧异地看了他一眼，似乎在揣测他真实的想法，隔了许久才回答，“我是历史院的学生。”

徐泊原有些惊讶，不是因为这个回答，而是她的表情——看起来这个问题像是触到了什么阴冷而难以言说的禁忌，让这个小姑娘一下子沉默下来，转头望向窗外，再不说话了。

唐思晨专注地看着窗外夜景时，口袋里的手机振动了一下，她掏出来看了看，原来是当日的手机报。随便拉了几页，直到科技讯息那里，她的视线停顿了一下，似乎在介绍DAB最新的一款音乐播放器上市，粉丝疯狂抢购限量版。再拉到经济版，是DAB与国外某知名软件公司的战略合作协议的新闻，还配了一张图片。

图片上的人，好像就坐在自己身边，沉默而专注地开车。

唐思晨不禁挑起眉，趁着红灯，她将图片给他看，又有些好奇地开口说：“徐先生，这是你吗？你好像很有名的样子。”

徐泊原一愕，随即舒展了眉微笑，“这要看你怎么定义名气。”

这句话说得异常轻松，仿佛名气于他，并不是一件必需品，也不值得为此付出什么代价。这份豁达，倒让唐思晨微微一怔。

车子开至停车场，徐泊原扶着唐思晨下车，轻托她的右臂，十分巧妙地使着力，尽力让她轻松一些，却又技巧性地保持着彼此的距离，不会让年轻女生觉得尴尬。

“你介意我称呼你思晨吗？”徐泊原微笑着说，“这样听起来亲切一些。”

“哦，当然不介意。”

“思晨，你好像有点紧张。”徐泊原笑了笑，急诊大厅的灯光从前边落下来，让他的侧脸看上去轮廓分明，而他的声音带着浅浅的暖意，“拍片又不会痛，不用怕。”

徐泊原的气息拂过唐思晨的耳边，带起一阵痒意。唐思晨情不自禁地抬头看了他一眼，眼神却是渗透着苦涩的，仿佛有些勉强，“我并不是在怕。”

“那就好。”徐泊原摁下电梯的上行键，微笑着说，“很快就好了。”

唐思晨后来才颇为迟钝地想到，徐泊原一定是已经将一切都安排好了，否则检查就不会这么顺利，这么迅捷。

值班医生替她检查完，又拍完CT，从骨科出来的时候，她便看见徐泊原坐在走廊的长椅上，手指在膝盖上打着节拍，一下又一下，沉稳而宁静。只是此时此刻，唐思晨忽然冒出一个古怪的想法，即便是等人，这位徐先生也永远是风度最为优雅的那一个。

她站在素白的走廊，心神不稳，尽管印象单薄得几乎只剩下模糊的光影了，可记忆中还是有一个人……一直在等着自己。他不像眼前的徐泊原——假若徐泊原如同百年发酵后的名酒，醇厚甘冽，那么那个人并没有那么好的耐性，他热烈青葱，灼烧得如同盛夏的太阳。

她倚在墙上胡思乱想，徐泊原便已经敏锐地抬起头，微笑着站起来说：“好了？”

唐思晨点点头。

“实在对不起，公司里有一些急需处理的事，我必须得回去。”徐泊原仔细地观察她的神色，“我的助理和你们学校一位老师正在赶过来，马上就到了。”

“你有事就先走吧，我没事的。”唐思晨连忙说，摆了摆手，加重语气重复了一遍，“真的没事。”

徐泊原颔首，略略沉吟一会儿，“抱歉，没有带名片出来。思晨，如果你不介意的话，方便留下你的手机号码吗？”

唐思晨报了一串长长的号码，道了别，看着这个身形挺拔的男人渐渐离开自己的视线，这才慢慢坐了下来。

不知为什么，和这样一个滴水不漏的男人相处，她觉得难以抗拒，所以有些吃力。唐思晨微微仰头靠着木椅后边的墙面，却又出人意料地听到一阵脚步声，像是什么东西失而复回。

她睁开眼睛。

徐泊原还是回来了，俯下身，皱着眉打量唐思晨，并没有掩饰起担心，“我还是在这里陪着你。你的脸色很不好。”

唐思晨伸手抚抚自己的脸颊，她猜自己的脸色一定白得太可怕了，于是重重呼吸了一口，“我不喜欢医院。”

走廊上的白色灯光倾泻在她毫无生机的两颊上，她的气息……似乎微弱得难以察觉。徐泊原很深地凝视她，良久，在她身边坐下，却伸手过去，握了握她已经放回膝盖上的手。

唐思晨吃惊地瞪大了眼睛。她……并不喜欢与人肢体接触。可是眼前的徐泊原，似乎是一个例外。他的掌心十分温暖，指腹摩挲过女孩的手背，微微有些粗糙。

他很快地放开，没有任何其他的意味，只是鼓励——而这个动作的含义，又远胜于一句“别紧张”。

脸颊上红晕如轻雨般拂过，唐思晨笑了笑，轻声说：“谢谢你。”

坐了一会儿，走廊尽头，电梯叮的一声打开了。

费祎平小跑着过来，一把抓住唐思晨的手，喘着气说：“你没事吧？”

唐思晨反过来扣住了费祎平的手腕，轻轻晃了晃，小声说：“没事。”

费祎平的脸色不比唐思晨好，眼神里全是小心翼翼，端详了她足足有十秒时间，才舒了口气。

片刻之后，小费老师将目光移到了唐思晨旁边的男人身上，嘴巴十分技巧地张成一个小小的圆形，想要说些什么，却又完全说不出来。

费祎平当然不会像唐思晨那样，对徐泊原一无所知。她刚刚亲眼见识了海大学子的热情——这种热情实在是过了头，竟然有人下午三四点就溜进大礼堂占座，这也导致了一部分有票的学生进不去，最后差点酿成踩踏事故。而素来以理智著称的海大学生们，并不是对谁都抱有这样高的热情的。

“徐先生？”费祎平在自己毫无察觉的时候红了脸，“您……还在这里啊？”

“你好。”徐泊原和善地笑了笑，低低对助理说了几句话，便对唐思晨说，“看起来我不用陪在这里了。”

“当然，您请便吧。”

“小叶，有了结果告诉我一声。”徐泊原和两个女孩子一一道别，这才妥帖礼貌地离开。

唐思晨看着费祎平想问却又强忍着的痛苦表情，微微笑着转开脸，却看见医生探了头出来，招呼了一声，“唐思晨？”

用力抿住了唇，手指掐在了费祎平的手臂上却毫不自知，唐思晨深呼吸一口，尽量平静地说：“是我。”

“过来拿报告。”

费祎平抚慰般拍拍她的肩膀，扶着她站起来。

白色的走廊，阴冷的过堂风，古怪的气味，影像层层重叠，唐思晨强忍住轻微的晕眩感，慢慢走向办公室。

“我就说结果没事的嘛。”走出急诊大厅的时候已近深夜，费祎平笑嘻嘻地说，“谢天谢地。”

“我也说了没事。可是就是有人不信啊。”唐思晨半开玩笑地望向小叶，“谢谢你了。如果见到徐先生，也请一并代我谢谢他。”

车子开至海大的学生宿舍，费祎平扶着唐思晨上楼，一边悄声问她：“是徐泊原亲自送你去医院的？”

唐思晨有些茫然地搔搔头说：“是啊。”

费祎平露出“不知道该说什么”的样子，过了一会儿，加重语气感叹说：“徐泊原哎！”

唐思晨忍不住沉思，“他应该没什么可能看上我吧？”

“狗屎运能走两次吗？”费祎平有意轻嗤了一声，不屑一顾。

唐思晨低头找钥匙，手轻轻一抖，串着玩偶的钥匙链便啪的一声，落在了地上。

“思晨……”

小费老师发现自己又一次说错话的时候，有些忐忑地扯了扯好友的袖子。

唐思晨还是在摸索着那个仿佛忽然隐形不见的钥匙孔，直到“咔”的一声，扭开了门锁。

顺手摁下点灯开关，唐思晨侧头向不安的好友露齿一笑。日光灯跳亮的那个瞬间，忽明忽暗的光影转换，无声地落在她长长的睫梢末端，眸色灵动又狡黠——这让费祎平有些恍惚，像是看到了本科时那个爱笑爱闹的糖糖。

“糖糖……”

听到这个名字，唐思晨下意识地怔了怔，很快掩饰起了表情，“你要不要和我挤一晚上？今天挺晚了。”

“好啊。”费祎平连忙掩饰起适才的表情，笑着说，“你导师对你真好，特意帮你申请的单人宿舍呢！”

她大咧咧地在书桌边坐下，目光便扫向了那一排足有砖头厚的书上。大多数是敦煌卷子的影印版本，甚至书卷的旁边还放着一个放大镜。费祎平回头望着在倒水的唐思晨，眼神倏然间便黯然下来……她认识的唐思晨，应该是那个整日泡在画室、在色彩与线条间毫不吝啬地泼洒自己天分的艺术系女生啊！

从什么时候开始，她却只能埋首在故纸堆里，终日检校史籍了呢？

“哎，你小心哦。”唐思晨一把拍掉费祎平抚着书页的手，“这些书原本不让带出资料室的。弄坏了我可没钱赔。”

讪讪笑了笑，费祎平小心地打量着唐思晨的神色，开口说：“思晨，那个时候……”

仿佛预料到了她会说什么，唐思晨若无其事地转过身，“睡觉了，小费老师。明天我还要早起呢。”



## 3

翌日是周一。费祎平睡得迷迷糊糊的时候，听见起床的声响，摸索出手表看了看，“你怎么这么早起床？”

“习惯了。”唐思晨扎起马尾，看了看时间，“你再睡一会儿吧，还早呢。”

到底还是爬起来了。费祎平一边打着哈欠穿衣服，一边问：“改作息啦？以前你不是最爱熬夜睡懒觉的吗？”

“在敦煌的时候没办法，早晨是光线最好的时候，很早就要进窟龛了。”唐思晨喝了口水，一边查看着资料，一边说，“而且那边天亮得也早。”

“那边……真的有这么好吗？”费祎平洗脸的动作顿了顿，“思晨，你对我说实话，不要赌气。”

“赌气？”唐思晨失笑，伸手托了下颌，慢慢地说，“我为什么要赌气？”

费祎平张口结舌了一阵，却始终没说出个所以然来，闷闷地洗完脸，说：“我去吃早饭，你去不去？”

“一起去吧。”唐思晨站起来，略略收拾了一下，“我要去博物馆。”

走出海大校门的时候还很早，甚至没到工薪族们上班的时间。

踩在舒脆金黄的梧桐树叶上，唐思晨步行前去文岛市博物馆。

空落落的大街上还披着淡淡一层薄雾，像是尚未拉下轻纱的少女，若隐若现间，这个城市尚未露出狰狞、且弱肉强食的一面。等红灯的时候，唐思晨若有所思地望向那幢风格凝重的青灰色建筑，拢了拢肩膀，发现秋日的凉意，已经渐渐渗进了这个城市的风声中。

敦煌艺术大展会将于下星期在文岛市举行。而唐思晨的导师是国内外赫赫有名的敦煌学专家钱之焕先生，作为展览方特邀的顾问，也投注了不少心力。于是每日赶去博物馆，与工作人员商讨布展事宜，也成了唐思晨这段时间最重要的工作。

今天将会检查最后一个洞窟的电子导游录音。唐思晨一边听，一边记录要点以便比对：

"仿248窟，北魏时期。中心塔柱式，西向……佛陀袈裟边缘的石青色，与整体的红色对比十分强烈。这个洞窟是莫高窟早期洞窟中的代表……"

差不多快结束时，手机响了。号码是陌生的，可是声音非常熟悉，一句"徐先生"便脱口而出。

"是我，思晨。"那个人随意省略了唐思晨的姓，遵守昨晚的约定，并没有将她称为"唐小姐"。

"我的脚没事，多谢你的关心。"唐思晨主动说，"也谢谢你送我去医院。"

徐泊原只是笑了笑，掠过了这个话题，"你在学校吗？有时间一起吃个饭吧？"

唐思晨握着听筒，朝着电梯方向走了几步，又倏然止住，"为什么？"

电话那边默了一瞬，徐泊原的声音听起来依然十分平静，"没什么。我只是觉得，和你很投缘。"

唐思晨想了想，"好啊，有机会的话。不过最近我都不在学校。"

"我希望，这个电话……和之前的要求并没有太唐突你。"挂电话前，徐泊原到底还是补充了一句，以十分诚恳的声音说，"你知道，我并没有恶意，只是想与你做个朋友。"

这个年轻男人，轻而易举地，就会有一种让人信赖他的力量。

唐思晨相信他的话，毫无道理地，觉得假若自己一味排斥，倒会显得不够大方。

"当然不会。徐先生，我最近都在博物馆筹备一个敦煌大展，有兴趣你可以来看看。”

“好，一言为定。”

这个电话之后，唐思晨没有接到徐泊原的任何消息。事实上，她也几乎忘了自己还有这样一位朋友，因为在紧张而细致的筹备之后，敦煌艺术大展如期开幕。

因是敦煌艺术，此次展出包括了敦煌壁画、雕塑、经卷乃至于精仿的窟龛。文岛市博物馆一层的全部展区，经过数月的准备，精心仿制了十二个极具典型性的精品洞窟，对参观者开放。

而此次大展在文岛市的受欢迎程度，也超过了所有人的预期。

博物馆原有的开馆时间是每日早上九点，因为人流量的暴增，不得不提前到了八点半，而闭馆时间，也顺延了半小时。即便是这样，每天早上便有人提早两个多小时来排队等候入场。到了高峰期，队伍能在广场上绕上好几圈。至于团体预约，也是源源不断。

敦煌这个词，就像是奥运会，或者世博会，在这个城市，随处可闻。而工作人员们，除了满负荷的运作外，也由衷地觉得欣慰。

每日惯常的整点检查，唐思晨踏进展室，仪器还在测试着文物的各种指数，包括参观者带来的二氧化碳、潮湿度对壁画的损害等等。

她检查了一会儿仪器，忽然听到有人在抱怨，“灯光怎么这么暗？而且还不能拍照？”说完还用手电去敲了敲墙壁。

博物馆的志愿者连忙上前阻止，那个游客却理直气壮地说：“反正是假的，有什么关系？”

唐思晨拦住了志愿者，站在了壁画前，用不卑不亢的语气说：

“这位先生，希望你能明白，这一系列的仿制窟龛中的壁画、雕塑均是名家所制。经过敦煌研究院数十年的精心研究仿制，本身便是了不起的艺术品。”她顿了顿，“敦煌壁画的色彩线条因为种种不可抗的原因在退化、消失，即便有现在的科技保护，我们能做的，也不过是将这种退化延后数十年。如果有一日，它真正地消失了，那么我们能看到的，便只有这些你不在意的壁画以及影音资料了。所以为什么不能拍照，您能理解了吗？”

因为气愤，她的语速有些快，她不明白……为什么周围永远会有只拿自己的思维方式来衡量世界的人存在，也不懂那些人为什么永远这样的理直气壮。

她的情绪有些激动，或许是因为这样，那人倒什么都不敢说了，快快地走开。唐思晨平复了下呼吸，穿过人群，走向塑像展区。

雕塑展区里的，却是一片童真，终于让唐思晨的心情微妙地好转了。

塑像以栏杆围起，而周围坐了一地的小朋友，大概都是五六岁，手里捧着纸笔，正在做写生作业。横亘一地的，还有各式各样五颜六色的小书包、蜡笔，他们一个个都低着头，涂涂画画，很是认真。带队的老师穿梭其中，时不时低头指导小朋友们画画。

唐思晨忍不住笑了笑，悄悄走了进去。

或许真的只是巧合。

只比她晚到数分钟，在这个展区的另一个侧门，被人群簇拥而来的徐泊原忽然驻下了脚步，饶有兴趣地望向极为明净的雕塑展区，微微挑起了眉梢。

初唐时的塑像默然立着，佛祖左手平伸向上，作与愿印，眸梢轻轻飞扬，袈裟垂低，神态安宁。从落地窗外落到室内的阳光柔和地陈铺在深红色的地毯上，悄声慢语间激起尘埃飞旋，轻灵静谧。

陪着徐泊原一道来的工作人员向他解释说：“徐先生，今天上午有特别给小朋友们安排素描写生……”

徐泊原的目光似乎落在其中一个身影上，良久，才微笑着转开视线，“这样做很好。”

“要不我们先去壁画馆吧？”

“我想过去看看。”徐泊原迈出了半步，重又回头吩咐说，“请不要打扰他们。”

在身后十数道诧异的目光中，徐泊原毫不迟疑地踏入展厅内，站到了一个小男孩的身后。

此时面对的是一尊颇为复杂的佛像，孩子们想象力便异常的丰富起来，表现在“作品”上，有人将佛像的高髻换成了一朵花，也有人将菩萨身上的锦裙改短，总之，色彩五彩斑斓，很是童稚可爱。

眼前的小男孩，绝对属于“自由发挥”型的选手了。

假如光看白纸上那一堆黑漆漆的线条和椭圆的组合，大概没人会猜到……他画的是一尊佛像雕塑吧……

小男孩画了一半，左右张望了一下，好像还是身边的同学们画得比较好啊……他又低头看看自己的……有些自卑地扁了扁嘴巴。

“小朋友，画得很好啊。”一直蹲在旁边的一个陌生的姐姐忽然说，“你看你看，你和别人画得都不一样呢。”

小男孩睁着圆圆的眼睛，充满期待地望向这个不认识的姐姐。

而那个姐姐，也不负众望地，开始努力夸奖这个很有“艺术天分”的小朋友，也不管他能不能听懂，“抽象画派就是这样的啦”、“线条也很好看”……总之，要让他认识到，这些是褒义词。

正当唐思晨为了孩子能听懂的表扬而绞尽脑汁的时候，身后有人轻轻笑了一声，温热的气息近在耳侧，她不禁一怔，微微抬起了眼眸。

半身高低的玻璃围栏上倒映出半个身影，她看不到上半身，只见到笔挺的黑色西裤。

虽然觉得不可思议，可她……似乎能猜到，身后站着的究竟是谁。

于是仓促间唐思晨要站起来，只是蹲得久了，双腿发麻，身子蓦然间失去了平衡，她又狼狈不堪地摔回地上。

那双手没来得及拉住她，只能适时地伸到她面前。唐思晨有些窘迫，徐泊原便十分自然地抓住她的手，将她拉了起来。

他的掌心有些粗糙，虎口扣着唐思晨的手腕，然后……他有些好笑地盯着自己的掌心——满满一手掌的油彩。而唐思晨，也有些发愣地看着自己的手掌，讷讷地说不出话来。

旁边的小朋友有些郁闷地喊：“姐姐，你把我的油彩弄翻了。”

唐思晨咳嗽了一声，定了定神，“徐先生，您怎么在这里？”

徐泊原还来不及回答她，身后的工作人员已经敏感地发现这场小骚乱，走了过来，“徐先生，要去整理一下吗？”

徐泊原转头看着唐思晨，“一起去吗？”

“好……”看着他身后的人群，唐思晨忍不住问，“您是来……”

人多的时候，横亘在彼此之间的，就不止是有过数面之缘的朋友关系了……更多的，大约还是彼此间身份带来的距离感，这一个“您”，也终于让一直以来做闲适状的徐泊原轻轻地蹙了一下眉。

此刻的确不是聊天的好时候，徐泊原只是简单地说：“来随便逛逛。”

唐思晨看了看他身后的工作人员，忍不住想，随便逛逛是这样的排场，正式来了，该会怎么样呢？

略微整理清洁之后从卫生间出来，唐思晨有些意外地发现徐泊原并没有离开。他靠在洗手间外狭长的转廊中，似是一直在等她。

“如果不介意，我更愿意听听专业人士的讲解。”徐泊原毫不客气地提出了自己的要求，唇角的笑却是显而易见的，“唐小姐有空吗？”

这个男人很懂得以进为退，唐思晨没有拒绝的余地，只能问：“你对敦煌艺术很感兴趣？”

“事实上，你没发现吗？”徐泊原温和地说，“这个大展的导览器、预约机，都是DAB赞助的。”

“呃……”唐思晨看看手中的那款触摸式全新讲解仪，尴尬地笑笑，夸奖说，“难怪，很好用。”

## 4

原本大批跟随的工作人员，被徐泊原以“不需要这样大张旗鼓”为名婉拒了。而他跟着唐思晨，颇有特权地，踏入了一个今天因维护闭展的仿制洞窟。

“仿427窟，开凿于隋朝。”

甫一踏入，唐思晨便听到身后轻轻一句赞叹声。

这是每个踏入这里的参观者下意识的反应。

唐思晨示意他将手中的手电打开，光圈对着南壁，让壁画更加清楚一些，“这个窟的特色便在这里。徐先生你看这些飞天，明明图画是静止的，可你从这个角度看，像不像满壁风动？”

徐泊原并没有说话，只是微微眯起眼睛，望向那大片的蓝色。

飞天一身接着一身，急速地掠向中央佛，身后飘带翩跹，流云被拂得四散。蓝色的衣身与褐色墙壁交织，颜色变幻之间，光影错落奇妙。

“满壁风动……”徐泊原重复了一遍，“汉语很美，我难以想象，还有什么词语可以媲美此刻的场景。的确满壁风动。”

唐思晨微微侧着脸，身处检测机器嗡嗡的声响中，一言不发。

徐泊原将视线收回来，忽然发现，她安静凝望壁画的神情……似乎更能吸引自己的目光。她似乎和他一样，第一次踏入这个洞窟，好奇与敬仰这样明显地表露出来，显而易见的，唇角的微笑都沉醉其中。

究竟是要怎样的坚持，才能对这些几乎能熟视至无睹的东西，一如既往地保持热情？

徐泊原若有所思地一步步走近她，直到手电的光影中，两人的影子交错重叠。

“你在敦煌待过一段时间？”

“两年。”唐思晨并没有察觉两人间的距离正在渐渐拉近，“过段时间还要回去。”

他的脚步顿了顿，缓缓地问：“为什么？”

这个问题毫无意义，他看得到她眼中的热爱与执著，眼前这个看似单薄的女生，并不是一个轻易会放弃理想的人。可他忍不住要问，他想听她自己的回答。

唐思晨回头望定他，浅浅地笑起来，“虽然比喻不恰当，可我觉得徐先生你一定能理解的，这就像是……DAB之于你，你不觉得它，非常重要吗？”

对于这个答案，徐泊原并不惊诧，他在冷寂的洞窟里轻轻颔首，锋锐的侧影被润泽了数分，他的声音低沉而妥帖，“我完全能理解。”

从数个洞窟转出来，徐泊原看看时间，提议说：“午饭时间了。”

唐思晨瞅瞅他，有些迟疑。

“一顿午饭而已，不然我去帮你向领导请假？”他依然微笑，“我保证，不会耽搁很久，下午我还要赶去别的地方。”

唐思晨忙说了声“好”，心想与其扭捏着惊动了领导，还不如大方地答应。

就近去了博物馆的餐厅“风雅颂”。说起来，文岛市博物馆整体运营相当的成功，除了极有特色的纪念品外，就连餐厅都入选了美食网上“特色餐厅”之一。典型的中式风格。招牌菜无不与文物有着关联。招牌菜是肉羹，容器是极古朴的青铜器；而翡翠白菜的叶片上有一只碧绿的蝈蝈，长须细腿，用面粉雕成的，栩栩如生。

雅座是在二楼，临窗，采光极好。这一日又恰逢天晴，阳光热烈地自外落进来，足以让唐思晨看清这个男人清隽分明的轮廓与闲适安然的表情。他还在等着她先坐下，手中很是随意地挽着一件黑色西服，海蓝色细纹衬衣与笔挺的黑色西裤，将体形拔得更为修隽。

她忽然觉得这个侧影这么熟悉，清爽的短发，并没有微笑、却总是微微勾起的唇角……唐思晨怔了怔，是强光迷糊了视线吗？她怎会生出这样的错觉？

“周末有空吗？”对座的徐泊原并未察觉出她的失神，十指交叠地放置在桌前，凝神看着她，“作为朋友，我想你不能拒绝我这个邀请。”

“什么？”

“因为，是我的生日聚会。”

唐思晨脱口而出：“你几岁？”

这个问题……即便是提出者本身，也不由地抿了抿唇，有些不好意思。

“三十。”徐泊原略作沉吟，笑了笑，“过了周末就是了。还有，不用不好意思，随便翻哪本杂志，上面都有我的资料。”

哦，三十……唐思晨重新端详他，他是跨入了一个男人最好的那段时光吗？岁月恰如其分地将过往的青涩打磨去了——假若是一块上好的玉，那么此刻便是最温润端泽的时候。

而唐思晨的确从未见过一个人，可以将气度这词描摹得如此优雅。

“呃，我……”

他坚持，笑得有些意味深长，“我会来接你。其实只是朋友聚会，很随便，你来了就会知道——我的朋友各式各样，你会觉得很有趣。”

唐思晨自觉不是他的敌手。

这顿饭吃了一个小时，而唐思晨之所以将这个时间记得这样清楚，是因为与他聊天非常的舒服，无论你说起哪个话题，他都认真地看着你，然后真诚地回应。唐思晨甚至觉得，他若去做访谈节目，也绰绰有余。

在戛然而止之前，徐泊原低头看了看时间，接着略带抱歉地说：“恐怕我得走了。”

她忙说：“没关系，我也要工作了。”

回至博物馆的门口，早有车子候着了。徐泊原一手插了裤兜，回身慢慢说：“那么我们周末见。”

唐思晨笑了笑，看着司机拉开车门，转身离开。

助手坐在前座，递了手机给他，“徐先生，电话。”

徐泊原接过来，那个名字还在闪动，他略微一怔，望向高高台阶上那徉回走的身影上，终于还是接起来，“远川？”

转眼距周六仅一天，困扰唐思晨的却是，她……该送什么礼物给这位“新朋友”呢?

名牌手表、钢笔、袖扣……这些她买不起，可即使买得起，他亦不会如何喜欢。不知为何，唐思晨就是这般认定了，仿佛那一天，徐泊原在医院的停车场，用淡然的语气说：“这要看你如何定义名气。”

很多东西若是在力所能及的范围之内，轻而易举地可以获得的，那么一个人断然是不会再如何珍视了。

唐思晨站了起来，打开了那个许久不曾开过的书柜。

翌日傍晚，唐思晨从博物馆出来，司机已在广场边等了许久。她觉得有些不好意思，司机却是惯常等人的，笑笑说：“没关系，还早，还早。”

因是周末，人流比往日还要多些。车子在川流不息的城市交通中，亦步亦趋地往城东行去。这个初秋，还有着几分燥热在，车子里却很清凉。凉风徐徐地吹来，瑰丽的夕阳自天边折射下数道光线，其中一些辗转落进车内，在手上投下难以捉摸的光斑。

亦不知过了多久，唐思晨倚着车座，听到司机说：“唐小姐，到了。”

她正要下车，已经有人替自己拉开车门，伸手示意门厅说：“唐小姐，这边请。”

相比起市区，城郊清静许多，这座房子尤其这样。

半人高的栅栏似乎更多的只是起着装饰作用，将那精心打理过的草坪围成一汪上好的翡翠，而其上有人三三两两地走过，匆忙地做着最后的布置。别墅斜立在光影间，倒像是从油画中拓下来一般，风景难摹。

唐思晨看到徐泊原站在门口，阳光自他侧面落下，而他只是挥了挥手，满天霞光便似从指间滑过，她听到他带着笑意的声音说：“你来了。”

唐思晨快步走过去，将手中的礼物递给他，微笑着说：“生日快乐。”

“谢谢。”长长一个卷轴，徐泊原双手接过来，旋即说，“你介意我现在打开吗？”

他今日在白衬衣外，另穿了一件灰色羊毛坎肩，看上去质地柔软良好。手指修长有力，指甲修剪得很短，却极齐整。这双手……倒似是一双弹钢琴的手，唐思晨不得不承认，这个人在细节上，永远是无可挑剔的。

“怎么会？”她在心底感慨了一番，落落大方地说，“只怕你会不喜欢。”

他知她是客套话，只笑了笑，解开了外层缚着的那绸套，慢慢将里边的绢纸抽出来。

是一幅画。

临摹的是敦煌洞窟中极为著名的《西方三圣》。

三位菩萨两边是胁侍弟子与护法，神狮坐守，飞天撒花。三尊菩萨皆是沥粉堆金，璎珞缠颈，薄纱翩跹，细眉长目，体态说不尽的圆润婉转，望之即入神。

徐泊原自画间抬起头，静静地看着眼前的女孩子。

“我画的。”唐思晨怕他误会，解释说，“不是名家手笔。”

他眸中难掩赞赏之色，缓缓卷起了画卷，“思晨，你对每个朋友的生日礼物，都是这样慷慨吗？”

“慷慨？”唐思晨失笑，这画未必多么有价值，却是她用心画的。她只是……觉得这样一件礼物很有诚意罢了。

徐泊原领她进书房，很是认真地将墙面上的一处空白指给她看，“我会将画放在这里。”

踩在绵密厚实的地毯上，让人的心情也觉得放松而柔软，唐思晨却仿佛没听见这句话，注意力放在了另一面墙上，她……看到了一件很不可思议的东西。

那是……那是《爱喝苦艾酒的女人》吗？

她有些不确定地走近一些，认真地端详，却不敢轻易地断言这究竟是不是真品。她毕竟不是鉴赏家，良久，才迟疑着回头，“这是……”

“哦，毕加索的画，名字是什么什么女人。”徐泊原蹙起眉，有些自嘲地笑起来，“别笑话我附庸风雅，我真的只是一时间忘了。”

“爱喝苦艾酒的女人？”唐思晨觉得自己的嗓音有些变了，她很想捂住嘴巴，呆滞了一会儿，又回过头去，喃喃地说，“毕加索的画啊……”

毕加索的某幅画曾经被拍出一亿美金的价值……光是听到名字就觉得奢侈。

难以从这样的震撼中回过神，唐思晨忽然想起之前他说的话，要把自己的那幅挂在《爱喝苦艾酒的女人》对面？

天啊！

这一定是个荒谬扭曲的世界。

这一天，唐思晨并没有准备好，自己会遇到这样多震惊的事。

她的目光从名画上移开，又落在一边的书柜上，看到了一张全家福照片。而这一次，她并不仅仅呆若木鸡，连指尖都开始泛起寒意。

是因为他吗？

徐泊原刻意地接近、邀约、聊天，只是因为他吗？

她有些艰涩地转过身，回望身后嘴角蓦然绷紧的男人，声音已经嘶哑得难以辨识，“他是你什么人？”

徐泊原依然静静地望着她，慢慢说：“外甥。”

“对不起，我要离开了。”唐思晨来不及去思考这其中的关系，呼吸变得急促起来，“对不起。”

徐泊原只是轻轻伸出手去，握住她的手腕，阻住了她此刻的仓皇，亦阻住了她的去意。

“说对不起的应该是我。可你不想见他一面吗？”

“我不想。”

书房门已经被推开，那个人踏进了半步，声音一如既往的懒散，却又莫名的悦耳。

“阿原，阿姨说你和客人在书房——”

## 5

唐思晨猝然抬起眸子，视线中撞进了一个年轻男人，也撞散了那些纷纷扬扬的回忆。

高高的个子，散漫又仿佛是恶作剧的微笑，习惯性地微微扬着下颌，狭长明亮的眼中总是盛满了骄傲。

乔远川。

是他。

她……该怎么向他打招呼？

若无其事？面无表情？不动声色？

那些都是好的，可她做不到。

唐思晨勉强自己转身，一瞬不瞬地看着徐泊原，他的脸他的微笑，可她一时之间全都模糊了。纷乱的光影与轮廓间，她只辨别出那个声音满是猝不及防的惊愕——“糖糖？你怎么在这里？”

糖糖……

那些回忆仿佛雨水，将唐思晨淋得忽冷忽热，而她，也确实没有做好准备，这样突如其来地见到乔远川。

唐思晨没有去看他，只是条件反射地说：“怎么这么巧？”

乔远川的目光由瞬间灼热，渐渐地冷却。他半倚着房门，视线越过她，径直望向屋内的另一个人，“原来我学妹是你的客人？”

徐泊原似乎一直是置之事外，直到此刻，才微微颔首，“思晨是我的客人。远川，既然你们认识，你替我招待一下。”

乔远川只是笑，眼角的余光掠到略微低着头的唐思晨身上，似是在等她怎么说。

“不用了。”再度开口的时候，唐思晨已经克制住所有异动的情绪，她用力攥着自己的掌心，回头对徐泊原说，“我忽然想起来，导师今晚找我还有事。祝你生日快乐，下次再见吧。”

借口拙劣得连自己都骗不过去，可她顾不了那么多了，只是望着徐泊原，希望他能说一句“好”。

每一秒都过得如此漫长，唐思晨的右手藏在口袋中，开始轻微地发抖，她想尖叫，也想不顾一切地离开，可理智与社交规范依然主导着意识，她无比清醒地站着，目光……却渐渐变为恳求。

徐泊原什么都没说，依然抿着唇角，平静地凝睇她，像是在审视，又仿佛在猜测。

良久，他才将目光轻轻移开，看见乔远川暗沉的眸色，以及略带讽刺的声音，“阿原，你的生日宴会就这么缺人？非要留着她？”

唐思晨不说话，长睫轻轻一颤。

而徐泊原终于开口，“那么唐小姐，我送你回学校。”

他拿了外套，接着伸手拍了拍唐思晨的肩膀。

有傍晚的风从窗户间吹进二楼来，唐思晨及踝的长裙垂坠着，飘飘荡荡地被掀起数分，隐约露出下边一双帆布鞋。她的黑发就这样随意地披在身后，额前的刘海露出极自然的一道弧度来。

这真是个极瘦的女孩，掌心在抚过她肩胛的时候，徐泊原的心里竟沉淀出几分怜惜，又生出几分歉意来，终于还是用力握了握，低声说：“走吧。”

唐思晨木然跟着他，与乔远川擦肩而过。直到走到楼梯口，楼下站着一个身材高挑的女生，仰着头说：“小舅舅，远川在上面吗？”

是个美好的女孩子，容貌剔透得似乎只能用晶莹来形容，长长的卷发坠在身后，丰盈润泽。

唐思晨认得她的，脸色在刹那间又有几分煞白。她有些克制不住地想去看看乔远川的反应，他对她……也会像以前对自己那样吗？

徐泊原淡淡笑了笑，“媛媛，远川该向你学学，怎么才是有规矩。”

那女孩吐了吐舌头，有些好奇地打量唐思晨。

只是徐泊原并没有再多作介绍，匆匆下了楼梯，向司机拿了钥匙，便带着唐思晨离开了。

吴媛媛走上楼梯，乔远川果然在那儿。

靠着墙壁，指间却夹着一支烟，他似是放松地靠着，深深吸了一口，耀眼的一点火星之后，是长长一截烟灰。

“远川——”

乔远川慢慢睁开眼睛，因着这细微的动作，那截烟灰便似是有声，扑簌落了下来，融进了厚实的土耳其地毯中。

“你怎么又吸烟了？烟灰落在这里，不是故意为难阿姨吗？”女孩儿的声音清脆中带着嗔怪，“对了，小舅舅怎么走了？客人快来了——”

他极慢极慢地开口，仿佛每个字都耗尽力气，“她走了？”

吴媛媛只以为是“他”，笑着说：“和那个女生一起走的。对了，那个女生是谁？小舅舅的女朋友？”

乔远川不答，站直了身子，侧头望向窗外。静谧的花园中已然披上一层暗色，而那辆银色的沃尔沃闪着尾灯，正在慢慢地驶离。

这个城市的夜色已经席卷而来，令一直努力在宽大的车椅中坐得挺直的唐思晨觉得安全。她知道自己将表情绷得紧紧的，她也知道旁座那人并没有偷看自己的神色，可心底还是有一种近乎赤裸的焦灼感。

盘旋着沿山路而下，这条道路上人极少，车子亦开得顺畅。与几辆车擦肩而过，徐泊原便接起电话来。因为安静，唐思晨将电话那边的声音听得清清楚楚。

“刚才好像看到你的车了。”

“哦，是我，有些事出去一趟。”徐泊原并不多话，简单说了几句，便挂上电话，接着极为自然地转向唐思晨，“现在好一些了吗？”

只这一侧头，他几乎以为自己看错了。

唐思晨低着头，无声之中，整张脸湿漉漉的，竟是泪流满面。

他从未将刹车踩得如此彻底，剧烈的刹车声中，车子依然往前滑行了一段距离，才停下来。

徐泊原有些难以控制地伸出手去，做出了自他认识她来最不绅士的动作——他握住了她的下巴，将她转向自己，低沉地问："见远川一面，对你来说这么不好受？"

唐思晨沉默了一会儿，整个车厢内，仿佛是窒息一般。

她依然满脸的泪水，却苦笑了一声，"徐先生，我的……一片隐形眼镜刚才掉下来了。我想，大概在这车子里吧。"

徐泊原的表情明显滞了滞，接着慢慢放开她，先是忍俊不禁，接着又笑出声，极为愉快的样子。

"你车里有矿泉水吗？"

他便下车，从后备厢中拿了一瓶出来，十分体贴地招呼她，"你下来，我帮你倒水。"

像是一股清泉汩汩而下，绢绸的柔润感触到了肌肤上，唐思晨蹲着，拿手掬着水，洗净了双手，索性又将另一片摘了下来。

徐泊原已经拧紧了瓶盖，半倚着车身，指了指远处的城市夜景说："你过来看。"

唐思晨慢慢走到他身边，问："你的生日晚会，主人却不在，不大好吧？"

"我的生日晚会，第一个客人就跑了，很失败。"他笑，转过了目光，凝视着她说，"没关系，到了我这个年纪，过个生日晚会还要考虑旁人的想法，未免也太不自由了。"

其实他并不比唐思晨大多少，可是不知为什么，这句话由他来说，她并未觉得有不妥。

"我读大学的时候，那次也是过生日。因为心情很不好，只想一个人待着。写程序，或者做实验。可是一帮兄弟对我说，嗨泊原，我们去庆祝一下。他们兴致很高，我不忍扫兴，当然也答应了。那一晚玩得……”徐泊原斟酌了一下用词，才说，“前所未有的放纵。可是清醒之后，我却后悔了。这种感觉，就像一个原本就生病的人，又借酒消愁了一场。很不好。”

“从那以后，我就对自己说，任何时候，不要因为别人，放弃了自己原本的想法。”

唐思晨没有说话，只是抿紧了唇。

她像他那样，靠着车身，眯起眼睛望向山下的阑珊灯火。

那是一幅铺陈开的清明上河长卷。每一盏明暗的灯下，演绎着一出悲欢离合；每一条纵横的道路上，奔驰着数不尽的人事变迁。有时候会觉得自己很渺小，像尘埃，可悲的是，渺小的尘埃，也有自己的喜怒哀乐。

“你是故意的吗？”唐思晨听到自己在问，“你认识我，是为了乔远川？”

“不要用故意这个词，它让我联想起利用或者蓄谋。”徐泊原勾起唇角，温和地说，“第一次送你去医院的时候，的确是因为远川。至于后来，我只是在想，有些事是不是有重来一次的可能。太年轻的时候，其实不懂这个道理。”

唐思晨垂下了眸子，不自觉地用手臂拢在身前。

“你相信我，我不是那么爱管闲事的人。”徐泊原淡淡地说，自己似乎也有一丝困惑，困惑于为什么会做这些事。

他承认，第一次是因为这个名字——他记得乔远川女朋友的名字，于是有些好奇，忍不住。可是第二次呢？原本只需要在远处观望，可他走过去了，就在她身后。那一日展厅的采光并不好，可他一低头，却能清晰地看到这个女孩的后颈，修长洁白，发丝轻柔地颤动，那种气息一直触到了心底。

那是一种十分特别的好感。哪怕是以远川的名义接近，亦让他觉得并没有什么不妥。

“他……是你外甥？”

“是啊。”徐泊原有些遗憾地说，“虽然他从没有身生为后辈的自觉。”

唐思晨忍不住笑了笑，“为什么你看起来这么不爽的样子？”

徐泊原摊了摊手，做出无可奈何的样子，“他比我小四岁。你知道，最小的，总是最特别的。譬如，最受全家的宠爱。”

他见唐思晨笑了，又转了话题说：“我饿了。”

“呃？”

“走，去吃东西吧。”徐泊原顺手将自己的外套扔给她，“别着凉。”

“我不去了。”唐思晨手里攥着他质感极佳的外套，平静地说，“麻烦你送我回学校吧。”

虽然她知道徐泊原并无恶意，可是与乔远川相关的人与事，她不想过多地牵涉其中。

“嘿，这样对一个寿星不好。”他替她拉开车门，认真地说。

到底拒绝不了。

上车的时候，唐思晨想，这个拥有毕加索名画的高科技新贵，会拿什么填饱肚子呢?

不过她不用多想，车子驶向的道路自己很熟悉，再往前停停走走几分钟，就是文岛市最有名的烧烤夜市，也就是海大后门的那条小巷。

随随便便地将车子停在了路边，唐思晨随着徐泊原下车的时候，忍不住说：“你知不知道，这些东西……用地沟油做的可能性很大。”

徐泊原明显一怔，“地沟油？”

“呃……”唐思晨有些无从下手解释的感觉，“就是不健康。”

“哦，这我知道。这是我的一个员工推荐的。据说很好吃。”他们寻了一个露天摊位坐下来，“后来一直想着，却没时间过来。”

点了半打啤酒，几乎菜单上所有的菜，烤鱼、牛肚、羊肉串……周遭渐渐坐满了人，唐思晨有时候只是沉默地吃，也有时候抬起头，随意地和他聊几句天气，直到喝得微醺。

对座的男人解开了一粒领口的扣子，双眸铮亮如星。

“我们可以做朋友吗？”

唐思晨一愣，“难道现在不是吗？”

在独属于夜市的油熏味中，他身上却有一种奇异的、安定心神的感觉。

“我是说，我们做朋友，和远川无关。”徐泊原伸手替她将玻璃杯中的啤酒倒满，白色细腻的泡沫渐渐地泛起来，仿佛天空时隐时现的云层，“也请你忘记，我今天做的愚蠢的事。”

## 6

唐思晨痛快地喝了一口酒，眼底没有阴霾，也没有郁结，“再好不过。”

她的唇角边还沾着一些啤酒沫，白白的，无端端的，让人觉得那是一种再柔软不过的触感。徐泊原原本只是在笑，心底忽然蹿上一点点躁动，没有多想，便俯过身去。

桌椅低矮，而他们原本就处得近，只这一伸手，他的手指便扣在她颊边，指腹滑过唇边那道柔和的弧度，有些粗糙，又微痒。

这一次的接触，与以往的都不一样。唐思晨仿佛能感受到其中，有着男女间隐秘的暧昧涌动——这不是她想要的。她急速地往后一靠，语气有些慌乱起来，“你干什么？”

徐泊原却依然镇静，或许也是有些暗悔刚才的冲动，只含笑说：“抱歉……你刚才那样，让我想起了家里那只……”他很有技巧地顿了顿，“拉布拉多。”

“噗……”唐思晨忍不住笑了出来，脸颊却更红了，还不自觉地拿手抹了抹唇。

徐泊原看着她，眼中笑意更深，说得却煞有介事，“刚才你没见到，下次介绍你们认识，它很可爱。”

“好啊，下次。”

他注意到她偷偷瞧了一次时间，也就从善如流地说：“很晚了，我送你回学校。”

他们是在海大的后门分开的。

这个时候的校园，有着一日之内最后的热闹场景。还有学生三三两两地往外走去吃宵夜，唐思晨一个人，逆着人流的方向，走在林荫道上，长长的人影拖曳到了身前。

唐思晨走得很慢，本科宿舍楼下，楼管阿姨不耐烦地等在门口，而花坛边还有情侣低声说着话，舍不得分开。

这样熟悉。

脚步轻轻一顿，她似乎掠到更熟悉的一个身影。

暗色中看不清那人脸的轮廓，倚着树干的身躯颀长且随意，指间燃着一点红星——这让唐思晨自嘲地笑了笑，一定是看错了，记忆中那个人，并不抽烟。

可那个人却慢慢地直起身子，走到唐思晨面前，带了些挑衅般的目光盯着她，“他送你回来了？”

夜凉如水，秋虫悄鸣。

啤酒带来的那些燥热，被这样一句话，被这样一个人，彻底地驱散了。

他的眼风很冷，唐思晨忽然记起来，这不就是自己本科时住的那幢宿舍楼吗？那个时候，每个晚上，乔远川都来这里等她，惊起注目无数，可他从不在意，一心一意地，只是等她。

她没说话，也不想与他说话，侧了身就走。

乔远川跨上一步，抓住她的手腕，力道大得让她害怕。

“你在害怕？”乔远川察觉出她的手冰凉，甚至能感知到颤抖，“怕我吗？”

怕？

这个词让唐思晨觉得陌生，却又无从反驳。她还记得第一次他抓住自己的手腕，那个时候自己紧张、焦灼，可又莫名兴奋、期待。他轻柔而不失力道地扣着自己手腕，只说："好了，不打不相识，我们以后可以常见面吧？"

她怔怔地回望他。

远处似乎还有阿姨在大声喊："同学，关门了。"

一切都没有变，可是那场不打不相识，却变了。

光影倒转，岁月无声。

开始的时候，似乎是很久以前。

那个冬天。

上课铃刚刚响过，整座教学楼在倏然间便沉寂下来了。

一楼的保安刚刚从混乱纷杂的局面中解脱出来，正打算缩回凳子上昏昏欲睡，忽然听到踢踢踏踏的跑步声。

这周可是考试周啊。保安侧了侧身，依然没有睁眼，心中却嘀咕了一声，现在的学生，真是越来越不把学校当回事了，名牌大学也一个样。

唐思晨刚从室外的冰天雪地，一下子钻进暖气打得十足的教学楼，黑框眼镜立刻糊白了一片。来不及擦镜片了，按照学校的规矩，考试迟到十五分钟，不准进场。她着急忙慌地看看手表，还剩十分钟，她得爬上六楼。

跑得太急了，一书包的东西，叮叮哐哐在响，唐思晨最终推开教室的大门，监考老师早就发完了卷子，跷着二郎腿，正悠闲地望向埋头写题的考生们。

"对不起老师，我迟到了。"唐思晨悄声向监考老师打了个招呼，眯起眼睛望向黑压压一片脑袋的教室。

"还有五分钟就禁止入场了。"中年男老师严肃地看了唐思晨一眼，"下次注意。自己找个位置坐下吧。"

《敦煌学概论》是一门全校公选课，当初选课名额是五百人，是以用于考场的大教室足有三个。唐思晨所在艺术院就在这A617。不过迟到了，也就没什么可选择的余地了。重新戴上眼镜，唐思晨看到倒数某一排的那个角落，有个男生拿起了自己放在一旁的大衣，赫然是一个空位。当下拿了试卷和答题纸，匆忙地奔向那里。

坐下打开书包，她倒吸一口凉气。

从图书馆出来的时候，水杯盖子没扣好，整个书包已经水漫金山。

天哪！

笔袋、纸巾、钥匙，这些都算了。

可是还有新买的nano，用了半年不到的手机，电子词典……全都泡在水里了。

更何况还有三本刚刚从图书馆借出来的书！

唐思晨深呼吸了一口，左右看看，回头对自己身后的那个男生说："同学，借我支笔好吗？"

后座的男生耸耸肩，摊手。

桌面上一张纸，一支笔，别无其他。

也是，现在的男生一个比一个潇洒，连课本都没有，哪来多余的笔。

隔了一条走廊，唐思晨探身对一个女生说："同学，借支笔。"

女生正埋头答题，顺手递了一支笔过去。

监考老师已经注意到了这里的动静，目光时不时扫来。唐思晨连忙握着那支笔向老师示意，自己是在借东西。

平静下来，平静下来。

唐思晨抖了抖试卷，扫了一眼卷面，幸好都不难。

她努力将这个意外从脑海里抛开，开始认真答题。

"敦煌卷子如今在国内，大多只能看（ ）。"

——"微缩胶卷"。

"敦煌长卷中，（ ）是两面书写的。"

——"蝴蝶卷"。

……

“请简述，敦煌壁画在不同时期的不同特点。”

唐思晨顿笔，想了想，才开始写：

“敦煌最早期的壁画，始于北凉。这是画像引入与突破的时期……到了西魏时期……”

教室好热啊，唐思晨只觉得自己握着那杆圆珠笔的手又潮又腻，放下笔，甩了甩写得酸痛的手腕，努力回忆着西魏时期敦煌壁画的特点，是晕染与什么结合来着？

真的好热！尤其是身边还有暖气片！

唉，连帽子都忘了摘了。

唐思晨觉得头皮有些发痒，随手便去掀帽子——掀到一半，忽然想起来是“晕染与线描”相结合，连忙写下那两个字。

“哈哈！”

身后忽然传来了不算轻的笑声。

唐思晨有些恼怒地回头看了一眼，跟着才发现……有些不对。

自己的头上，帽子被掀了一半的地方凉凉的，还有几丝头发，被扯得很痛——晕死！她唐思晨今天，戴的根本不是帽子好不好！

是网上刚刚买来的假发啊！

因为想尝试短发，又舍不得剪掉长发，就买了假发尝鲜，刚才这样随手一扯，发套被掀了一半。现在好了，枯草似的一蓬堆在头上。难怪那个男生笑得这样肆无忌惮。

手忙脚乱地想把那发套扶正的时候，身后的男生还是颇不厚道地在发出轻笑声。唐思晨终于被惹怒，回头狠狠瞪了他一眼，“同学，请你不要再笑了！”

说完才一怔，这个高高的男生，眉目轮廓，倒是挺熟悉的。

“那两位同学，干什么呢？对，就是说你们。”监考老师站了起来，快步走到两人面前，低头看看这两人的试卷，“好了，你们不用考试了。出去吧。”

说得干脆利落，一整个教室的目光，立刻便汇聚在这里。

“老师，不是……”唐思晨快要哭出来了，想要解释，可是眼看着监考老师已经在自己的卷面上画下一个记号，接着是那个男生的。

“好了，出去吧。”监考老师说，抽走了两份答卷。

唐思晨回头看了那个男生一眼，也是有些吃惊的表情，却没有多辩解。不过比起唐思晨而言，他显然更早地接受了这个事实。耸耸肩，颇为潇洒地站起来，走向教室门口。

这一定是唐思晨自从考上大学以来，最倒霉的一天了！

她耷拉着肩膀走出教室，也没抬头，左转往楼梯走去。

“喂！”

“喂！喊你啊！”有人挡在自己面前。

唐思晨皱着眉头，心情极其恶劣地抬起头。

居然还是那个始作俑者！

她要疯了！

“快下课了，一起去吃个饭吧？”

“对不起，没心情。”现在在走廊里，强忍着大吵大叫的冲动，对于二年级学生唐思晨来说，实在太困难了。她不得不深呼吸，转头不去看那张脸。

“那好吧，一起下去吧。”男生轻松地说，“你是艺术院的吗？”

不想说话。

“我叫乔远川，资环院的。大四。”

“我没想知道你是哪个院的，也不想知道你叫什么。”唐思晨在走到一楼的时候，终于抬头，有些愤恨地望向眼前这张俊朗、且看起来心情不错的脸，“再见！”

“好吧，再见。”乔远川照例耸耸肩，笑，“还会再见的。因为……我们大概要一起补考吧。”

## 7

海大艺术学院、国画专业二年级的学生唐思晨，在过完春节之后，回到了学校。

原本这个春节过得很不错，被海大的伙食折磨了半年之后，唐思晨回家迅速地将自己养胖了。现在她趴在桌上开始研究自己本学期的减肥计划，顺便……又一次准备那……该死的公共课补考。

现在她已经彻底地弄清了乔远川是什么人。

那不就是室友费祎平每天回寝室必然提起的人物吗?

而之所以当时她一时间没想起来，是因为那一日实在太过忙乱了。

至于事后，费祎平完全不顾及好友被取消考试资格的低落心情，尖叫着问：“他请你一起吃饭了吗？真的吗？”

“拜托，我被取消考试资格唉！”

“那是公共课啊，没关系的啦。下学期补考及格就行了。”费祎平执著地问之前的问题，“你干吗不答应啊？”

“倒胃口。”当时的唐思晨是这样回答的。

补考的教室很小。唐思晨走进去的时候，发现乔远川早自己一步，已经坐在了窗边的一个位置。

室内照例暖气十足，他穿一件灰色的高领毛衣，长腿伸在外边，很是随意地抬起头，向门口的方向，看了一眼。

公允地说，这是一个好看的男生。

清爽的鬓角，利落的轮廓，以及简单的打扮。

可是唐思晨一眼都不愿多瞧，低着头很快走到教室的另一个角落坐下。

乔远川也只看了这一眼，勾了勾唇角，继续乐此不疲地转着指尖那支水笔。

“喂！”

唐思晨心烦意乱地翻了一页书，可惜nano被水浸泡之后，彻底坏了，不然听着耳机，就可以当作没听见他在向自己打招呼了。

这样说起来，因为这门课考砸的缘故，这学期的奖学金大概也没戏了，连攒钱重买一个都没什么希望。

唐思晨抬起头，狠狠地瞪了一眼乔远川。

本以为他已经将头转过去了——原来没有，乔远川正勾着眼角，笑着望向她，“嗨，唐思晨是不是？又见面了。”

冷场。

唐思晨将头放回竖起的书本后边。

“其实，你不用这么深仇大恨地对我吧？”乔远川有些无奈地摸摸鼻子，“其实你没发现，是我被你害了吗？”

书本后边瞪出一双乌溜溜的眼睛，唐思晨抿抿唇角，怒极反笑，“什么？”

“你要不是那么搞笑地把假发当帽子摘了，我也不至于来这里补考。”乔远川继续说，“大学四年，第一次补考，心情微妙复杂啊。”

“我又不是故意的！”唐思晨刹那间红了脸，想起那一日自己的狼狈，他又在后边极没风度地偷笑，真是怒火冲天。

“好了好了，看来这门大课，也就我俩补考了。”乔远川连忙补上一句，“不打不相识吧。”

谁要和你不打不相识啊！唐思晨看着监考老师抱着考卷走进来，将那句话吞进去，闷闷不乐地低下了头。

因为对敦煌艺术十分感兴趣的缘故，唐思晨对于这门考试，其实是势在必得的。要不是出了那个岔子的话……可惜现在，不论答得多么好，只能拿一个及格分了。

一个半小时，唐思晨还是答得异常认真。最后监考老师都有些不耐烦了，频频在她身边转来转去，她看看时间，便将考卷交了上去。

出门的时候才发现乔远川早就交卷离开了。走廊暗暗的，只有两头的灯还亮着，唐思晨背着书包，眯起眼睛看着楼梯口那个身影，刚刚柔缓一些的脸色，瞬间又绷了起来。

“吃晚饭了吗？”

两条长腿在眼前晃来晃去，唐思晨不得不抬头望向乔远川，“吃了。”

“哦，这样啊。那考完一定饿了，一起去吃点东西吧？就当……庆祝补考通过。”乔远川深沉地说，“再哀悼下本学年拿不到的奖学金。”

唐思晨借着模糊的灯光看看眼前男生棱角分明的脸，忽然就觉得，自己这样一直板着脸迁怒于他，其实也没什么道理可言。算了，吃个饭就吃个饭吧，反正事已至此了，两个人都算倒霉。

这顿饭吃了很久，一道走回学校的时候，已经很晚了。托室友的福，唐思晨发现其实彼此也不用再介绍什么了，她对于眼前这个男生，情况摸得清清楚楚。星座爱好身高成绩……以及曾经的交往对象。

走到宿舍楼下，她随意地挥了挥手，正要离开，手腕却被扣住了。

路灯之下，她一低头，看到这个男生有着一双非常漂亮的手。手指纤长，骨节匀称，指甲也修剪得干净整齐……真有些像自己院里音乐系那位钢琴王子的手。

心跳忽然就剧烈起来，她勇敢地抬起头，挑挑眉梢说：“喂，干吗？”

她的学长用一种优容的目光凝睇她，有些执著，又坚定地说：“好了，不打不相识，我们以后可以常见面吧？”

然后……他们自然而然地，就天天见面了。

最终打破了这场回忆的，是忽然抱住自己的那双手臂，和极为浓烈的酒气。

唐思晨被乔远川抱得喘不过气来，用力挣了挣，毫无效果，她又拿手肘去打他，可他只是微扬手臂，压制住她的挣扎，嘴唇贴在她发丝边，似是有些愤恨，却一字一句地说："我……为什么还是想着你？"

脱口而出的时候，乔远川忽然觉得迷惘。他……为什么会说出这样一句话来？当初提出分手的是她，而他堵着一口气，发誓绝不先找她，如今遇到了，难道不该云淡风轻地让一切过去吗？可他为什么来这里，这样茫无目的地等在这里，对于她的出现，惊喜，却又是深深失望。

怀里是这个熟悉的身体，空白的意识中忍不住又想叫她名字，于是这一次，他默然许久，低低地唤她："糖糖……"

这一声糖糖，仿佛穿越了数年的时光，将一切全部抹杀。

唐思晨的鼻子开始发酸，脊背上也泛出冷汗，身子顿时僵住了。酒气一阵阵地扑在自己的脸颊上，她尽了最大的努力，将声音冷却下来，"乔远川，放开我。"

那双手臂的主人也在恢复理智，力道松了一些。

唐思晨一挣，往后退了一步，盯着他的眼睛，"你醉了。"

"我醉了？"乔远川竟笑出声来，是啊，他醉了，才会跑来这里等她。听着校园里的一切，他几乎以为，她不曾离开，一切又回到了过去。

唐思晨往旁边站了站，拿出手机拨号码。

电话那头接得很快。

"徐先生吗？"她压低声音说，"唐思晨。"

"怎么了？"

"乔远川在我这里。他喝醉了。"唐思晨慢慢地说，"如果方便的话，能找人送他回去吗？"

徐泊原没有片刻迟疑，"你陪着他，我马上来。"

或许是因为他的车子本就没开太远，也不过几分钟时间，大灯射出的光，明晃晃地照过来。唐思晨冲那灯光招了招手。

徐泊原下车，径直走到乔远川身前，沉沉说："我送你回去。"

乔远川只笑了笑，走至唐思晨身边的时候，停下脚步，语气异常清醒，"你为什么回来？"

“远川！”徐泊原的声音中已经带了几分严厉。

唐思晨没有回答他，就像他们冷战时那样，总是倔强地将头撇开，仿佛不曾听见。

乔远川又深深看她一眼，疾步往前，拉开了后座的车门。

徐泊原离开前，将自己的外套披在唐思晨的肩上，简单地说：“抱歉。”

唐思晨摇摇头，在车子发动之前，转身离开。

那抹身影很快消失在了夜色中。

乔远川一直等到徐泊原将车子拐弯，才慢慢开口，“你是什么意思？”

徐泊原静静地开车，微微抬起视线，望向后视镜，“你喝了多少酒？”

“我问你什么意思。”乔远川眯了眯眼睛，“阿原，你喜欢她？”

徐泊原依然不答。

“哪怕她是我的女朋友，你也不介意？”

徐泊原将车子驶出海大，表情渐渐绷紧，“你回哪里？”

没有等到回答，他放缓了车速，往后瞥了一眼，乔远川倚着车门，已经沉沉睡去。

是真的醉了吧……徐泊原揉了揉额角，这家伙……工作上锐意进取、步步筹谋，怎么见了她，倏然间又方寸大乱了呢。

翌日一早，乔远川在这间并不属于自己的宽大卧室里醒来的，头痛欲裂。他甚至不知道这里是哪儿，眯着眼睛看了看窗外的天气，才察觉出这里是徐泊原郊外的别墅。

床边搁着熨烫整齐的衣物，他拿起来，慢慢穿上了，才推门而出。

从二楼往下，他抿了唇一步步地走下去，听得到徐泊原的声音，是在打电话。

“嗯，在我这里……很好……”

阿姨一式一样地端上果汁和三明治，又递上一份报纸，乔远川喝了一口，手指轻轻敲击着桌面，直到徐泊原挂上电话。

“我妈？”

“嗯。”徐泊原继续看报纸，也没抬头，“她说你昨晚没接电话。”

乔远川的脸色僵了僵，“我怎么在这里？”

哗啦一声，报纸翻过一页，徐泊原抬腕看看时间，简略地说：“你昨晚喝醉了。”

“你的车我让人去取了，马上就到。”徐泊原站起来，“还是我让人送你？”

“我昨晚去哪儿了？”乔远川若无其事地说，“你去哪里给我取车？”

徐泊原走过他身边，似笑非笑地看他一眼，轻轻拍了拍他的肩膀，“海大。”

## 8

这一整日的工作，乔远川都做得心浮气躁。

徐泊原的司机替他取车回来，他甚至暂停了会议，去向他确认地点。

“是海大？”

司机的肯定回答让这个年轻人沉默了一会儿，“昨晚也是你和徐先生一起来接我的？”

“这我不清楚。”

会议结束前的数分钟，乔远川坐在椅子上，揉了揉眉心，难以言说的疲倦。

秘书过来，尽心尽职地提醒他，“乔先生，您和吴小姐约好的时间到了。”

他皱眉，一时间竟想不起来和吴媛媛约了什么事。

“吴小姐要去医院，和专家约的是下午三点。”

“哦，是。”乔远川松了一口气，接过秘书递来的衣服，“现在过去吧。”

车子在这个城市拐了个大弯，先去接了吴媛媛，才转向医院所在的西南方向。

吴媛媛坐在乔远川身边，仔细地打量他，舒了口气，“我还以为你忘了呢。昨晚你去哪儿了？阿姨急疯了——”

乔远川依然望着车外，却笑着半开玩笑说：“你没急疯？”

吴媛媛脸上一红，转过了头，半开的车窗将她的长发撩拨起，车子里有着草木静雅的香氛。

因两家是世交，吴媛媛从国外回来学习民族舞时，乔远川的母亲便笑着关照儿子，“媛媛就像自己妹妹一样，要好好相处。”

其实大人们的心思，未必只是要“兄妹”吧？这些乔远川都清楚，恰巧的，吴媛媛这样一个女生，是哪个男人都无法拒绝的吧？自小习舞，让她的身段比寻常的女孩纤韧许多，哪怕是一条再简单不过的牛仔裤，也能将那腰儿腿儿，拔得仿佛天鹅般修长。性格也好，温顺乖巧，哪像——思绪停至此处，乔远川有些狼狈地将眼神错开在街景上，随口就问：“今天觉得怎么样？”

“反正是慢性肌腱炎了，每天都这样。”

乔远川微微笑了笑，“年纪轻轻，什么病不能好？”

“哎，那不是小舅舅的女朋友吗？”吴媛媛侧了身，盯着路边一个女生瞧着，顺手还摇了摇乔远川的手臂，“你看——”

微笑渐渐隐去了，乔远川重新将脸色绷紧，车子开过了大约小半个街口，可他能确定，那就是唐思晨。轻轻蹙起眉，乔远川坐正了身子，右手轻轻抚上左手背那块颇为狰狞的伤疤。怎么，她也来医院？

从停车场出来，径直上楼，时间早了些，乔远川让吴媛媛在门口等着，自己却站起来，“我去买瓶水。”

乔远川在圆形大厅中站了许久，又坐着自动扶梯，慢慢地往下。

他都忘了这是第几层了，目光随意地扫了一圈，走廊尽头那个人影，叫他觉得这就是自己在找的那人，可是转瞬，理智又对这个想法嗤之以鼻——他只是来找自动贩卖机而已，和她有什么关系？

他认真地看着贩卖机上的饮料介绍，犹豫了一会儿，摁下了按钮。

哐当哐当两声，落出两瓶饮料。

脚步折了方向，乔远川走到她面前，俯身将饮料递过去，声音低沉，“你病了？”

唐思晨喜欢在人最多的时候来医院。常常是午后，阳光热烈地泼洒，一路走来，心情都是暖的——至少可以抵消过往一次次的寒意吧……混在一群同病相怜的人中，会觉得没有那么孤单。

今天也不例外。她倚着墙壁，对着电子屏幕上一个个跳过的号码，竟有些昏昏欲睡起来，直到头顶传来熟悉的声音——几乎让她觉得，这真的是一个梦。

可她很快睁开眼睛，发现就是这样，他们，又狭路相逢。

唐思晨觉得自己的第一反应有些可笑，低头看看自己手中的号码，又看看屏幕，盘算着还要等多久才能离开——起码还有大半个小时吧……认清了现实之后，才说：“没病。我来复诊。”

那瓶热饮依然执著地停在自己面前，是她爱喝的花生牛奶。她踌躇了片刻，还是接了过来。

乔远川自若地在她身边坐下，将手伸过去，“给我看看。”

此刻他目光清睿，很清楚地知道自己在做些什么，和昨晚截然不同。

唐思晨知道他有从不记得自己醉酒的习惯，也十分默契地没有再提起昨晚的见面，只是侧了侧身子，将手中的病历卷了起来，“真的没什么。之前摔了一跤，医生说是轻微骨裂，很久之前的事了，只是确认一下。”

乔远川不语，仰头靠着墙壁，许久，才说：“为什么不画画了？”

他的语气极淡，淡得唐思晨寻觅不出丝毫波动的痕迹，她想了想，微笑着说：“天赋不够。老师说，我不适合创造性的工作，所以及时转行比较好。”

“转得真够及时。”他忽然嘲讽地笑起来，眸色一冷，“早些转行，大概我们——”

唐思晨深呼吸了一口，转过头，忽然有些庆幸有人打来了电话。

电话里徐泊原的声音说：“思晨吗？是我。”

她应了一声，却下意识地看了一眼旁边的乔远川。

他带了笑意的声音在说：“我想我知道什么是地沟油了。”

“啊？”唐思晨有些愕然。

“今天开会的时候肚子一直不舒服，中午医生检查了一下，说是急性肠胃炎。”他慢悠悠地说，“又问我吃了些什么。所以我去查了下什么是地沟油。”

仔细想这个场景，其实很好笑——唐思晨微微弯起唇角，忽然觉得轻松了一些，“那你身体好些了吗？”

“没事了。”徐泊原轻描淡写地说，“其实我只是问你有没有事。”

“我的肠胃大概比你的强大一些。”唐思晨轻笑出声，“大概是因为习惯了的缘故吧。”

“还有一件事，昨晚远川去找你。你不要放在心上。”徐泊原说，“他醉了，会不记得自己做过什么。”

唐思晨有意识地收敛起目光，低声说：“我知道的。”

“我小舅舅？”乔远川并不用看着她，却能轻易地猜出来。

“嗯。”唐思晨没有否认。

他的表情一如往常，并没有再问下去，只是点点头，“我先走了。”

他站起来，走出两步，却又停下来。

“你为什么回来？”

他还会记得……即便是醉酒的时候，也问过了一模一样的问题吗？唐思晨忽然心底有些发涩，她用力地抿唇，将视线移开，装作不曾听到。

乔远川静静地立着，视线自上而下，落在她握得极紧的拳头上，那里攥着的……似乎是自己的心脏。他知道自己一直在心软，愈是见到她，愈难克制地心软。

对着你爱的人，让步又何妨呢？

缓缓地走过去，蹲下，直至互相平视，他的手一点点地合上她的，掌心拂过她的手背，那里的暖意涌动，一点点传递过去。

“糖糖，如果我说，我不介意以前所有的一切……”他柔和地说，目光温柔的能将她一切不安抚平，“你答应我，不走了，好吗？”

她的手在轻轻发抖，乔远川便握紧，一言不发地等待，只要她愿意，下一秒，他会毫不犹豫地将她抱回自己怀里。

只要她愿意。

将手抽走的刹那，突如其来的一阵凉意与空虚，可是唐思晨并没有踌躇，她依然毫不回避地与他对视，淡淡的隔阂，却如天上云翳，从未消融。

“我们过去发生了什么？”她轻轻笑了笑，轻而坚定，“对不起，我不记得了。”

乔远川目光倏然冷却下来，忽然觉得刚才的一切很可笑——他没有再说什么，转身离开，修长的身形仿佛是一道光影，很快便在熙来人群中，消湮不见。

从诊室出来，已经傍晚了。

在大厅看到有挂急诊的一对情侣，似乎是出了车祸，男生紧紧握着女生的手，一刻不停歇地安慰她。唐思晨觉得有些熟悉，也就是这间医院吧，那个时候看急诊的是乔远川，可是紧张的却是自己，而他不得不忍着痛，分出一半的精力安慰她。

其实那本是一场非常热闹的校园音乐会。乔远川非常轻松地弄来了数张位置极佳的票，大方地分发给唐思晨的室友。这一晚，年轻的摇滚组合将整个校园的气氛推向了最高点，而体育场中座无虚席，懂音乐的，不懂音乐的，都在嘶声呐喊。这场年轻人的狂欢，持续到了晚上的十点半才结束。

观众开始离席。海大的体育馆是新建的，上下共有五层。乔远川拉着唐思晨的手，顺着人流，慢慢地走向自动扶梯。行到三楼的时候，速度忽然更慢了。乔远川将她拉得靠近自己一些，皱眉说：“怎么这么挤？”

后来才知道是有两部下行扶梯出了故障，四层以上的学生还在不断地往下，而三层的却下不去，于是都堵在了这里。

人多得像煮沸的鱼汤，近在咫尺之间的两个人说话都必须很大声。可以想象，在一个封闭的空间中不断地将人塞进去，是多么可怖的场景。

唐思晨开始有些不安，她仰头看看乔远川，小声问："怎么前面不动了？"

乔远川微抿着唇，站在她身前，紧紧握着她的手，往一侧挤去，一边说："跟着我，别走散了。"

走到墙角的地方，不足三米的距离，却走了足足十分钟。到后来实在挤不过去了，乔远川索性让唐思晨走在身边，半抱半揽着，直到她的脊背贴上冰凉的墙。他重重喘气，一低头，她的脸近在身侧，于是吩咐她，"把双手放在胸前。"

"啊？"

"让你做你就做。"乔远川有些不耐烦，双手撑在墙面上，努力将她护在怀里，而他的身后，学生们也都意识到肯定是哪里出了问题，一阵阵地骚动起来。

那个场景后来唐思晨时不时地回想起来，都会觉得害怕，有人在尖叫，更有人在大哭。幸而乔远川早早地将她带到了墙边，半抱着她，总算少了推搡踩踏的危险。

唐思晨有些想哭了，仰头看看乔远川，他还是很镇定，侧身护着她，沉声说："别怕，没事的。"

嘭的一声，为他这句"没事"做注解，墙角边两扇观景台的玻璃被挤得炸开，唐思晨下意识地闭上了眼睛。而几乎是同时，乔远川拿手臂护在她脸上。

数秒之后，唐思晨觉得自己的脸颊微烫，仿佛有黏稠的液体正缓缓流下来。她猛地睁开眼睛，却被吓得呆住了——那一日他穿着灰色的T恤，可半边身子都是血迹斑斑，触目惊心。

她带着哭腔扯他的袖子，"你哪里流血了？"

他抿了唇不语，只说："没事。"

唐思晨侧头看到他的左手，手臂手背上都扎着玻璃，却依然护在她的耳侧。

唐思晨的声音开始发颤，"乔远川……"

他却只是把手臂侧过来，不让她看到伤口的地方，轻声抚慰，"别怕。"

幸运的是，此刻下边疏导似乎起了作用，人群一点点地散开了。

人群蜂拥往前的时候，乔远川依然让她停在远处，说：“再等等。”

“你在流血！”

“再等一等，我只是擦破了皮，没事。”

唐思晨伸出手去，想要替他按压住伤口，可是一手的玻璃屑，完全不知道从何处下手，只能呆呆看着他。

“打篮球的时候随便摔一跤就会这样，真的没事。”他依然安慰她，微微俯身，将唇贴在她额上，温热的触觉似乎能让她冷静下来，“别慌。”

最终下到体育馆一楼，已经是一小时之后了。救护车停在门外，医生不耐烦地将唐思晨拦在外边，她只能眼睁睁地看着他进去，自己一动不动地看着，眼泪无法止歇地流下来。

乔远川就站在一边，让医生简单地给自己包扎，一边对她比着口型，示意自己没事。

大约是伤口还要处理，乔远川被送去了医院，而唐思晨一路跑到了校门口，伸手拦了辆出租车，就追着去了。

她赶到急诊大厅，又找了许久，才在走廊上找到乔远川。一见面就拉着手不肯放了，看看他包扎得严严实实的手臂，只会问：“痛不痛？”

他像摸小动物一样摸摸她的头，摇头说：“不痛。”

她哭得眼睛都肿了，却还在执拗地抽泣。他安慰她，可她不听，眼泪一滴滴地落下来，白色的纱布上洇湿成一团团的，仿佛是云絮般，让他的心也跟着柔软起来。

这个晚上，她陪着他打点滴。

大厅里很安静，唐思晨蜷在乔远川的身侧，紧紧扣着他的手指，仿佛是害怕……只要放松一些，他就真的不见了。

乔远川若有所思地看着她，带了笑意问：“你知道为什么我刚才让你把手臂放在身前？”

唐思晨的回答很无厘头，“因为……你要非礼我？”

乔远川笑得眉目舒展开，拿额头抵着她的，低声说：“就知道你这么笨。”

“那为什么？”

“以前有这样的踩踏事件，很多人都是被活活闷死的。拿手阻在身前，至少你有余地可以让胸腔活动呼吸。”他耐心地解释，“刚才那样，谁有心情非礼你？”

她恍然大悟，而乔远川示意她靠着自己的肩膀睡一会儿，说：“你再哭，我可真没辙了。”

唐思晨乖乖地靠上去，却嘟囔着说：“可是我真的吓死了。”

“你是我老婆啊。”他理所当然地说，“玻璃被挤碎的时候，把你扎成丑八怪怎么办？”

唐思晨在困意袭来的时候听见这句话，只是喃喃地说：“我是丑八怪……你也不会不要我的……”

他侧身看着他，眼神那样纵容，仿佛她的睡颜，是这个世界上，最美丽的风景。

可是如今醒了。是一场很久之前的梦，终于醒了。

唐思晨看见那对男女从另一个电梯中出来，往前边走去了。

灰色薄毛衫将乔远川的身形勾勒得很挺拔。他将手中那瓶水递给女孩，为她推开门，等到她走过才松开。

这样彬彬有礼的绅士做派。

不会笑话她的发型，不会和她抢吃一支冰淇淋，不会骂她笨——如今的他，隔了这么久，她认不得了。

## 9

回到学校已近傍晚。唐思晨一直走到校门口的时候，才察觉出海大的大门被装点得簇然一新。各式的盆景众星拱月般，点缀出一个“150”的数字。

是要校庆了吗？在脑海里搜索了许久，唐思晨想起来，费祎平最近忙得焦头烂额的，好像也是因为这件事。下一秒，心有灵犀一般，费祎平就来电话了。

“糖糖，你在哪儿呢？你老板的讲座都不来帮忙？”

“啊？”唐思晨有些茫然地说，“钱老师昨天才回来，没提起啊。”

“是明天啦！海大讲堂啊，大牛级别的才能上。校庆教授讲座第一堂就是你家老板，我们正在布置大礼堂呢。”

唐思晨嘿嘿笑了笑，“那你辛苦了，我就先回去休息了，明天等着听讲座，记得留票给我。”

讲座是在翌日晚上七点，唐思晨走进大礼堂，发现自己的票位置极佳，就在贵宾席后边一排。

学校似乎也吸取了上次DAB宣讲的教训，这一次组织得井井有条。唐思晨四下看了看，除了主讲人和贵宾未到，整个大礼堂，已经座无虚席。

六点五十八分，十分准时地，精神矍铄的老先生从一侧走出来了，还甚是可爱地戴着一顶鸭舌帽，台下掌声热烈。

接着贵宾们也开始陆续入席，唐思晨一抬头，瞥到一个人影，一时间愣愣地回不转神来，想了想，拿出手机编短信，“你在海大听讲座？”最后多加了数个问号，发送。

前排那个人低了一下头，似是在查看消息，过了一会儿，唐思晨的手机振动，

“你在哪里？”

拜灯光与角度所赐，唐思晨恰好坐在他视线的死角处，于是她坐得光明正大，还清清楚楚地瞧见那个男人动了动肩膀，不经意地往周围扫视了一圈。

台上的钱之焕先生咳嗽了一声，开场白是：“这么多人？”接着转头问一旁的团委老师，“你们没给下达任务指标说每个院要出多少人吧？”

哄堂大笑。

老头等大伙儿笑完，才说：“如果真有被逼来的，那我就不好意思浪费时间了，进入主题吧。”

灯光稍稍暗了一些，一旁巨大的投影屏幕上出现了简简单单的一句话——

“敦煌在中国，敦煌学在世界。”

“我引用陈寅恪先生的一句话开始吧。‘敦煌者，吾国学术之伤心史也。’”钱先生用他那不太标准的普通话说，声音中带着见证过那个时代的人才会带有的沧桑。

“敦煌在中国，敦煌学在世界。这句话，说的人是委婉了。不客气地说，这好比故宫在北京，可里边的宝贝，如今却在台北。”

礼堂迅速地沉静下来。

唐思晨掌心的手机又无声地振动起来。

她低头看了一眼，简直能体察到发短信那个人开始有些不耐烦了，“你坐哪里？”

唐思晨瞧着徐泊原坐得挺拔的身影，回他一条，“嘘，专心听讲座。”

“……”

讲座进行了一小时，其间老头只停下来喝了一口水，最后说：“有关当代敦煌学的内容，我今天讲到这里。接下来，主角应该是年轻人了。”

主持人接过话筒，“提问时间是半小时，最后我们在这里还要简单举行一个敦煌学研究基金的开启仪式。”

唐思晨有些明白徐泊原来这里的用意了。

海大的学子们很踊跃，纷纷举手。

第一个站起来的是前排的一个女生。

“钱先生您好。我是文学院的大三学生。首先我要说的是，您和您的讲座很受欢迎。下达指标分配名额的事您实在是多虑了，譬如我的票，就是我们班抽签，好不容易才拿到的。”

台下学生大笑，纷纷附和。钱老先生说了好几个谢谢。

“我知道您是敦煌研究院的名誉院长，每年有大半年的时间会留在那边，我想问，从年轻的时候开始，您……会觉得后悔吗？”那个学生顿了顿，补充说，“会觉得寂寞吗？”

老头做了个沉思的动作，接着说：“我先说个故事吧。”

“我岁数不小了，这大家都知道。原本学校说，这个年纪别带学生了，误人子弟。我想想，也对，也就五六年没带啦。后来去敦煌，在那边遇到一个女孩子。很年轻，刚刚大学毕业，我说，你打算留在这里呀？她说是啊。我当时想，这么漂亮的女孩子说的话，不当数。远得鸟不拉屎的地方，到时候男朋友说你回来结婚，当然就走了，于是笑笑就过去了。结果第二年，她还在。那我就惊讶了，一问，还是校友。我就说，你愿意当我学生吗？她说好啊。结果，我多了个关门弟子。”

“你问我寂不寂寞，我觉得，这个问题，我的学生——也算是你的师姐来回答比较好。”

“哎，思晨，你来回答这个师妹的问题。”老头的眼神很好，早早地找到了弟子所在，指了指，示意将话筒递给她。

唐思晨坐在座位上，感觉到无数的目光射过来，像是所有的鲜血在倏然间涌上了脑海，只觉得茫然，又觉得那是老头的玩笑，竟将这样一个烫手山芋抛了过来。

“哇哦，师姐真的很漂亮。”提问的小女生代表现场同学感叹，又是一阵大笑。

“我大概算是钱先生的关门弟子，很荣幸。至于老师夸奖我的，我并不敢当。”唐思晨勉强自己集中注意力回答那个问题，直至心情平复下来，“当你喜欢一样东西的时候，怎么会觉得寂寞呢？哪怕……它让你付出了一些代价，也是值得的。”

她知道自己说到最后一句话的时候，嘴唇轻轻哆嗦了一下，可她掩饰得很好，眼角弯成小巧的两枚月牙，仿佛在笑。

“是什么代价呢？”

“呃，像老师说的，本来男朋友说，回来结婚吧。结果掰了。”唐思晨勾勾唇角，半真半假地说。

没有人把这句话当真，学生们叽叽喳喳地开始讨论，喧杂的现场，似乎只有一个人捕捉到了她眼底那丝深深藏匿起的黯然。徐泊原有些出神地看着她，心中却在揣测着，这样一句话，由她说出来，究竟是有几分真、几分假。

幸而第二个学生又开始提问，唐思晨如释重负般坐下，忽然想到……徐泊原应该发现自己了，忙侧头看了一眼。

不偏不倚对上那双眼睛，微凉，含着笑意。

唐思晨忽然觉得在这个人面前，隐藏情绪是徒然的。他不需说，却自然而然地知道你在想什么。

手机又是振动。

“美女，失敬失敬。”

带着股调侃的味道，让唐思晨觉得放松了一些，她没有再回，嘴角带了笑，一言不发地望着台上。而徐泊原同样一本正经地面向前方，听得专心致志。

“现在我们有请DAB的总裁徐泊原先生，和钱老先生一起共同启动‘人文敦煌’研究基金项目。徐先生，一个月内在这个地方见到您两次，真是太荣幸了。”

那个主持人想必也是徐泊原的粉丝，而这句话在这个会场掀起第二波高潮——

徐泊原也在？还听完了整场讲座？要知道即使是那一日的宣讲会，徐泊原的露面也不过短短的十分钟而已。

最终徐泊原还是站在台上，接过了话筒，先向钱之焕微微示意了一下，才说：“今天他们说，你要在台上稍微说几句，我踌躇了很久。”

“因为在钱先生之后讲话，让我觉得……自己很有几分暴发户的感觉。”

这个时代的学生，喜欢勇于自嘲的人。在周遭的大笑声中，唐思晨不知道是不是自己的错觉，总觉得徐泊原有几分心领神会地朝自己眨了眨眼睛。

《爱喝苦艾酒的女人》。唐思晨想起那幅名画，同样忍不住开始微笑。

后来徐泊原还说了什么，唐思晨并没有记得很清楚，只知道他说得异常简短。简短并没有什么不好的，不会叫人觉得是喧宾夺主，反而突显出一力支持的诚意来。

这个男人就是很懂得在各种场合，让自己显得得体而丝毫不被人诟病。

最终到了散场时间，唐思晨随着人流慢慢往前走。手机径直跳亮了，“徐泊原”三个字一闪一闪的，看来那个人终于还是厌倦了短信。

“你在哪里？”

“快到门口了。”唐思晨往后张望了下，一旁几个学生认出了她，低低地开始议论。

“别急着走。”他在那头笑，“我马上过来。”

或许是因为那边还有脱不开身的寒暄与应酬，徐泊原并没有“马上”过来。唐思晨独自一个人在礼堂门口又等了一会儿，约莫隔了一刻钟，他才从侧门匆匆而来。

“嗨！”唐思晨又四下看了看，确定无人，才冲他挥手，“这里！”

他的头一句话就是道歉，或许是因为走得急了，气息微微有些不稳，离得近了，拂在唐思晨耳边，温热得有些发痒。

“没事。”唐思晨体谅地说，“我宿舍离这里不远，我去把上次的衣服拿了还给你。”

徐泊原比她高大半个头，轻而易举地俯视她，观察她的神色，然后一笑，“不用急。”

“那你叫我等你……”唐思晨有些迟疑地问。

“一起走走吧？”他说，“不是说海大是有名的花园学府吗？我还没好好逛过。”

唐思晨从他的声音里听出了一种淡淡却又不失关怀的味道，她不禁抬头，意外地发现他竟戴上了一副金丝边的眼镜，这让他整个人收敛起了那种清贵难以逼视的气质，愈发显得雅致，仿佛是校园里年轻的副教授。

“你……是要找我聊天吗？”她慢慢地问，指尖无意识地绕着自己的发丝，“谢谢你，可是不用。”

他们走下阶梯，唐思晨走到某一步的时候脚下滑了滑，徐泊原十分绅士地扶了扶她的腰，又妥帖地放开。

她忙说了句谢谢。

徐泊原沉默了很久，字斟句酌，柔缓地说：“思晨，我想让你知道，我不需要你对我客套、敷衍——那些我都看得出来。在我面前，请你不要戒备好吗？哭，或者笑，都可以。”

唐思晨不禁仰头，满天星光弥散在这个男人一双清睿的眼中——而他将一句仿佛发誓般的咒语，清晰而动听地刻在了她的心里，自然而然，丝毫没有迟疑。

他依然望着她，目光清明，却又深刻，似是能感知到她此刻所受的压迫感，徐泊原慢慢将视线移开，微笑着说：“所以，请你不要拒绝，好吗？”

# II

# 昼与夜的交替

## 1

走过操场的时候，唐思晨有些试探着问：“你想坐一坐吗？”

徐泊原答得很妙，“这样的天气，让人想喝啤酒。”

恰好不远的地方，就有一家小小的商店。

暗暗袭至的凉风中，唐思晨有些惊诧地发现……自己竟然喝了整整两罐啤酒。她用指尖将头发拨回耳后，又晃晃手中的易拉罐，一仰头，眼神略略有些迷离起来，“你知道吗？乔远川那家伙，酒量真的很糟糕。”

徐泊原拿啤酒罐与她碰了碰，微笑着说：“同意。”

“还爱逞强，受不得别人激。”唐思晨撇撇嘴，有些不屑，“其实他不知道……喝醉了，才更出丑啊。”

“还有呢？”

还有……唐思晨怔了怔。她有多久没有对旁人说起哪怕一丝一毫的，关于他的事了呢？

早就习惯了一个人藏在心里，也习惯了用工作和学习麻痹自己，这样一个夜晚，这么优秀的聆听者，忽然叫唐思晨觉得卸下所有的外壳，放松地仰望天空，是个很美好的主意。

“还有就是，人家都说，分手之后要大度，要祝福对方——不过我做不到。”唐思晨有意放低了声音，让自己的表情看起来狰狞一些，“那个时候我天天诅咒他倒霉。不过——他看起来，活得很好。”

徐泊原笑出声，忍不住伸手去摸摸她的头发，“是吗？”

唐思晨将空的易拉罐放下，伸手又拿起一罐，啪的一声打开。他看着她，却没有阻止。

“思晨，知道为什么那个时候……我希望你们再见一面吗？”

“嗯？”唐思晨一怔。

“就是因为，远川他，过得并没有你想的那样好。”

右手轻轻一抖，易拉罐里的液体倾出了一些，倒在手背上，凉得怕人，唐思晨抬头看着他，勉强说：“怎么会？”

她原本还想说我见过他的女朋友，可到底还是没有勇气，低了头，假装认真地在抹干净酒渍。

徐泊原将这一切尽收眼底，表情上的若无其事或许只是掩饰吧？这句话，原本早就该告诉她的，而他竟踌躇了数次，直到现在才说出来——说到底，还是有私心在的。

“怎么不会？如果我说他没把你当一回事，你会相信吗？”徐泊原看着她，“你会相信吗？他这么一个……有点死心眼的人。”

唐思晨不语，手指却在轻轻发颤。

“他原本不抽烟喝酒，这你总知道吧，”徐泊原淡淡地说，“那个时候把一切都沾了。我姐找他，都是直接去夜店的。后来总算有了些理智，渐渐克制住了。可是又成了工作狂，胃病也是那个时候熬出来的。我没见过这小子这样发疯，有一次，又是连轴转工作了一个月，我拉他去打球，说，以前你休息的日子，影子也摸不到，现在怎么了？忽然间事业为重了？”

“他只说，要是以前，我现在不是在飞机上，就是在火车上。可是现在，我没地方去。”

呼吸有片刻的凝滞，毫无征兆地，有眼泪从眼角的地方滑出来，一滴滴地落在手背上。风声刮过唐思晨耳边，她只得手忙脚乱地去擦，而徐泊原及时地将手帕递给她，揽了揽她的肩膀，“哭吧。假如当时觉得没哭够，现在补上。”

大四的时候，海大艺术系给学生们安排了外地实习，十分幸运，唐思晨那一届学生，争取到了去敦煌临摹壁画的机会。

唐思晨算过，那将会是她和乔远川在一起之后，分开最长的一段时间。那个时候他已经工作两年，虽然忙，却隔三岔五能见面。然而这次实习时间是两个半月，大四的时候，杂事很多，再加上找工作或者别的原因，也难免觉得时间太久了些。

很多同学选择放弃，确定最后的名单之前，唐思晨有些犹豫地打电话给乔远川，乔远川却比她爽快得多，“你想去吗？”

“想……”

“那就去吧。”他没多废话，“两个半月是吧？有时间就过去看你。”

后来乔远川淡淡地说：“这是我这辈子作得最错的决定。”

不管怎样，对于临行前满怀憧憬的年轻人来说，这不过是旅途开始前小小的犹豫罢了。他们唧唧喳喳地聊起往事，数十年前一代宗师张大千西去戈壁，在敦煌一待就是三年，归来之后画风大进，每个人都豪情万丈。

乔远川不管她乱七八糟的心思，只是对他们的行程略有不满，自打她说了坐火车去后，这家伙就紧绷着脸，没再说话。

原本是在餐厅点菜，唐思晨见他低头摆弄手机，忍不住推推他，“喂，吃什么？”

过了许久，他抬头说：“从这里到兰州，再到敦煌，火车要三十多个小时。”

原来是拿手机百度去了。唐思晨拿手托着下颌，说：“是啊。”

他脸色有些铁青，“坐火车很累，你行不行啊？”

“我很强壮的！”唐思晨笑嘻嘻地开玩笑，有些心虚地转开眼睛，没忍心告诉他学校订的硬座票。

“要是把自己折腾病了，唐思晨，你别指望我去看你。”良久，乔远川说了这样一句和之前矛盾的话，瞧见她不以为然的神色，又补充说，“也别打电话给我哭。”

“谁说我会哭？”唐思晨有些狼狈地说。

那丝笑意渐渐地转为温柔，乔远川看着她，低低地叹了口气，“糖糖，我真不放心你一个人去。”

唐思晨至今还记得在近四十个小时的火车之后，辗转颠簸到了敦煌市的那个早上。

新建的敦煌车站大得有些清冷。碧蓝的天，挺拔的树，干燥的空气——这粒沙漠上的明珠，倾国倾城。

一群年轻人出站，坐上了敦煌研究所的中巴车。尽管浑身像散了架似的，可学生们强烈要求立刻进窟，带队的老师却说：“急什么？先回去整理一下，睡个觉，有时间呢。”

他们住的地方是在市区，可条件实在是不怎么样。六个学生一间，上下铺，公共卫生间，洗澡需要跑到隔壁的公共澡堂。

中午在街边小店吃面条，唐思晨接到乔远川的电话。

电话那边的声音听上去亦有几分疲倦，唐思晨有些惊讶，“你怎么像没睡醒的样子？”

一路坐车过来，因为是硬座，她没睡觉，便时不时发短信骚扰乔远川。

“啊，刚才穿过隧道，耳朵好痛！”

“我看到一群羊哎！”

……

乔远川总会及时回她几句，虽然是寥寥几个字，也叫她觉得，还有个人在容忍她的无聊。只不过到了敦煌，唐思晨很没良心地……暂时将他忘了。

乔远川趁着会议间隙的午休打给她，有些咬牙切齿地说：“怎么不给我报个平安？”整整三十多个小时，他无时无刻不把手机带在身边，就连睡觉都会摸起来顺手给她回几个字，天知道自己有没有比她休息得更好一些。

“哦，我很好……”她笑嘻嘻地说，“等你休假了来这里吧，沙漠真的很漂亮——啊，我要去集合了，下午还有事。”

而就是在这天下午，唐思晨见到了后来自己选择的道路上，极为重要的一个人。

敦煌研究院下属的美术研究所所长苏美娟教授亲自接待了这一批千里迢迢而来的年轻美术系学生。

其实苏美娟的名字对于现场的每一个人来说，都是如雷贯耳的。她的父亲，便是被后人赞誉为与张大千先生画坛“南北双璧”的苏漠良先生。苏美娟教授出自名门，年轻时曾经出洋留学，归国后来到敦煌至今，可以说将这一生的艺术天分与心血，都挥洒在敦煌壁画上了。

岁月的磨砺让这位已经满头银发的老人看起来从容而清明，西北口音的普通话爽快明晰，没法不让现场的每个人由衷地起敬。

苏教授的丈夫钱之焕先生是海大的教授，以前也是历史系的系主任，更是被称为海大活着的“镇校之宝”。因此海大的学子们愈发觉得她可亲。

“看到你们，我就想起来，我来这里的时候才二十五岁，和你们差不多大。眨眼间就待了四十多年。”苏教授笑着说，“时间真是如同白驹过隙。”

说话间车子已经开到莫高窟入口处，最先见到的是敦煌研究院历史纪念馆，褐色的建筑伏在隔壁上，线条流畅。只不过所有的学生都将视线投向了另一个方向——三危山下，越过停车场上满满的旅游大巴和熙熙攘攘的人群，那里停驻着时光凝成的塑像。

敦者，大也；煌者，盛也。

长长的崖脉绵延。迥异于江南的灵秀，这种属于大漠的褐黄色，却像是巨龙的脊梁，从未弯折。壁画、雕塑，这些文化艺术上的奇葩，如今就静静地绽放于一个个黑黝窈然的洞窟中，仿佛时光之眼，从中透望出难以言说的瑰丽。

学生们静静地随着苏教授走过工作人员通道，随着栈道一路往上走，与蜂拥而来的游客渐行渐远。

“我们先去看看一个正在临摹的石窟。”苏教授查看手中的资料，“看看你们要工作的环境。”

暑假刚刚结束，此刻还算是炎夏。敦煌的天气是典型的白日里热夜间凉，温差极大。唐思晨还穿着短袖T恤，进入洞窟的时候只觉得凉爽。

一旁有同学说：“哎，好凉快。”前边苏教授听到了，很和蔼地转过头来说：“把外套穿上吧，一会儿你们就不觉得这是凉爽了。”

美术研究所的工作人员正在这个隋朝的427窟中临摹南壁上的壁画。那个画家爬在高高的梯子上，手中提着一盏冷光灯，仔细地观察着那尊飞天，接着爬下来，在自己的画纸上添上两笔，如此往复。

学生们没带手电筒，洞窟里除了那盏冷光灯也没有别的照明设备，只能隔着玻璃凑近了仔细看壁上的画。唐思晨注意到那个画家穿着厚实的军棉袄，膝盖上更是夸张地缠绕着两圈护膝。

“这是必要装备。”不知道什么时候开始，苏教授站在唐思晨身边，“你们初初进来，觉得凉爽。待上一整天就不会这样想了。不知道有多少人冻出了关节炎。”

话音未落，也不知是不是自己敏感了，唐思晨真的觉得身上凉意一阵阵袭来，赶忙将自己的外套穿上，笑着说：“好像真的有点冷。”

出洞窟的时候脚一软，差点没扑在前边男生的背后。唐思晨摸摸自己起了鸡皮疙瘩的手臂，对男生说：“喂，外套借我穿一下。”

“你不是吧？这么热！”

鼻息喷出来都是热烘烘的，唐思晨听到自己有些迷糊地说：“哪有？我怎么觉得越来越冷了？”

躺在床上的时候，唐思晨裹紧了被子，有些恨恨地想，要是自己真的病了，那就是乔远川的乌鸦嘴害的。

房间里空落落的。到敦煌的第一天，虽然在火车上折腾了三十多个小时，可年轻人们精力充沛，呼朋唤友着又去鸣沙山玩了。唐思晨爬起来吃了感冒药，然后泪眼汪汪地打电话给乔远川。

乔远川没接电话，隔了许久，才打回来，“现在才想到我了？”

她的呼吸很重，又用力吸吸鼻子，“嗯。”

“感冒了？”乔远川一下子听出来了，“怎么回事？”

怎么回事还用说吗？唐思晨低声说：“我好难受。”

那边半晌没什么动静，她几乎握着听筒快睡着了，却舍不得挂。迷糊中只听到他关照自己，“要是发烧了就去医院，别拖着不肯去。”

那天晚上高烧到三十九度多，带队老师将唐思晨送到医院，她蜷在椅子里打点滴，一直折腾到了快天亮。回到住处，恰好赶上同学们上车奔赴研究所，安排具体的实习工作。唐思晨坚持要和大家一起去，带队老师劝不动这个执拗的学生，只能默认。

挂完点滴的身体似乎比前一天好上许多，不再散架般地酸痛，只是有些力竭气喘，唐思晨他们一行二十个人，分配进古代壁画保护基地，先大致了解情况，再进洞窟临摹实习。

因为唐思晨下午还要去医院，老师便让一个学生陪着她搭工作人员的车先回去了，别的学生留下来正式开始工作。

“思晨，我去给你买点吃的，稀饭好不好？”到门口的时候，同伴说，“你先进去休息吧。”

推开那扇并不灵活的玻璃门，唐思晨往前走了几步，眼角似乎掠到一个身影，于是停步。那个小而脏的沙发上……似乎坐了一个熟悉的人影。

乔远川一言不发地站起来，快步走到唐思晨面前，将她抱在怀里的动作迅速而流畅。昨晚临时的决定让这一场行程异常的匆忙，连夜只买到了兰州的机票，而他索性在机场等到天明，又再飞到敦煌。

唐思晨没法不注意到他微陷的眼眶，乱糟糟的青色胡茬，然而一切言语的能力似乎都消失了，她只能将头埋在他的胸口，用力地抱紧，再抱紧。

她的脸颊轻轻蹭了蹭……湿湿的，原来——真的哭了吗？

而乔远川抚着她的头发，那一刹那，心都软成了一汪浅水。他的声音有些嘶哑，听上去甚至有些恨恨的无可奈何——

“我以后再也不会答应让你来这么远的地方了。”

## 2

唐思晨向老师请了假，暂时地从那间小宿舍搬出来。有了乔远川在身边，一切都不一样了。哪怕是在千里之外生病，每天要吞各种苦涩的药片，最后在唇间回味的时候，也能卷出一丝甜蜜来。

乔远川是请了年假出来的，大概能在敦煌待一个多星期。白天唐思晨去实习，他就在房间里做自己的事，下午陪她去医院，晚上就随便在这个小城市中逛逛。他似乎对这个著名的旅游城市没什么兴趣，甚至没有提要去景点转转，似乎只要陪着她，便心满意足了。

他订的酒店和唐思晨之前住的自然不可同日而语。有一样唐思晨是很喜欢的——那就是每天都能洗澡。就譬如现在，她坐在化妆台前练习素描的线条，浴室里哗哗的水声，悦耳安心。

过了一会儿，浴室里的水声没了，唐思晨听到他打开门，声音微微有些抑郁，“没水了。”

“啊？”唐思晨转过头，有些不知所措地看着他就这么随随便便地裹了条浴巾，头发上还有洗发水的泡沫，地毯上一踏就是一个水印。

敦煌缺水，时不时便会抽风上两回。唐思晨眯眼看着他许久，很不厚道地开始大笑。

“你再笑！”乔远川赤脚走出来，水珠从赤裸光滑的胸口一路往下，一直滑到紧实的小腹，眼中却是含着笑意的，“有点良心好不好？要不是你我怎么会来这样的地方？”

“哈哈哈！”唐思晨站起来，还在掩饰地笑，只是不知道为什么开始脸红，她确实需要帮他做点什么来缓解尴尬了。

“我……那我去问问服务员。”

她飞奔着出门，提了两壶烧开的水进来。

“喏，你将就冲冲吧。服务员说明天早上才有水。”她推推坐在床边的乔远川，“快去洗干净。”

等他进了浴室，唐思晨才又拿起素描，却只觉得心浮气躁，线条都有些发颤。她索性放下笔，托腮坐着，脑海中莫名地浮起了刚才的画面。其实自己也算见过好看的身体，譬如艺术鉴赏课上著名的男子雕塑，可是想不到……乔远川他，也这么好看。哎，他愿不愿意当自己的模特呢？

胡思乱想的时候，乔远川很不耐烦地探头出来，“唐思晨，你笨不笨啊？”

“啊？”

“你提两壶热水进来，我怎么洗？”

唐思晨尴尬地笑了笑，“我再去要凉水。”

提着凉水进房间，唐思晨犹豫着要不要将水放在浴室门口，让他自己拿进去。

浴室的门半开着，隐隐约约还有热气飘散出来。

“喂！”她试探性叫了一声，“水。”

“拿进来。”

浴室里被他的进进出出弄得全是水，唐思晨将两壶凉水放下，红着脸要离开，脚下忽然一滑。

幸而还有一双手接住自己的腰，唐思晨胡乱地伸手抓住乔远川的身体，惊魂未定的时候还记得紧紧闭着眼睛，“你穿衣服了没有？”

“有浴巾。”他的笑有些不怀好意，沉沉地说，“糖糖，我自己没法洗头。”

在水桶了调好了水温，唐思晨说：“你坐下来，低头。”

她拿了口杯，舀一勺，慢慢淋在他的头发间，手指轻轻地从其中滑过，柔和地按捏。

许是因为这双手学过画，执过画笔，摩挲在发间，舒服得让乔远川忍不住想叹息。他自水光间看见她抿着唇，洗得专心致志，唇角勾起的地方，俏丽可爱，忽然就忍不住想要抱住她。

乔远川是个想到了便会做的人，随手拿起那个水桶就朝自己淋了下去。他的头发不长不短，被水流一冲，立刻便清爽了。哗啦啦地淋下一片水，唐思晨被吓了一跳，口杯啪地落在地上，心有余悸地说：“你干什么？”

他发丝间望出去，看见她被水淋湿的T恤，和柔美纤细的曲线。于是目光明亮异常，像是被点燃了一簇火光。

甚至来不及将身体擦干净，乔远川便将她抵在了墙上，一低头，便吻了下去。

唐思晨被他吻得头晕目眩，身子一轻，已经被抱了起来。乔远川依然没有放开她，现在她的双腿盘踞在他的腰间，视线几乎能与他平行，而他断断续续地吻着，脚步却是走向卧房。

这个吻年轻而热烈，几乎将他们之间残余的水也一并地蒸发了。唐思晨用仅存的一丝理智推开他，“我……还在生病。”

乔远川堪堪将她放倒在床上，湿漉漉的发丝落在额上，又垂坠下来，这让他整个人都显得放松而不羁，只是那双凝睇在唐思晨身上的眸子却是异常的专注。

“早好了。”他继续俯身，亲亲她的耳垂，“乖，别骗我。”

亲吻什么的，之前也都有过，可是……都不是这样的。唐思晨有些心慌意乱地想躲闪，却总是被他牢牢抓住，直到他的手探进她的衣物里边……她不是没有感觉今晚会发生什么的。

他的薄唇依然往下，仿佛是为了让她更加心慌一般，有意停留在胸前的地方不肯离开。爱抚与亲昵间，唐思晨觉得自己无法阻止这件事的发生，她有些迷离地看着压在自己身上的年轻躯体，线条流畅而优美，仿佛是……蓄势待发的野兽。

而那头野兽却忽然停下了所有的动作，翻了身，并肩与她一道躺着，只有喘气声微微泄露了他此刻的心境。

他一手抚额，一边说："对不起。"接着坐起来，"我去看看还有没有水剩下。"

唐思晨随着他坐起来，却从背后抱住他的腰，将下巴搁在了他的肩上。

他的身体僵了僵，也没回头，声音有些发涩，"你再碰我，我真的不能保证自己会不会做出什么事来。"

这次是她辗转在他的肩上背上留下一串串的印记，那不是冲动，自然而然地，她想要这么做。

乔远川转过头来，双目深邃，"糖糖，你确定吗？"

她狡黠地眨眨眼睛，明明是深棕如琥珀的瞳孔，却又似染上了浅红，"就当是……奖励你千里来探病？"

他便义无反顾地，又深吻了下去。

半夜醒来的时候，唐思晨有些意外地发现，乔远川并没有睡着。他维持着那个抱紧自己的姿势，似乎一动未动。

"你不累吗？"她迷迷糊糊地问。

他亲亲她的额角，慢慢地说："等你毕业，我们就结婚吧？"

交往了两年，乔远川所表露出的，除了自身的优秀之外，也不过是个家境不错的男生。那个时候的唐思晨，并不知道乔远川有着显赫的背景。她还像在做梦一样，说："结婚啊？要有车有房才行。"

他低低地笑："这个标准太低了。"

一个星期转瞬即逝，仿佛她的病，也很快就好了。乔远川离开的时候，唐思晨并没有时间去送他。这一天研究所里有人送来了一批从国外刚刚收回来的敦煌经卷，唐思晨办公室里的一位老师被喊去鉴定，她便跟着一起长见识去了。

严格控制湿度温度的室内，每个人都戴着手套，唐思晨面前摊了薄薄一本册子，屏住呼吸翻开。纸页脆黄，是一本佛经，她一个字一个字地看，有些不确定地说："这是……唐朝的卷子吧？"

"哎，很不错啊。"身边那位老先生半褪下那副老花眼镜，"小姑娘，你是猜的吗？"

唐思晨摇摇头，"不是。"

那位老先生喊了身边的同事，"你看，这姑娘意见和我一样。"

"说说看，为什么是唐朝的？"

"这个写经体，挑和捺都特别的尖。"因为是学美术的，她对笔画非常的敏感，"可是别的笔画都很圆润，一般来说，唐笔肥大，所以这个特征是最明显的。"

老先生连连点头，"很好，很好。"

"不过最好的办法应该是测定这墨的成分吧。"唐思晨有些不确定地补上一句，"唐墨是油烟做的，后世大多用松烟。墨没法作假，鉴定一下就知道了。"

老先生摘下眼镜，重新审视这个小姑娘，最后和蔼地问："怎么没见过你？"

"哦，我是实习生。"唐思晨抓抓头发，很不好意思地说，"我信口开河，您别笑话。"

"实习生都这水平，我们敦煌研究后继有人了啊。"老先生笑起来，赞赏地说，"很不错啦小姑娘。你是学历史的？"

"不是，我是学画的。"

老先生眯了眯眼睛，笑笑说："哦，很好，很好。"

后来世事变迁，生命中有的人走了，有的人却又留下，辗转间自己竟成了这老头的学生，却是当时的唐思晨并没法预料到的。

回忆最终停顿在这里。唐思晨觉得自己像是在说另外一个人的故事，那些细节当然没有说，可即便这样，也叫她觉得，已经过去了好远好远，如果不用力回忆，就再也不会存在了。

徐泊原是个极好的听众，不打断她，可她知道，他在很认真地聆听。

“然后呢？”

“然后……”唐思晨笑出声，数数身边几个空罐，“才几罐啤酒，酒资不足，不说了。”

她收拾好几个空酒罐，拍拍手站起来，脚下却是轻轻一趔趄。

徐泊原抓着她的手臂，等她站稳，才说：“很晚了。你饿吗？”

学校的操场早就变得空空落落，深蓝色的天空却旷寂般压了下来，那些星星若有似无地闪烁着，仿佛点缀着泪珠的少女晶瞳。

“现在学校后门的夜市是最红火的啊……”唐思晨侧过脸去看着他，“要不要……”

徐泊原的脸色有些发青。恰好一旁走过的书报亭要打烊关门，他随手就拿了份报纸，然后翻到其中一版递给她。

是一场签约仪式。

唐思晨第一眼就认出站得笔直的徐泊原，而且，这是她见过的，最严肃正经的徐泊原。黑色的西服，线条冷峻，薄薄的唇角拉成一条线，盯着镜头的目光……真的有些让人觉得害怕。

“这个签约很重要吗？”唐思晨说，“你看起来很严肃，就像对方欠了你好多钱。”

“实际上……”徐泊原带着笑意摸摸自己的鼻子，“是因为我当时很不舒服。是……地沟油的缘故。”

“……”

“还有，你怎么知道这份报纸上有你？”

徐泊原答得一本正经，“我有收集关于自己报道的习惯。”

“不信。”

“不信吗？”他扶了扶眼镜，侧脸看上去英俊柔和，“因为这个合同很重要，所以我相信……哪份报纸上都会有的。”

这个人有着……奇异的，冷幽默感。唐思晨对他下了这个结论。

过了一会儿，快到校门口了，她诚挚地说："谢谢你。"

他没有逼她讲出那些事，说到底，还是她自己心甘情愿告诉他的。他没有评论，也没有感慨，甚至眼神也没有丝毫变化——这让唐思晨觉得十分舒服。

"不要急着谢。"徐泊原深深地看着她，仿佛是在提醒她记住这一晚，"你只说了一半，下次记得补上。"

## 3

讲座上的那个小小插曲，俨然让唐思晨成了海大的名人。偶尔走在路上，还能被学弟学妹认出来，甚至颇为意外地接到了一个电话，说是某周报想要做和敦煌大展相关的专题，询问唐思晨愿不愿意接受一个访谈。

最后因为记者说可以用化名，唐思晨就答应下来，约了时间，是在文岛市中心的某咖啡店。

周末下午的两三点，店里大部分是逛街逛累的客人。唐思晨很快就找到了窗边卡座那位姓赵的女记者。

做记者这一行，天生要有几分会暖场的气质。她站起来与唐思晨握手，笑着说："谢谢你愿意接受采访。"

唐思晨还有几分拘谨，只说："没什么。"

"你长得这么漂亮，真的不考虑在我们报纸上放张照片吗？"

"呃……不是说可以用化名吗？"唐思晨看着她手里的相机，有些犯憷。

"好啦，不吓你。我只是有点不甘心。"记者笑着将相机放下了，"海大那场讲座我也在，所以才想找你的。"

“是这样啊。”唐思晨有些恍然大悟，“其实是因为钱老师他很喜欢开玩笑……有时候，会弄得我们后辈很难办……”

“不会不会。”记者摆摆手，“年轻人的故事，会更贴近我们的读者群一些。你真的一定要化名吗？”

唐思晨的指尖拨了拨掌心中的马克杯，只笑了笑，说：“其实我们做的，和导师他们老一辈相比，真的微不足道。我怎么好意思用真名？”

记者并没有勉强她，提出的问题中规中矩，无非是“为什么要去敦煌”、“在那边每天都会干什么”之类的。

“哎对了，”记者看了看时间，“我约了另一个访谈，也是这个专题的，你介意一起吗？”

唐思晨有一种松一口气的感觉，“当然不。”

“来了来了。”记者站起来，冲着窗外挥了挥手，“看到那个女生没有？”

明明点的是热腾腾的水果茶，却忽然从头至尾地浇了一大桶冰块下来，唐思晨看着窗外走近的那两个身影，仿佛为了求证，有些难以置信地转头望向记者。

“嗨吴小姐，这里。”记者招呼吴媛媛，百忙之中还不忘说给唐思晨听，“是她主动要求与你一道做访问的。”

记者将自己的位置空出来，坐在唐思晨身边，看着对面两个人入座，开始为双方作介绍，“这位是吴媛媛，这位是唐思晨。”

吴媛媛弯弯的眼睛里满是善意的笑，又闪烁着几分好奇的光泽，直直地看着唐思晨说：“你好，唐小姐。”

唐思晨伸出手与她握了一下，只觉得嘴角的笑有几分勉强，“你好。”

记者好奇地看了一眼吴媛媛身边的那个年轻男人，“这位是……你的男朋友吗？”

乔远川嘴角的笑有几分漫不经心，除了进来的时候他略略朝记者点点头，其余的时候只是坐着，目光斜斜望向窗外，似乎没注意到这里还坐着另一个人。

“哦，他啊，不用管他。”吴媛媛狡黠地回避了这个话题，转头望向唐思晨，

“唐小姐，是我让记者安排我们一个时间的，你介意吗？”

“嗯？”唐思晨有些发怔，她好像……并不知道自己有哪一点吸引到了这个漂亮女孩的注意。

“是这样，吴小姐是舞蹈家，省剧院在排演一台大型的敦煌歌舞，吴小姐会是主角。”记者十分热心地开始介绍，“她说很想认识你，也能多了解一些有关敦煌歌舞的背景知识。”

“可以吗？”吴媛媛双眸亮晶晶的，盯着唐思晨，“我的确是有私心在，想要认识你。”

“当然可以。”唐思晨低头笑了笑，或许是因为今天是阴雨天气，右手又有些酸痛起来，她努力克制住手臂的微颤，又有些不自在地将腿伸了伸，想要换个坐姿。

不经意间，似是踢到了对座的那个人。唐思晨下意识地抬头看着乔远川，想要道歉，可那句对不起到了嘴边，却又悄无声息地逸散开了。乔远川依然淡漠的侧脸让她觉得，就算是虚与委蛇，也是毫无必要的。

“哎，你要是很无聊的话，就帮我去对面买新烤的羊角包吧？”吴媛媛摇摇乔远川的手臂。

“好。”他并没有多话，站了起来，“你们慢慢聊。”

唐思晨拿着银色小匙搅着玻璃茶盏，仿佛没有听见这些对话。

“只要羊角包吗？”乔远川停下脚步，声音温柔得能淌下水来，“那家的蛋挞也很不错。”

唐思晨呼吸一滞，慢慢地抬起头来。他居高临下地站着，黝黑深邃的视线，他似是在等这一刻，凝睇她，仿佛彼此的视线中，能激荡起过往的一切。

就是那家店，她一次能吃掉整整一盒的蛋挞，而那个时候他纵容地看着她，总是说：“要不要再去买一盒，我想看看你的极限是多少。”

后来她待在敦煌，而他不止一次地诱惑她，“糖糖，要不要回来，不想念蛋挞吗？回来了你吃多少我都不拦着你。”

“随便你啊。”吴媛媛活泼地说。

“哎，你男朋友怎么这么帅！”小赵记者开始八卦，“帅哥美女，这个世界颠扑不破的真理。”

吴媛媛只是抿唇笑了笑，却转而望向唐思晨，“唐小姐有男朋友了吗？”目光那样促狭，分明是一副“你知我知”的表情。

唐思晨的回答很坦荡，“没有啊。”

“哎？”吴媛媛一怔，有些失望，却依然笑意盈盈地说，“唐小姐这样漂亮，喜欢你的人一定很多。”

唐思晨笑了笑，将脸一转。咖啡店外，乔远川正在等绿灯。烟灰色的长裤，白色衬衣，宽肩窄腰，挺俊得一如既往。只是气度中多了几分沉静，再也无法叫人轻易地窥见喜怒哀乐了。

一回神，咖啡店里的音乐正低低吟唱——

“深深深呼吸，不让泪决堤。
我最爱的你，深锁在心底。
深深深呼吸，回头不看你，
有你的往日，一幕幕涌上眼底。”

他是故意的吗？明明可以回避的场合，为什么还要这样彼此折磨？

“唐小姐，唐小姐？你在听我说话吗？”

“啊？”唐思晨回过神，抱歉地笑了笑，“你叫我思晨就好。”

“我刚才说，敦煌壁画上有很多描绘的歌舞图吧？下次你能不能替我讲解几幅呢？”

“当然可以。”唐思晨半开玩笑，“只是你们舞蹈公演的时候，记得给我贵宾票。”

“那就说定了。”吴媛媛笑了起来，“那天我去博物馆，排了两个多小时的队，结果看了一半洞窟不到，就闭馆了。”

唐思晨相信，假若没有乔远川的话，她会与吴媛媛相处得很好的。因为她活泼开朗，且毫不矫揉造作，以至于专访结束，记者同志急着回去了，她还牢牢拉着唐思晨不放，“哎，你等等啊，尝尝羊角面包，很好吃的。”

乔远川已经走到门口了，唐思晨原本想随着记者一道离开，此时也骑虎难下了，只能坐下，勉强笑着说：“好啊。”

他带了一大包甜食回来，蛋挞便有各种口味的足足三盒，陈铺在桌上，香气逼人。

吴媛媛拿了一枚递给唐思晨，“热的，你试试看。”

乔远川半倚着沙发，拈了一支烟，却没有点燃，似乎只是这样持在指尖，却忽然开口说：“她不吃紫薯的。”

吴媛媛的手滞在空中，有些不可思议地回头看看他，“什么？”

他却自若地转向吴媛媛，用那种溺爱的语气说：“你不是最爱这个口味吗？买了那么多，别的也足够吃了。”

吴媛媛尴尬地笑，娇嗔着说：“你怎么这么小气？”

唐思晨长长的睫毛一垂，云淡风轻地说：“真巧，我喜欢原味的。你不介意的话，这盒就归我了。”

蛋挞还是热的，蛋香味、牛奶味浓郁扑鼻，好吃得仿佛能流淌下来。唐思晨专心致志地吃了一枚，拿纸巾擦了擦手说：“真好吃。”

乔远川淡淡地说：“好吃的话，怎么不多吃一些？”

她只敛起眉目笑了笑，“我胃口比较小，吃不下了，谢谢。”

乔远川不动声色地看着她，他知道她急着要走，他也知道合理的方法就是放她走……否则，他不知道自己会不会再做出些别的事来。

可是理智又一次与自己背道而驰。

“唐小姐，不如一起吃个晚饭吧？”

唐思晨瞪大了眼睛，有些不知所措的表情，让乔远川蓦然间觉得爱恨难辨，他抿起唇，知道自己有些残酷，却并不愿就这样放过她，执拗地等她的回答。

拒绝，或者同意。

“对啊，一起吃个晚饭吧？”吴媛媛说，“我还有很多问题想要问你。”

双手放在膝上，握紧，又松开。唐思晨终于咬牙，慢慢地报以微笑，双眸中望不见一点阴霾，“好啊。”

这顿晚饭是唐思晨吃过的，最潦草、最没有胃口的一顿。一个多小时的时间，度秒如年。所幸吃完饭后，似乎连乔远川都倦了，没有人提出“再去哪里坐坐”这种要求。

出了门，夜风拂面。

吴媛媛坐在副驾驶的位置，“你先送我吧，再把思晨送回海大。”

唐思晨皱了皱眉，忽然有些后悔自己坐了上来。

她直觉要开口拒绝，却看见那双幽凉的目光自后视镜回望自己，乔远川略带讽刺地笑着，“唐小姐不要我送？这里可不好打车。”

“不用不好意思。”吴媛媛扭头看着她，“我家离这儿很近，绕五分钟就到了。思晨你稍微等等。”

最终还是将吴媛媛先送走，车子里只剩下两个人。

没有比这更可怕、更尴尬的了。

他们处在这样一个封闭的空间里，彼此是清醒的；曾经分享过那样多的记忆，此刻却只能陌路。

“真的连敷衍的话题都不愿意说吗？”前边的乔远川忽然微笑着说，“思晨，还是你对我已经无话可说了？”

唐思晨拿手指搅着包上的一根流苏，过了许久，才轻声说：“你是故意的。”

“没错，我是故意的。故意一起来专访，故意来这里吃饭，故意把她先送走，故意要和你单独在一起。”他直截了当地承认，眼睛却危险地眯了眯，光芒一闪而逝，“我只是想知道一件事——那天晚上，你究竟以什么样的心情，告诉整个礼堂的人，你为了你的理想，付出了和我分手的代价？”

## 4

沉阴了一日的天气忽然开始肆意地爆发。

原来这初秋也会下起阵雨，闷雷从最远的天际响过，接着是闪电，一道又一道，无穷尽似的，瞬间将这个夜晚照得亮如白昼。

唐思晨看见他扶着方向盘的手，握得那样紧，指节突出，而上边的伤疤狰狞。

其实不用去看他的表情了吧，尽管略一抬头，就能从镜子里看到——唐思晨错开了目光，低声说："那天你也在？"

回答她的，是一个凶狠的刹车。橡胶轮胎擦着地面，发出叫人觉得牙齿酸痛的"嗤"的一声，雨滴噼噼啪啪地落在车窗玻璃上，密密如沙尘。

乔远川将车停在路边，语气清淡地笑了笑，"是啊，我在。"

唐思晨的右手放在膝上，她便拿左手覆上去，似乎交叠之后便能给自己一些暖意。

"对不起。如果我知道你也在……"唐思晨顿了顿，忽然有些茫然，如果她知道他在，又会怎么回答呢？她还是会这么说，用半真半假的语气，用调侃的语气，努力云淡风轻地去化解疼痛。

"如果知道我在，你还会和徐泊原一道去喝酒吗？"他打开了车窗，燃了一支烟，沉沉地说，"会吗？"

他记起那一天，自己像傻子一样，远远地看着他们两个。在这个充满了回忆的海大校园里，他看着他们坐在操场上，喝酒、聊天。他不知道他们说了什么，只记得在这个操场，他曾经逼着她每天跑步锻炼身体。跑过两圈，她弯下腰，大口喘气，他便带了得逞的笑上前扶住她……那些吻仿佛是惩罚，萌动着满满的爱。

“我们没做什么。”唐思晨深呼吸了一口，吸入肺间的气体清凉，混杂了些泥土的味道……和烟草的凛冽，“认识徐泊原的时候，我不知道你们的关系。他只是一个普通朋友……”

她不知道自己在解释些什么，似乎有个声音在告诉自己，这些毫无必要，可嘴巴还是在说，带了慌乱在说，这甚至让她难以顾及前面那个人的反应。

“够了。”乔远川打断她的时候，顺手松开了领口的那粒扣子，皱着眉，“我对你们怎么认识的不感兴趣。”

唐思晨的话被卡在那里，上不去下不得，胸口有些发闷。他永远都是这样，不论是以前，还是现在，吵架的时候喜欢卡住她的话头，叫她进退不能。

外边正在下大雨，可是那股难以克制的怒火正在迅速地攀附上来，唐思晨没有多想，解开安全带，伸手去开车门。这个动作一气呵成，以至于站在了空落落的马路上数秒之后，才觉得冷。雨水很快沾湿了亚麻长裤，她艰难地睁开眼睛，一边往前走，一边祈祷着能有出租车经过。

背后有人很快追上来，脚步声很重，重到溅起了地上的泥浆，然后一把扣住唐思晨的手腕，逼得她面向自己。那张英俊的脸因为愤怒，隐隐显得有几分狰狞，“你又发什么疯？”

唐思晨被他拉得一趔趄，又或许是因为激动，良久稳住了身体，只是一言不发。

“上车！”乔远川几乎是低吼，一把拖住她往自己车子走去。

她沉默，却没动，倔强地抵抗。

“你不走是吧？”乔远川怒极反笑，一把放开她，“好，我陪你等。你要拦车？我看你什么时候拦得到车。”

雨还在哗哗地下，用不了半分钟，就将两个人浇得湿透了，可谁也没动，仿佛两尊石像，在黑暗中一道天荒地老。

唐思晨抓着自己的包，那些情绪随着这场将自己浇淋得彻底的暴雨，正在一点点地宣泄出去。她没有转头看乔远川，嘴唇轻动的时候，有几道水痕滑了进来，竟有些冰凉的咸涩味道。

“乔远川，我们不要再这样了——”

她的话并未说完，却借着一道闪电，清晰地看到乔远川紧蹙的眉，和绷紧的表情。

“你怎么了？”她转身，大惊，“你怎么了？”

雨水顺着他轮廓分明的侧脸落下来，而这个男人只是用力地抿着唇，表情坚强得似乎不愿让她发现自己的痛苦。

“胃病犯了吗？”又是一道闪电划过，唐思晨忽然想起来徐泊原对她说起过这个，“车上有没有药？”

他却听而不闻，轻忽地扯出一丝笑来，一字一句地说：“和你有什么关系？”

乔远川倔强起来，比起唐思晨，是从来都不遑多让的。

他轻而易举地扯掉她的手，依然站着，背脊挺直。

唐思晨能发现他微颤的身体，和苍白得可怕的脸色。她想起今晚吃饭的时候，他们坐一个包厢，乔远川坐在靠窗的位置，一支接着一支地抽烟，饭菜一口未动。

她当真有些害怕起来，走近了几步去搀他的手，“乔远川，我们回车子上再说——”

似乎是之前笔直的站立耗去了这个男人所有的力气，她只轻轻拉了拉，竟能把这样高大的人拉得往后退了数步。

唐思晨忙扶住他，“慢慢走。”

最后还是将乔远川扶进了车子的后座。滴滴答答，湿了大片，将脚下雪白的羊毛毡子染上深深浅浅一片泥水。

“你带药了吗？”她说，因为进了车内，没有了雨声的嘈杂，这句话分外的清晰。

他似是真的极为痛苦，闭着眼睛，并不望向她，不愿让她看到自己此刻的窘迫。

唐思晨胡乱抹了抹脸上沥下的水，从淋湿一片的包里翻出了手机，右手颤抖着摁下通讯录名单。手一直在发抖，抖得难以克制，她不得不停顿下来，深呼吸了一口，才重重地摁下了其中一个键。

手机却突然黑屏了。是因为淋了水的缘故吗？唐思晨咬了咬唇，又推乔远川一下，“你的手机呢？”

他的手机却是一直丢在前座上的，此刻好巧不巧地响起来，唐思晨的身子往前一探，伸手拿过来，那个名字一亮一亮的，“阿原”。

接起来，电话那头的男声已经略微有些不耐烦了。

“远川，你去哪里了——”

“是我，是我。”唐思晨看着乔远川灰败的脸色，带着哭腔打断他，“乔远川和我在一起。他好像胃病犯了。”

“你们在哪里？”徐泊原的声音依然很镇定，这让唐思晨觉得自己平静了些。

电话挂断之后，除了乔远川略带急促的呼吸声，这个空间里，重又寂静下来了。唐思晨将车窗关上，暖气依然从前往后，不疾不徐地铺洒在两人身上。她怕他着凉，就去脱他的外套。

乔远川斜斜倚着后座，任由她解开自己西服的扣子，然后褪到手肘的地方。他一直毫无知觉般闭着眼睛，直到此刻，却不知是哪里来的力气，将她抱在了怀里。

她柔软的身子几乎便是合身扑在了自己的胸口，乔远川的双手在她身后缠绕而过，嘴唇就在她耳边处低低呢喃着，“糖糖。”

不知他穿的衬衣是什么质地的，凉凉麻麻的一片。唐思晨挣了一挣，他似乎低低呻吟了一声。她担心他的身体，便只能由他搂着，而他的体温渐渐地传渡过来，感觉由陌生，变得熟悉。

这一刻的静谧，仿佛是，跨越了千山万水才来的。

不知过了多久，车外雨幕中亮起了一片急促的光。又有人敲了敲车窗。

唐思晨连忙推开他的手臂，打开车门。

徐泊原站在车门边，身后有人替他打了一把极大的黑伞，他俯身看了看车里的情况，仿佛松了口气。

唐思晨要跨出车门，身后倚着的那个人犹然扣着她的手指，不愿分开。她不得不顿了顿，翻身掰开他的手指，才喘着气站在车门外。

医生开始简单的检查，唐思晨站在原地，并没有离开，因为抿着唇，显出几分急迫与焦虑来。隔了许久，直到那个医生说出“没什么事”的时候，她终于长长舒了口气。

依然是风雨交加，唐思晨这才发现，雨水并没有落在自己身上。徐泊原站在她的身后，手中执了伞，撑在她的头顶，而他穿着深灰色的风衣，恰好替她将风亦一并遮去了。

“走吧。”徐泊原没有问起他们为什么在一起，又弄到这样狼狈，只是低声柔缓地说，“先上车。”

“他呢？”唐思晨迟疑着问。

“你觉得他会有事吗？”徐泊原笑了笑，耐心地陪她站在原地，“这么多人围着他，这小子犯次胃病，想要好得慢，恐怕也不成。”

她沉默地随徐泊原上了后边的一辆车，车子拐了一个方向，驶向城郊。

徐泊原坐在她身侧，伸出手，覆住她紧紧握成的拳头，低声说：“别担心，他不会有事。”

唐思晨慢慢地放松下来，拳头亦松开了。徐泊原却有些惊诧地发现她还在发抖，他将这丝讶异掩饰得很好，有些漫不经心地转过头，似乎是在查看窗外的天气，而掌心……却更用力地攥紧了。

“你没告诉我，他的病这样严重。”唐思晨终于开口，打破了沉默。

“告诉你了，你在意吗？”徐泊原不动声色地说。

“我……”唐思晨忽然加重了语气，带了几分赌气说，“至少我不想亲眼看着他犯病。”

徐泊原忽然笑了，笑得让唐思晨有些莫名其妙。他修长的手指指了指自己的额角，语气带了丝无奈说：“他啊……大概是这里犯病了。”

唐思晨先是绷着脸，直到此刻才笑了出来。

气氛便略微柔缓了些，车子拐了弯，那幢颇有些眼熟的屋子出现，唐思晨有些惊讶地“啊”了一声。

他笑说：“你这一身太狼狈了，今晚在这里将就一下吧。而且……你应该不放心远川吧？”

明知乔远川就在那辆车里，一大堆人围着他，可实事求是地说，她还是有些不放心。

“今晚留下来吧。”他打量她一眼，“收拾好了你再去看他。”

阿姨领着唐思晨进了一间客房，替她拉好窗帘，在浴室铺好地巾，笑眯眯地说：“换洗的衣服已经放在浴室里了，身上湿掉的那套丢进衣篓就行，别担心，明早也能穿了。”

唐思晨道了谢，进浴室整理了一遍，这才穿着那套极大的家居服出来。

床边细心地搁着一杯热气腾腾的姜汁，唐思晨几口喝完了，又卷起了衣袖和裤脚，走到门外。

“徐先生在楼下等您。”阿姨走过来，依然笑眯眯地看了她一眼，“头发需要我帮你吹干吗？”

“不用。谢谢。”唐思晨快步下楼，第一眼见到徐泊原坐在起居室，桌上是一沓文件和一台电脑，他依然戴着眼镜，这个夜晚于他，似乎没有什么特别。

“他……好一点了吗？”

“我带你去看看。”徐泊原随手合上电脑，站了起来，“刚睡着。”

“他的胃病有多严重？”唐思晨犹豫着又问了一遍，“刚才他看起来很痛苦。”

“偶尔会犯，今晚你们一起吃饭的？”徐泊原似笑非笑地看她一眼，问得漫不经心。

“还有吴小姐。”唐思晨数着他的脚步，有些僵硬地解释说，“后来他送我回学校，突然就犯病了。”

是突然犯病吗？徐泊原意味深长地“哦”了一声，并不提起为什么明明开着车，两个人却淋成了这副模样。

“进去吧。”他替她扶着门，“医生刚走。”

房间里只开着一盏床灯，被褥雪白厚实，乔远川安静地躺着，只有手臂露在外边吊着点滴。

唐思晨屏住呼吸，站在他的床边，两年来，头一次可以这样肆无忌惮地打量他。

松软的枕头间，这个男人脸部的线条很简练，眉宇微蹙着，又稚气得像个孩子。唐思晨无法控制自己，俯下身，去拿手指扣他的鼻尖。

“喂，以后不要这样子吓人了。”

她用很慢很慢的语速说，那几个字一个个地往外蹦，最后一丝声音飘散的时候，恰恰一滴眼泪落下来，沾在枕头上，将那里洇湿成透明的一小块斑驳。

熟睡的乔远川不知感应到了什么，不安地动了动身子。

还是睡着好，睡着了，什么都不记得了，唐思晨怅然地看着他，身后的门却忽然被推开了。

走廊上光线明晃晃地照进来，一个女人脚步匆忙地半跑过来，脸色铁青。她的身后，还跟着徐泊原，一脸无奈，“姐，你轻点，远川刚刚睡着。”

唐思晨吓了一跳，眼看着那女人走到乔远川床前，连忙退开了半步，却踩上了身后的徐泊原。幸而她只穿着拖鞋，这一脚也不如何的重。徐泊原低头看了一眼，她的裤脚处卷起了好几折，脚踝纤细白腻，不由笑了笑，“小心。”

乔远川的母亲大概把唐思晨当作了护士，头也不回地问：“他怎么样了？”

“呃……”唐思晨噎住，只能侧头望向徐泊原。

“姐，她是我朋友。”徐泊原若无其事地说，“也认识远川。今晚本来她、媛媛还有远川三个人在吃饭，路上远川胃病犯了。”

“你真的不是从夜店将他带回来的？”

“真的不是。”徐泊原叹了口气，转向唐思晨，“这位是远川的母亲，我的姐姐，徐泊丽。”

“您好……”原本是该叫伯母的吧，可是现在……唐思晨怔了怔，她该怎么称呼这个人？

幸好徐泊丽并没有计较这个，她礼貌地点点头，又俯身摸了摸儿子的额头。

离开的时候，徐泊丽的目光落在唐思晨脸上，那一瞬间，她怔了怔，皱眉想了想，重新仔细地打量她，欲言又止。

唐思晨被她看得有些局促，幸而她转开了目光，对徐泊原说："泊原，我要和你谈谈。"

唐思晨走在最后，关上房门前，又回头看了一眼。

徐泊原在她前边两步的地方等着她，因为侧着脸，表情有些莫测。

唐思晨愕然地与他对视，隐隐觉得有些不妥。

"咳——"徐泊原咳嗽了一声，"思晨……"

"是不是乔远川的妈妈她误会了……"唐思晨有些踌躇，又不知道该说些什么，"请你帮忙解释一下……"

徐泊原转开了眼睛。走廊上的柔光倾泻而下，唐思晨发现，眼镜也遮不住这个男人极长的睫毛。

"不是这个。"他的眼角隐约闪烁着笑意，"是你的衣服，好像，前后穿反了。"

"啊？！"

唐思晨下意识地看看自己胸前——果然，领口开得很高，那么后边……

徐泊原当然也不会告诉她，其实她后背露出的那片肌肤雪白细腻，加上零落散下的长发……很性感。

"回去休息吧。"徐泊原微笑着拍拍她的肩，"还是你愿意下去和我姐姐谈一谈？"

唐思晨后退了一步，低头，很快地说："我……我还是回去好了。"

一直到她的背影消失，徐泊原才踱着脚步，慢慢下楼。

起居室里，徐泊丽手中捧着一杯热茶，靠在沙发上，却是心事重重的样子。

"刚下飞机，你不累吗？"徐泊原在她身边坐下，顺手替她将身上的披肩理了理。

徐泊丽的声音清冷，仿佛这一日的天气，“那个女孩子……就是远川以前喜欢的那个，是不是？”

徐泊原不置可否地喝了一口手中的热茶。

“我看过她的照片。”徐泊丽揉了揉额角，“你不用替他们隐瞒了。”

“不，姐姐。”徐泊原放下手中的瓷杯，含着笑意，缓慢而雍容地说，“她在这里，只是因为，她是我的朋友。”

## 5

这一觉睡得十分深沉，加之窗帘的遮光效果极佳，唐思晨醒来的时候，室内依然是黑茫茫的一片。她摸索着去将床灯打开了，这才看见桌边的时间显示着已近中午。

床边的衣服还是昨晚那套，已经清洗熨烫过，唐思晨拿起来穿上了，又匆忙进浴室洗漱了一番，听见屋外有人敲门，“唐小姐，你起床了吧？”

头发还没来得及绑，唐思晨将门打开，阿姨站在外边说：“饿吗？楼下准备了吃的。”

“徐先生呢？”

“徐先生在起居室。”

“我想问问，乔远川还在这里吗？”

“早上的时候送去医院了，说是要再做次检查。小姐有些不放心他。”

“哦。”唐思晨的一颗心慢慢安妥下来，“麻烦你带我去找徐先生。”

与昨天相比，今天的天气是真的好。

真正的秋高气爽，是说天空极蓝，又这样辽阔，阳光毫不吝啬地从起居室的落地玻璃窗中溅落进来，白色的窗格在地毯上投下大小不一的间距。

她曾见过报纸上的徐泊原，在商场上杀伐决断，眼神坚定；后来在学校，那时他短短几句话，低调简单，却又隐约透着极有智慧的人情世故；而在操场上聊天的时候，他带着微笑倾听，仿佛无所不可包容。

这个男人有着各种各样的侧面。而今天的徐泊原，仿佛是生活悠闲的公子哥儿，轮廓俊秀，正侧对着她坐在摇椅上，膝上盖了一块毛毯，手中拿着报纸。因是在家中的缘故，他穿得很休闲，米白色的开襟绒衫，深灰色的家居裤，发丝清爽。身边那只他曾经提起过的拉布拉多，懒洋洋地偎着，一如它的主人，还带着几分慵散。

唐思晨还没有开口，他便知晓了她的存在，转过头，将手中报纸放下了。

“起来了？”

“嗯。”唐思晨答应了一声。

“先喝杯牛奶，然后早饭午饭一起吃了吧。”徐泊原站起来，十分自然地走到餐桌前，替她拉开椅子。

唐思晨坐下的时候有些拘谨，徐泊原绕到她的对面坐下，像是察觉出她的紧张，微笑着说：“今天周日，你应该不用上课吧？”

“不用。”

“你喜欢往牛奶里加糖吗？”徐泊原看着她无意识搅动饮料的手，“这是第二勺。”

“啊？”唐思晨低头看了看，嗫嚅说，“我以为是咖啡。”

“为了不要辜负这么好的天气，我们聊天吧？”徐泊原眯起眼睛望向屋外，语气有些闲散，他举手投足的时候，有一种微妙的橡苔与麝香的香气，从容优雅。

“不愿意开口没关系，这次你听我说就可以了。”徐泊原续道，“譬如一些我们家里的事，远川跟你说起过吗？”

“没有。”唐思晨啜饮了一口甜得有些过分的牛奶，“他很少跟我说起这些。”

“昨天晚上来这里的，是远川的妈妈，也就是我的姐姐——”他顿了顿，“哦，远川今早是被她接走的，你放心，他没事。”

“他没事就好了。”唐思晨不是没有心虚的，如果说起来，不是因为她一时任性跑下去淋雨，大概也不会有昨晚这一幕。

“你看到了，我姐姐和我的年纪差得比较大。所以我和远川，小时候倒是像兄弟一样长大的。家族对我们都算宽容，我在国外读的是计算机系，和家族企业涉猎的行业没什么关系，他们也由得我自己去搞DAB。后来远川要在国内读大学，也并没有人反对。你知道他现在在做什么吧？和能源相关的产业，恰好又是他的专业，他做得非常好，很符合长辈的期许。”徐泊原十指交叠在桌前，若有所思地说，“假若当年我也是进了家族企业，我觉得，我做得不会比他好。”

唐思晨极认真地听着，眼睛一眨不眨。

“我对你说这些，你是在觉得奇怪吗？”徐泊原笑了笑，“其实我只是想要告诉你，我的家人都很好相处。当初远川不告诉你这些，绝对不是因为怕家中阻力。某种程度上，我和他是很像的，我们只是害怕自己被家族的光环遮盖住，这样的话，生活里有很多东西，都会变得虚假。所以，越是珍贵的东西，我们越不敢去尝试。”

牛奶已经喝得见底，底部还稠稠地结了一层糖晶，明明甜得发腻，唐思晨却尝出了一阵苦意。

“可是……你现在对我说这些，还有什么意义呢？”

徐泊原淡淡地看着她，似乎在思索该怎样表达出自己最确切的意思，他拿手指轻轻抚着桌布，隔了一会儿，终于开口说：“你们的事，说到底，也是你们两个人之间的事。不过现在稍稍有些不一样，我姐姐她……好像也知道了前因后果。”

“出于本能，或者说关心儿子的本能，我想她会找你谈一谈的。”

唐思晨皱起眉，她努力回忆起昨晚见到徐泊丽，惊鸿一瞥，只记得那是个眼神锐利的女人。

“她……很厉害吗？”

徐泊原笑了，“再温和的女人，只要是为了儿子，都会变得很厉害。”

“那没什么。”唐思晨忽然笑了，后半句话说得轻松而坦然，“既然我不会与乔远川再有什么纠葛，还有什么好担心的？”

徐泊原狭长黑亮的双目中勾起深邃的光亮，并没有将这个话题继续下去。

阿姨送上一份炖得极香的老鸭肉片粥，他便将一碟新腌好极鲜的香椿递给唐思晨，“试试这个，搭配那个粥，是我家的传统菜。”

唐思晨其实并没有什么胃口，却小口小口地吃着，听到他说：“下午有空吗？”

她抬头望向他。

“一起去钓鱼吧？再晒晒太阳。”他伸了个懒腰，四肢舒展得如同一株极为挺拔的杨树，“而且，我也怀念鲫鱼汤的味道了。”

从住的地方，去往徐泊原口中钓鱼“最好的所在”，车程是十五分钟左右。因为准备的东西太多，索性开了一辆商务车去。

路边长满了庄稼，此刻快到秋收，沉甸甸一片充盈丰润的金色。微风拂过，仿佛一道金色波涛翻涌起伏。徐泊原侧头望向窗外，表情却是许久不曾这样的放松。

“好看吗？”他转头问唐思晨。

“好看。”唐思晨实事求是地说，“不过不如敦煌的好看。”

徐泊原微微挑起眉梢，有些不可思议。

“敦煌的城郊沙山起伏，也是金黄色。下边还有老农们植的各种瓜果藤蔓，非常漂亮。”

“沙漠和瓜果藤蔓？”

“唔，温差越大的地方，水果会越甜，你不知道吗？敦煌的瓜果就是很有名。”

“是吗？下次要尝一尝。”徐泊原兴致勃勃地问，“什么时候是去那里最好的时间？”

说话间司机已经开到了徐泊原惯常钓鱼的溪水边。他们将东西一一摆放起来，唐思晨在一旁坐着，看着他熟练地组装渔具，不禁微笑。

“真的不要试试吗？”徐泊原将鱼线甩进溪水中，“不自食其力的人……晚上没有鱼汤喝。”

唐思晨摇头，躺在靠椅里，拿手遮住明晃晃的光。

这里有一片柳林，将这块湿地与适才周遭的一切隔绝起来。溪水清澈得不可思议，如同水质的钻石，晶莹剔透；鹅卵石静静在砾沙上躺着，仿佛是横亘在岁月中，从未有人惊动。

这两人很安静。比起将鱼竿固定在身边，徐泊原似乎更喜欢自己握着，目光望着那细细的鱼线，身子如同雕塑般一动不动。唐思晨坐在离他不远的地方，随意翻着手中的杂志，亦是看得专心致志。

有些微的阳光顺着疏密的枝叶间滑落下来，落在手上、身上、地上。光影流丽，却又斑驳苍然，仿佛是悄然走过的时光印记，会叫人忘了在这里以外，还有一个不停运作的世界。

“其实你只是想找一件可以让你彻底放松的事来做，对吧？”唐思晨将杂志放在膝上，因是午后，眼角竟有些倦涩，只能随便找个话题来说。

“嗯。”徐泊原应了一声，身子未动，“你呢？你会做些什么？”

唐思晨将杂志抵在下颌上，微微有些出神，“……我会一个人带上颜料、调色板，去调一种很难调的颜色。”

他听出这其中的怀念意味，于是将头侧过来，看着她。

光影错落间，她身上针织衫的宝蓝色被晕染得更为柔缓，松松的一个扣子隐约露出里边的素白T恤，刘海并没有精心打理过，弧度有些弯，也很自然，蜷在眉骨上边，衬得一双眸子愈发的黑白分明。

毫无疑问地，这是一幅会让他的心绪渐渐柔软、直到沉醉的油画。

“不必陪我说话。”良久，徐泊原将头转回去，“要是困了，就睡一觉吧。”

这句话这样的似曾相识，唐思晨笑了笑，乖乖闭上了眼睛。

等到唐思晨醒来的时候，竟已是暮霭微露。

她发现自己盖着之前徐泊原放在膝上的毛毯，如果说昨晚是因疲倦而睡得死沉，那么刚才这一觉，却轻柔至极，没有丝毫的负担。她揉揉眼睛，徐泊原却不在了，连鱼竿都收起来了，只剩下一个水桶孤零零地搁在原地。

唐思晨觉得惊慌，站起来环顾四周，依然没有人影。

周遭是一幅再美不过的郊野炊烟图，只是因为荒凉，便失却了颜色。

她有些颓然地重新坐下，须臾，一双手暖暖地按在她肩头，声音亦是低沉，“醒了？”

他没走，唐思晨一下子放松下来。

徐泊原绕行到她身前，观察着她的气色，“怕吵醒你，我让司机将车停得远一些。”

提着鱼桶往回走的时候，唐思晨好奇地看了一眼桶里，顿了顿，似乎不知道该怎么评价。

里边只有几条鲫鱼而已啊，而且……又瘦又小，不过数指宽。

徐泊原看她一眼，沉稳地说：“你想说什么？”

“鱼看起来……”唐思晨艰难地考虑一会儿，“很活泼。”

他难得正色，认真为自己辩解说：“阿姨说，现在野生的小鲫鱼很难得，想买都买不到。”

唐思晨只能点头表示赞同，实在忍不住，还是加上一句，“不过……这个下午的时间，你用来创造别的社会财富，应该会有意义得多。”

徐泊原顿了顿，开始大笑，笑声在空旷的原野中由远及近，又绵绵融入了无限夕阳。

晚饭的野鲫鱼汤果然如徐泊原所说，十分的鲜美。吃完的时候天色便已经不早了，徐泊原拿了车钥匙，立在门口等她，“现在送你回学校吧？”

唐思晨答应了一声，去拿自己的包，一回头，门口又略有动静。

徐泊原双手抱在胸前，重新将钥匙扔在一旁，扬眉冲她笑笑，“看来还得等一会儿，有客人来了。”

缓步踏进门的女人穿着银色套裙，颈间松松系着一方丝巾，只有眼神微微凌厉。在瞧见唐思晨的时候，她很快望向自己的弟弟，一丝惊诧极快地掠过，随即消湮不见。

“既然唐小姐还在这里，那再好不过了。”徐泊丽冲唐思晨轻轻颔首，有意将“还在”两个字拖得长而清晰，“我就不必再特意去找你了。”

## 6

“泊原，你的书房借用一下？”

徐泊原不答，看了看唐思晨。

唐思晨倒没什么反应，微不可见地点了点头。他便从善如流道：“当然可以。”

书房关上了门，唐思晨一抬眼，果然看到自己临摹的《西方三圣》挂在墙上，正对着毕加索的大作。不知道为什么，这忽然让她觉得有趣，甚至连徐泊丽严肃的神色都不怎么在意了。

暖色的灯光如同投影，将两个人的轮廓画在墙上。乔远川的母亲，正用异常仔细的神情打量眼前这个女孩，她的表情看上去并不如何紧张，反应也与自己预料的大相径庭，这让徐泊丽觉得有些棘手。

“乔远川他……没事吗？”率先开口打破沉默的却是唐思晨，犹豫很久，还是将这个问题问了出来。

“原本是没事，见到了唐小姐你，我就不敢保证了。”徐泊丽冷静地说，“这也是我想要找你的原因。”

唐思晨微微低着头，半边侧脸隐在黑影中，线条柔和，这个女生看起来并没有狐媚或者咄咄逼人的气质——这和徐泊丽一直想象的并不一样，于是相应地，她也稍稍将表情放得柔和一些，“假若没有之前发生的事，我并不会反对远川与什么人在一起……”

“伯母，关于我和乔远川以前的事，我不知道您了解了多少。”这一次，唐思晨知道自己有些不礼貌，却还是将徐泊丽的话打断了，“所以，您先听我说完好吗？听我说完，你再判断……你要说的那些话，会不会是多虑了。”

说出这句话的时候，唐思晨安然沉静的目光叫徐泊丽微微一怔，原本想好的那些话，劝说、威逼、利诱，通通都没有说出来。她不由自主地点点头，“好，你先说。”

这个夜晚，徐泊丽并不是唯一到访的客人。

坐在客厅中处理公务的徐泊原，听到阿姨匆忙跑来说“乔先生来了”的时候，脸色终于慢慢地布起严霜。

乔远川疾步走进客厅的时候，并没有注意到徐泊原的神情，只皱眉说：“我妈呢？”

徐泊原站起来，他们身高相仿，视线几若平视，而他开口的时候，声音微微带着怒意，“你身体好了吗？”

乔远川的气色着实不好，脸色苍白，往日那副挺拔的身架许是因为昨晚的一病，竟也变得有几分消瘦，而对于徐泊原的话，他如同没有听见，只重复了一遍，“她有没有去找思晨？”

徐泊原揉了揉额角，示意他坐下来，“她们在楼上。”

乔远川双唇抿紧，宛如条笔直的线，一言不发，转身就往二楼书房走去。

“远川，你站住。”徐泊原在他身后沉声说，顺势抓住他的手腕。

“她要对思晨做什么？”乔远川甩开，并没有回头，脚步疾快。

“你站住。”徐泊原加重了声音，脸色依然凝重，“有些问题女人之间能解决的，你插不了手。”

“哦？关于我的感情问题吗？关于我爱的是谁吗？”乔远川停下了脚步，略带讽刺地开口，“她能帮我解决？”

“假如你不相信你的妈妈，那么你该相信思晨。她或许比你更能处理好这件事。”徐泊原盯着他的眼睛，慢慢地说，“还是说一直到现在，你都认为，她只是需要你的照顾？”

那是一种极为复杂的感情，愤怒，又像是焦灼，或者还有嫉妒，刹那间涌了上来。徐泊原的镇静让乔远川觉得不安，而这种嗅到危险的直觉，迅速地让他冷静下来。

客厅明亮的灯光下，两个男人有着颇为相似的轮廓，尤其是深邃的双眸，不会轻易让人察觉到情绪波澜。

乔远川沉默了一会儿，忽然淡淡地开口，带了嘲讽说：“你难道比我更了解她？”他没有再理会，径直上了二楼。

乔远川突然的闯入，让先前的交谈戛然而止。

“乔远川，你疯了吗！”徐泊丽看着儿子，几乎一字一句地说，咬牙切齿，“医生同意你出院了？”

乔远川的目光只落在母亲身后的唐思晨身上，她已经转开了视线，双眼微肿，脸色苍白，仿佛是刚刚哭过一场的样子。

“走，我送你回学校。”他走上几步，握住唐思晨的手腕，直直地说。

他的力道大得惊人，唐思晨被他拉得一个趔趄，却固执地站在原地没动。他没有再拽，却不肯放开，两个人就这样对峙，谁也不肯让步。

徐泊丽目光复杂地看着这两人，忽然轻轻叹了口气，“远川，你不要这样。”

“我喜欢做什么，选择做什么，是我自己的事。妈妈，和旁人没有任何关系。”他能觉得自己握着的手腕正在轻轻地颤抖，忍不住低头看了唐思晨一眼。这句话，是说给母亲听的，又似乎不是。可他不知道……她听懂了没有。

“阿姨，您应该明白我的意思了，也请你放心。”唐思晨的表情依然很倔强，像是没有被他打断，也并不介意这里倏然又多了一个人，“我和乔远川已经没什么关系，以后……也不会有关系。”

余音未落，她转身对着乔远川，那用尽了她积蓄一生的勇气，“麻烦你，放开我。”

乔远川的脸色苍白得一如昨晚，电闪雷鸣的时候，她几乎以为他要死去。而此刻，他的双颊因为病容而更显得消瘦，怔然间望着她，仿佛是难以置信。

唐思晨又说一遍，声音有些麻木，“我说，放开我，徐先生会送我回去，不麻烦你了。”

他果真放开她，彼此的肌肤分离，凉意塞满空虚。他却依然执著地望着她，仿佛上一次的分手，一直延绵到此刻，他从不曾挣扎而出。

“远川——”徐泊丽到底还是有几分不忍，低低地唤儿子的名字。

唐思晨走得很快，快到自己没有时间和余力去回忆起乔远川的表情，直到在楼梯口差点撞上徐泊原。她终于有几分茫然地抬起头，条件反射般说：“徐先生，麻烦送我离开这里。”

他静静望着她，像是知道她已经失去了方向感，牵了她的手，只说了一个字：“好。”

这是乔远川第二次，在这个地方，看着他们离开。

他维持着那样的姿势没动，一手插在裤兜里，许是因为匆忙拔下吊针的缘故，手背上乌黑一片淤血。

徐泊丽慢慢地走上前，拍拍他的脊背，低声说：“远川，过去的，就让它过去吧。你以后还能遇到更好的……”

乔远川只是低着头，额角一簇发落下来，落寞清寂。

徐泊丽似是有些不忍，嘴唇轻轻一动，却终究没说什么。

“不会了妈妈。”乔远川再度将头抬起来时，已经没有什么表情，只是语调微凉，“五年了，我只遇到了她而已。”

回海大的路上，徐泊原安静地开车，什么话都没说。这样异样的安静让唐思晨有些不自在，偷偷觑了他数眼，终于在即将要到海大门口的时候清了清嗓子。

“你……不问什么吗？”

“哦。你愿意说什么？”他似笑非笑地看她一眼，“结束得很平静，我当然没什么要问的。”

“……”

“你这副表情让我想起了一件事。”徐泊原将车停下来，表情若有所思，“那是DAB创业那年的事了。”

“那个时候公司十分看好多媒体播放器和一项软件的合作平台协议。一整个团队全是公司里的佼佼者，为了兼容性日夜苦战，大概过了足足半年，每个人都很疲惫。只是结果总是难以令人满意。”徐泊原修长的手指在敲击方向盘，时快时慢，顿了顿，继续说，“那款产品就这样推出吧，也不是不可以。可不知道为什么，我总觉得没有那种酣畅淋漓的感觉。”

“新品发布会前的一个星期，看完产品测试，当时技术总监对我说，这款产品虽然还有不稳定的地方，可是修补程序是可以不断完善的，用户可以下载补丁。我当时没说话，回来想了整整一个晚上，第二天开会的时候宣布说，放弃这个研发思路，我们重新来过。”

唐思晨抿着唇，没有说话，她似乎隐约知道他要对自己说些什么。

“你不知道……当时我作出那个决定，压力有多大。不仅仅是金钱方面的，还否定了一整个团队半年的工作，这会是相当令人沮丧的一件事。但是他们没说什么，当天开始，重新工作。”

“换了一个思路之后，第二次的产品是截然不同的。并且市场的反馈也证明了，它相当受欢迎。就是那款ORAL——也是它奠定了DAB的基础。”徐泊原侧头看着唐思晨，“后来庆功会上，其中一个成员和我聊天，他说，当时你说放弃第一代的ORAL，大家说不失望是假的。可是不知道为什么，又都觉得轻松。就像……你隐约猜到那条路是错的，可是实在走得太远，舍不得重新选择。这时候有人对你说，嘿，前边就是悬崖了，不用走了——你会累，会沮丧，可是也很高兴，说不定现在回头，就是海阔天空。”

唐思晨只是沉默着，许久之后，才开始微笑。愈笑，眉眼便愈加柔和。

徐泊原揉了揉眉心，有些自嘲，“我越来越像絮絮叨叨的老头了。”

有这么年轻的帅老头吗？

唐思晨有点想笑，又感激他煞费苦心地讲这样一个故事，却不知道说什么话来回应这样的善意。

隔了一会儿，徐泊原的表情十分严肃认真，“还有一件事。”

她便收敛了微笑，不由自主地紧张起来，“什么？”

“这件事不要告诉别人。”

“啊？”唐思晨连忙点头，“当然不会说。”

“因为……这会是将来我的自传上才出现的事，太早流传出去，就没新鲜感了。”

“嗤——”

这大概是从昨天到现在，唐思晨笑得最开心的一次。

而徐泊原依然一本正经，指了指自己的腕表，说：“回去吧，不早了。”

唐思晨忙说了再见，而他看着她的侧影，眼神渐次温柔。

## 7

天气顺势跨入初冬。

海大的宿舍没有暖气，也没有空调，每天晚上，唐思晨穿上好几件毛衣，又在外边罩上厚实的棉睡衣，捧一杯热果珍，坐在台灯下整理导师布置下来的敦煌卷子。常常是一个微缩卷子整理校对完，果珍已经凉得冰手，她便站起来，活动活动手脚，再重新泡上一杯。

这段时间，唐思晨按照规定修完了硕士课程中的数门公共课；博物馆的工作也没耽搁下；而十二月份在敦煌会举办敦煌学论坛，会上发言的论文提纲已经交给导师审阅了，只是还没有收到回复。

唐思晨想了想，就打个电话给导师。

钱老师对提纲倒是很赞许，烦恼却在于……那个似乎从来不为唐思晨学业担忧的老先生，又长吁短叹："思晨啊，学问做得好是应该的，可是个人生活要抓紧啊——"

唐思晨敷衍地说上几句，他就继续说："我最近还听说一个新词，是从老齐那里听来的，叫齐天大圣。"

老齐自然就是哲学院的老院长，不过齐天大圣……唐思晨一头雾水。

"老齐的学生啊，只要是女生，读了博过了三十，都没结婚。所以被人说成齐天大剩。"钱老师继续苦口婆心，"思晨，你可不要那样……"

唐思晨哭笑不得地挂了电话，手机还没搁到桌上，便接到吴媛媛的电话，约她明天博物馆见面，她便爽快地答应了。

敦煌大展因为到了即将闭展的时候，参观者似乎更愿意抓住这最后的机会，每天人流的势头不亚于刚刚开展的数日。

"看到了吗，是这里。"手电筒的光亮照在某个角落，唐思晨耐心地指给吴媛媛看。

"你是说这样吗？"吴媛媛摆了个姿势，恍然大悟，"啊，是细节吗？"

唐思晨收了手电筒的光亮，带着吴媛媛往外走，边走边说："没错。我带你去看画册，上边更清晰一些。"

画册忠实地复制了壁画。这是一幅歌舞图，舞者自然是全图的聚焦之处，但是一旁的乐者，以静制动，貌似沉静地吹奏着笙，可如果仔细看，还能发觉到，他的大脚趾是跷起的，自得其乐地打着节拍。

“唐老师，你不说，我真的没注意到这些……”吴媛媛扬起灿烂的笑，“谢谢你。”

唐思晨有些头痛地抚额，“你可不可以不要叫我老师？”

“哦……我觉得这样比较尊重你……”吴媛媛将资料收拾好，“那我们去吃饭吧。”

“我还没下班。”

“我可以等你啊。”她依然没心没肺地在笑，“最近没人陪我，我除了练舞就是练舞，很孤单的。”

唐思晨手中的动作缓了缓，有些不自然地问：“上次陪你一起采访的那位呢？”

“乔远川啊？”吴媛媛有些落寞地撇撇嘴，“之前病了一阵，最近忙得和什么似的，打个电话……说话不超过三十秒。”

如果工作又忙了……大概是说明身体没问题了吧？唐思晨松了口气，虽然有些难过的违心，却还是说：“那你多约他出去玩啊。”

“对男人不能太殷勤的啦。”吴媛媛经验老到地说，“对了，你和小舅舅呢？最近有故事吗？”

唐思晨一窘：“说了很多遍了，我和他就是普通朋友啊，几个月没见面了。”

吴媛媛唇角的笑颇有几分意味深长。

唐思晨继续淡定地补充，“而且我马上要回敦煌了。想要发生什么都没机会了。”

和唐思晨吃完饭，吴媛媛开车路过文岛市中心，原本是要回家，想了想，买了些吃的，将车子驶入一幢商务楼的地下车库。

提着吃的往上走，她又拨了个电话给乔远川。

不出意外，私人手机关机。吴媛媛又调出了他办公室的电话，响了数声之后，是他的秘书接的。

“……他还在开会吗？”

“是。”

“没关系，我马上就到了……”话音未落，电梯门打开，吴媛媛看到乔远川的秘书坐在自己的位置上，抬头望向自己。

“吴小姐，乔先生还在开会。”

“哦，我知道。”吴媛媛将吃的放在桌上，“我可以等他。”

秘书忙请她坐下，有些为难地说：“吴小姐，你可能要等很久……”

“没关系，我没什么事。”她侧身拿了本杂志过来，饶有兴趣地翻着，“咦？你对敦煌很感兴趣吗？”

秘书揉揉发涩的眼睛，摇头说：“乔先生吩咐订的，刚到，还没给他送进去。”

连杂志都翻完了，乔远川的会议似乎还是没有结束的迹象。

秘书站了起来，“吴小姐你再坐一下，我去给会议室添点茶水。”

“哎，你等等。”吴媛媛玩心忽起，拦住了乔远川的秘书。

会议室是在往下一楼。

吴媛媛推门进去的时候，正在放映PPT，光线很暗，她手中提着水壶，差点没被电线绊了。

人不太多，只是不知这个会开了多久，似乎还有浓浓的烟味没有散去。

“有咖啡吗？”有人问了句，语气很是疲倦。

“马上，请稍等。”吴媛媛回身去后边的桌子上拿咖啡壶，趁着这机会，又瞧了瞧最远处的那个人。

乔远川侧坐着，黑暗之中，人影幢幢，可唯有他的轮廓清晰。

吴媛媛不大听得懂PPT上在说什么，只知道所有人的脸色都很严肃，她添了咖啡，又慢慢地收拾茶点。会议室的灯光一下子亮了起来，似乎所有的人都精疲力竭地走到了终点，一片窃窃私语。

“这项工程的前期准备就是这样。和当地政府的合作也已经全部谈妥，我希望各位能够全力以赴。”

没有人说话，隔了许久，才有人问："当地的风能和太阳能开发当然潜力很大。可是……这么远，又不是我们熟悉的区域，谁来负责？"

偏远区域条件很是艰苦，等于是抛开了这里所有的人脉和技术支持重新开始，对于这个职位，几乎所有人都会迟疑，此刻大家等着看乔远川会将这个烫手山芋抛给谁。

乔远川手中的笔转了一圈，轻轻笑了笑，直截了当地说："我自己。"

远去甘肃西北做风能和太阳能开发，并不是一件一朝一夕就可以完成的工作。乔远川竟亲自带队去做？底下一片哗然，人人都开始交头接耳。

"我会带着团队去瓜州。各位只要做好自己分内的工作就可以了。"他淡淡地补充一句，"这两个月辛苦大家了，现在散会。"

"乔总，这个……是正式的任命吗？"终于有人提出质疑，"你走了，这边谁来管理？"

他若去甘肃瓜州主持这个项目，实质上等同于降级——虽说乔远川不用担心这个问题，可这代价未免太大了。

"我像是开玩笑的吗？"乔远川笑着反问，"好了，今天不早了，还有什么疑问，明天开会的时候再讨论吧。"

会议室的人陆陆续续走得差不多了，乔远川却还是坐着没动，作出这个酝酿很久的决定让他由衷地松了口气。工作人员开始收拾会场，他却低着头，拨弄着掌心中的手机，直到有人将一碟曲奇饼推了过来。

"不用，谢谢。"他下意识地拒绝，又抬腕看了看时间。

"你要去哪里出差？"那个人很没眼色地继续将那碟子推了推，又没大没小地问，"为什么他们的反应都是那样？"

"怎么是你？"乔远川抬头看了一眼，失笑，"什么时候混进来的？"

"刚刚。"吴媛媛在他旁边坐下，"唐老师帮我补课呢。吃完饭就来看看你。"

乔远川依然不动声色地拨弄手机，看上去很漫不经心，"唐老师？"

"唐思晨啊。"吴媛媛笑嘻嘻地说，"刚出炉的曲奇饼，你吃一点。"

灯光下这个年轻男人仿佛又瘦了一些，两颊微微下陷，只有一双眼睛依旧十分清亮，“不吃了。医生说不要吃太腻的东西。走吧，我送你回去。”

“哦，对。”吴媛媛有些懊恼地皱了皱眉，“我把医生的话忘了。哎，你身体好些了吗？”

他们一道走下停车场，乔远川在自己的固定停车位边停下，眯了眯眼睛说：“你开车来的？”

“可是还是想要你送我。”吴媛媛没有半点不好意思，挽住他的手臂，“走吧。”

他并没有拒绝，只是倒车的时候，听到她在问：“你要出差吗，去哪里？”

“不是出差。是要去主持一个项目。大概要很久。”

“多久？”

“不知道，视进程而定。”

“阿姨知道吗？”吴媛媛有些疑惑地说，“前几天我和她吃饭，她没提起啊。”

“公司的事她不管。”乔远川若无其事地说。

“有多远？我能常去看你吗？”

“很远。”乔远川顿了顿，车子跃出车库，夜幕清凉，“在瓜州。”

“哎？”

“在甘肃西部。”乔远川稳稳地把着方向盘，目视前方，仿佛知道她并不了解这个地名，“离敦煌很近。”

“啊？这么远，你真的要去？”良久，吴媛媛叹了口气，“好吧，这样也好。反正唐老师也要回去敦煌了。以后我可以一道去看你们两个。”

乔远川没有说话，只是轻轻眯起眼睛，似乎在寻找路标，可墨黑的眸色间，却有一丝叫人捉摸不透的深意。

# 8

因为是回敦煌参加学术论坛，唐思晨并没有带很多行李。不知道是不是天气冷的缘故，就连机场都有几分空落落的。时间还早，她便寻了个座位，翻看着论文定稿。

阳光从机场建筑的上方透下来，落在手背上时，已经隔绝了所有的暖意，唐思晨顺手接起电话，“你好。”

“如果我没看错……你是在一号航站楼吗？”

“哎？”这个声音已经久违了，唐思晨下意识地回头四下张望，“你也在？”

“左手，往后看。”徐泊原的声音似乎在一点点地变近，等到唐思晨的视线锁定在那个人身上时，他已近在咫尺。

“你怎么也在这里？”

“刚下飞机，走到外边看到你了，我还以为是自己坐久了飞机……开始眼花。”

其实他看起来精神奕奕，并没有分毫倦色。唐思晨笑了笑，指了指电子屏幕上滑过的登机信息，站起来说：“我要去办登机手续了。”

“很久没见了。”徐泊原上下打量她，结论是，“你好像瘦一点了。”

他十分自然地替她拖着行李箱，陪她一道去办手续，随意地聊天，仿佛中间空白的两个月不曾存在。

“那……我进去了。”唐思晨冲他挥挥手，“再见。”

徐泊原只是弯了弯唇角，不曾说出“再见”两个字，站在安检门边看着她进去，修长的身影拖曳在地上，优雅宛如初见。

每次飞行结束的时候，唐思晨总是有些头痛。旅游的淡季并不妨碍经济舱的拥拥攘攘，唐思晨又坐了很久，才慢慢地挪着身体，顺着人流往外走。

出了机舱口，唐思晨都不觉得有什么异常，后知后觉地跨出舱门，才觉得眼角掠过了一道有些熟悉的身影。大惊之下只觉得不可思议，急急地回头看一眼，差点没把脖子扭到。

徐泊原侧身靠着椅座，不急不缓地说："你走路目不斜视。"

"你……你来干什么？"

"度假。"徐泊原走到她身边，理所当然地说，"我有年假。"

"可是你刚刚才还在文岛下飞机……"

他深深看她一眼，似笑非笑。

唐思晨被他看得有些不自在，便将目光转开了。

接机处已经挤满了人，大多是旅游团的导游。唐思晨一眼看到了自己在研究所的同事，手中也举着牌子，上边清清楚楚地写着："文岛，徐泊原先生。"

"接你的？"唐思晨愕然，"你刚才骗我。"

"我骗你什么了？"徐泊原站在原地，拧了拧眉，"在文岛的时候，我是刚下飞机，然后要转机来这里。"

"你到底来这里干吗？"

"出席基金启动仪式。顺便度假。"他耐心地说，"看起来，我们算是殊途同归，对吧？"

初回敦煌的兴奋与激动，冲淡了这个小插曲带来的意外。研究所原本给了唐思晨一间单人宿舍，因为回文岛读研，单位暂时收回了，她便和其他与会者一样，住在酒店。

车子开到酒店门口，唐思晨便是一怔。其实这家酒店她非常熟悉，乔远川以往来敦煌，住的都是这一家。

"嗨，不下车吗？"

"哦。"唐思晨有些浑浑噩噩地跟着徐泊原，一道去前台办理入住手续。

"徐先生，您先休息一会儿。基金启动仪式是在后天，我还会再来接您。"同事完成接机任务，又递上自己的名片，“这是我的名片，有事就找我。下午您想要出去逛逛吗？”

其实这个时节，敦煌时不时地下着鹅毛般的大雪，冷得不可思议，任是谁大概也会游兴不高。徐泊原果然只是礼貌地笑了笑，“谢谢你。我想先休息一下。”

一前一后进了电梯，徐泊原伸手按下同一个楼层，问道：“这个时间去哪里比较好？”

唐思晨看他一眼，“你不是要休息吗？”

他但笑不语。

电梯已经行到，唐思晨终于说：“下雪的话，鸣沙山会很漂亮。”

最后鸣沙山并没有去成。

徐泊原敲开了唐思晨的门，她却是在打电话。

唐思晨示意他进来，自己转过身继续拿着听筒。

“真的吗？好啊！我很久没去了……好的。嗯，到时候见。”

如果徐泊原没看错的话……挂了电话的唐思晨，还轻轻地蹦了一下，像是个即将吃到糖果的孩子一样，转过头来，满面笑容。

他慢条斯理地说：“如果我没记错，你应该是和我有约了吧？”

“啊？”唐思晨反应过来，哎哟一声，似是有些懊恼，“对啊，我给忘了。”

“怎么，约了谁？”

“是……中央美院的学生要去榆林窟临摹，恰好是我同事带着他们，我也想去看一看——”唐思晨绞尽脑汁想说得委婉一些，又偷偷觑了一眼徐泊原的表情，“那个，我明天就回来的。”

徐泊原坐在沙发上，十指交叠，过了许久，才说：“怎么去？”

唐思晨松了口气，“原本是要坐火车去的，没订到票，所以他们是开车去的。我……大概也要挤一挤吧。”

“什么时候出发？”

“三点。”

他低头看了看时间，正要开口，唐思晨又接了一个电话。

这次她的表情明显消沉下来，低低地说："哦……那算了。"

"又怎么了？"

"我同事说，面包车已经超载了。"唐思晨有些垂头丧气，"算了，我们去鸣沙山吧。"

"听起来我像是第二选择……"徐泊原不由低叹，"你等等。"

他很快地站起来打了个电话，然后转身，优容地笑，"好了。你想去榆林窟不是吗？"

"啊？"

"我找了辆车，可以和他们一起去了。"

两点五十分，他们准时地候在酒店大厅的门口。

唐思晨并没有纠结于这辆小车是从哪里冒出来的问题，她只是疑惑地看了看徐泊原，"司机呢？"

徐泊原指了指自己，依然从容不迫地说："我。"

"我……我不是想要怀疑你。可是开车到榆林，好像要三四个小时。你刚下飞机，会很辛苦。"唐思晨一手扶着车门，皱眉说，"而且他们要走的路不好走。"

徐泊原抚了抚额，"如果你是出于关心我，那么我很高兴。不过……进藏公路我都走过两遍，你还担心吗？"

唐思晨最终还是上了车。他们不紧不慢地跟着前边那辆白色的面包车，开出了敦煌小城，往瓜州方向驶去。

假若要细究的话，西北的景色十分的单调。公路两侧只有两种颜色——黄色与褐色。沙是黄的，而山是褐的。支离破碎的山梁，狰狞如同一个消瘦男人的肋骨，沉默讷言，却又宁直不弯。然而这种单调并非乏善可陈。天际辽阔，碧空如洗。黑山一望无垠，大漠长河的气势锐不可当。

到底还是因为不太熟悉。徐泊原并不敢像前边那辆车一般开得那样快，很快就被抛在后面。好在是因为戈壁，车辙痕迹明显，很容易便能循路前行。

唐思晨一直在侧头看着窗外，听到他有些困惑地仿佛是自言自语，“他们走的是什么路？”

这个大漠虽是宽整寥廓的，一辆轿车开在上边仿佛是尘埃般渺小，但是坐在里边并不舒服。因一路都是沙地，轮胎划过难免会溅起大大小小的沙砾，噼噼啪啪地敲在车子底盘，声音大得仿佛是在打撞球。

“我说了这路不好走吧？”又是狠狠的一声“咚”，唐思晨坐直了身子，“这条路比起公路要快一些，熟悉的司机都爱走这条。”

“那又是什么？”徐泊原伸手指向不远处沙地上，用斑驳的油漆写下的一行大字，皱眉问道，“河道危险！严禁汽车开过！”

“哦，夏天的时候雪山融化，这里就会成为河道。”唐思晨解释说，“现在没关系。”

果然，如她所说的，这条并没有完全干涸的河床底部还有一层积着的水，因是冬天，结了厚厚一层冰。前边的面包车哧溜一声就开过去了，徐泊原看着那条被压出来的轨迹，有些哭笑不得，“这条路真不错。”

唐思晨转开眼神，顾左右而言他，“这里连信号都没有。”

仿佛是为了让这句话更加叫人印象深刻一些，车身往前顿了顿，接着熄火了。

徐泊原重试了几次，依然点不着。唐思晨见他原本舒展的眉又拧起来，有些紧张，“不会抛锚了吧？”

他将后座上的外套拿起来，开了车门说：“我去看看。”

等了许久，也不见他回来，车子自然也毫无动静，唐思晨有些坐不住了，开了车门下去找他。

恰是日暮。

唐思晨探出身子，有些意外地发现，徐泊原并没有在检查或是修理。他只是靠着车身，目光投向很遥远的前方，纯粹只是在欣赏风景。

大漠孤烟，长河落日。

寸草不生的戈壁，夹杂了沙砾，连风声都是硬朗的。他简单地披着质地极好的黑色大衣，因是双排扣的，笔挺如同军制服一般。衣角落在膝盖处，又微微地被风掀起来，他亦不管，侧脸向着渐次低沉的夕阳，五官轮廓清晰，却又模糊。

仿佛便是一组刻满时光印记的老照片，里边有一个英俊得难以描述的男人，他沉默，许是因为孤僻，又或许只是因为在等待。

“过来。”徐泊原向她招手，“这里叫人印象深刻。”

他并没有说“美丽”或者“漂亮”，或许是因为这两个词太过轻浮易逝，只是专注地看着，并不曾偏过头来，也似乎忘了如今他们的处境。

然而就是这样，才让唐思晨觉得放松，仿佛无所顾虑，无所畏惧。她走近几步，与他一道并肩立着远眺。

长风寂寂，许久，唐思晨小声提醒他，“你带了相机的。”

“有些东西……”徐泊原比了比自己的眼睛，“是要用这里来记住的。”

身后是刚刚熄火、还带着余热的车前引擎，眼前的大漠无边无垠。风或许是刀锋般的冷，可暮色却似金暖，触觉与视觉的落差，让这幅画面分外的深刻。

“车子真的修不好了吗——”

唐思晨的话并未说完，却忽然被人从后背处抱住了。

“我一直在祈祷它忽然坏掉。”徐泊原将下颌轻轻搁在她肩膀的地方，低声说话的时候，忽轻忽重的温热气息撩拨在耳侧，让她觉得有些战栗，“果然成真了。”

天地间也不过只有两个人而已，彼此依偎的时候，会忘记时间，过去会如何，将来又如何，都及不上此刻身后温暖的怀抱和腰间坚定的手臂。

仿佛是被蛊惑了，明知这样不妥，唐思晨却没有阻止徐泊原。

任他将自己抱在怀里，然后慢慢地转身，她靠在他胸前，而他缓缓低头，俯身捧起她的脸，轻柔地叫她的名字，“思晨。”

那双眼睛如同荒原的风，吹至某处，忽然停滞下来，透明、深邃、温柔。

“思晨……”他依然叫她，低头，贴近，然后亲吻。

最初只是轻轻触了一下而已，唐思晨睁大了眼睛，有些条件反射地避开。

可他不许，一手插进唐思晨被风吹乱的长发间，眼角带着笑意，慢慢地迫下去，不急不缓地亲下去。这一次，相触的时间更长了一些。他闻得到她身上淡淡的香气，和有些急促的呼吸，忽然心动得难以抑制。

“思晨……我们在一起吧。”

## 9

这不是一个问句，仿佛只是一句宣告。

夕阳落在这个男人的身上，他的睫毛略略卷起，长得惊人，轻微的阖动间，温暖得能让人彻底地沉溺进去。

唐思晨忽然觉得混乱，她曾发誓不会再与乔远川有任何牵连。更何况，眼前这个人，是他的舅舅——她喃喃地问：“为什么？”

徐泊原并没有回答，他依然在亲吻她，并且顺势将这份亲密更加深入一些，辗转吮吸霸占她的气息……直到确定，她渐渐沉沦在这绵长的彼此间的呼吸中。

不知过了多久，他浅浅披着的大衣掉落在地上，惊起沙尘一片。唐思晨惊醒过来，直觉地用手臂横亘在两人之间，暂时隔离出一段距离。

她微微喘着气，“我们不能这样。”

徐泊原看着她微翘的唇角，依然用额头抵着她的，语气清晰明锐，“是因为远川吗？”

唐思晨最终还是移开目光，沉默着不知该如何回应。

或许就是心乱如麻。

是因为乔远川吗？唐思晨一样在问自己，然而当你无法找寻出这个答案的时候，会由衷地觉得慌然无措。

"我以为，两三个月的时间用来调节，对你来说，足够了。"他轻轻地托起她的下颌，"你以为……之前那段时间我没来找你，是忘了你吗？"

"你要学会自己处理那些问题。其实没什么难办的，你说是吗？"他沉稳得更像是一个猎手，耐心地围捕她，"这么久了……还是不能放下吗？"

他的手滑落到她的腰间，依然牢牢扣着，身子却慢慢地站直，视线居高临下。

唐思晨只觉得自己避无可避。

最后一缕阳光彻底地被黑夜吞噬，徐泊原依然没有等到她的答案。他摸了摸她快冻僵的脸颊，将地上的大衣拾起来披在她肩上，说："回车里去。"

依旧是没有信号，天色又黯沉下来，徐泊原借着车里微弱的灯光，看见她冻得微红的脸颊，伸出手去触她的体温。

双手冰凉，仿佛攥到冰块，徐泊原眼中滑过一道忧色，"刚才不该拉着你去吹风。"

唐思晨尽量自然地抽回自己的手，目视前方，"没关系，我不冷。"

那件大衣披在她身上，足足可以将她裹起两圈吧。徐泊原替她将领子处围得紧一些，手指触到她的脸颊，温软如玉，这让他不由自主地顿了顿，仿佛是不忍离开。

"我帮你把椅背调下一些，你睡一会儿吧。"

椅背缓缓地放倒，唐思晨睁着眼睛，只看得见米色的车顶，视线开始变得模糊，困倦叫她忍不住想要闭上眼睛。

"你说……他们会来找我们吗？"

"会的。"徐泊原侧过身，视线凌空在她的上方，"别怕。"

"我没在怕。"唐思晨睁着眼睛，她觉得自己望出去的世界，有些茫然，有些空白，随口就说，"我太吃惊了。"

"唔？"

“我真的太吃惊了。你为什么会这样对我呢？”

徐泊原重新靠回椅背上，揉了揉额角，“为什么会吃惊呢？我喜欢你，花了很多心思接近你，你看不出来吗？”

唐思晨摇了摇头，“我并没有那么特别。”

徐泊原忽然侧过身，轻轻地在她眉心处吻了吻，然后直视着她说：“相信我，如果到了现在，我还看不到一个懂得坚持的女生有多可贵……那么，我都不会原谅我自己。”

她眸色深处闪动的晶莹剔透……不知是泪光，或者只是隐藏起的心思。

“坚持？”唐思晨忽然有些嘲讽地笑起来，“是啊，最初是坚持……后来乔远川说，这是死板。坚持是什么——”

他一瞬不瞬地看着她，突兀地低下头，狠狠堵住唐思晨还在喃喃说着话的唇。

这是今天的第二个吻。假若夕阳下的那一次，试探、柔缓，连光线都陈铺出温柔的水光。

那么这一次便是疾风暴雨。

没有给彼此留下任何的余地。他这样做，仿佛天荒地老到不知何时才是尽头。

或许是因为察觉到唐思晨几乎不能再呼吸，徐泊原缓缓地停下来，一手扣住她的下颌，略带粗糙的大拇指肌肤擦过她微红的唇，“这样……你还会想起他吗？”

唐思晨静静地撇开脸，忽然有些想笑。

他……好像用错方法了。

脸颊的地方有些湿漉漉的，不知是彼此的气息交错……或者只是因为被徐泊原吻得近乎窒息的那个瞬间，唐思晨想起了很多很多事。

“喂，你不好奇，我们为什么分手吗？”

“哦？”徐泊原有些懒散地靠回车背，“是因为他不够坚持吧？”

唐思晨滞了滞，她相信乔远川不会告诉任何人和情感相关的事。

而这个男人的确有着一双毒辣到近乎犀利的眼睛。

数十年前，张大千来到当时荒芜如同坟墓的敦煌，待上数月的计划一变再变，最后拖延至整整三年。三年之后，原本才华横溢的国画大师，画风渐渐变得内敛厚重。自此之后，张大千说起这段经历，总是满怀感慨，直言敦煌艺术于自己助益良多。

大师尚且如此，初初接触到的学生们，又怎能不惊艳呢?

敦煌壁画无疑都是民间不知名的画匠所成，千年间画风的演变虽然与中国画大方向一致，但毕竟敦煌处在亚欧两大文明板块的交叉点，总会跳脱出一些独有的特征。只凭着老师的讲授，抑或是看画册，其中的种种精妙是难以体味到的。

来到这里之后，唐思晨彻底体会到了这点，学得愈发如饥似渴。

这个世界于她而言，是全新的。

这样的古老，却又触手可及，这对于全心全意沉浸在画笔世界中的人来说，是难以抗拒的。

敦煌每日里天亮得极早。而唐思晨则被同学们戏称为“比公鸡打鸣还准时”。只因为第一缕阳光升起，便意味着洞窟里开始有了自然光线。到了下午，太阳渐渐西移，光线便没有那样充足了。她赶最早的车去莫高窟，线描，调色，在木梯上爬上爬下地观摩，时间过得如同指缝间流下的沙，不知不觉，实习期就已经走到了尽头。

离开前每个人都交出了自己的作品。唐思晨临摹的是瓜州榆林窟第2窟中的《水月观音》，受到美术所老师们的一致赞赏。更叫人意外的是，那一日敦煌研究院的名誉院长钱之焕先生也认出了这个小姑娘，向同事推荐说：“画画的年轻人，却在历史背景上下过苦功的，如今寥寥无几了。”

究竟是满怀怅然，或是不舍离开的，唐思晨并没有细究，只知道回到空气湿润的文岛，才发现时不时地擦护手霜和润唇膏已经成为生活中难以戒掉的小小习惯了。

在学校的最后一段时间无疑是匆忙的。

论文和工作，其实哪一样唐思晨都进行得井井有条。论文题目是在敦煌确定的，进展良好；至于工作，文岛市一家极有名的画廊向她递出橄榄枝，而乔远川却说：“你觉得市美术馆怎么样？我觉得清闲又稳定，适合女孩子。”

唐思晨不知道他是怎么替自己争取到这样好的名额编制的，惊讶之余，却没有很快答应下来。仿佛是不知足，总是觉得失落了什么，隐隐觉得怅然。

“喂，回神了。”乔远川很不满地敲敲桌子，“工作的事你考虑好了吗？假如还是不喜欢，那干脆就当画家吧？”

唐思晨“啊”了一声，讷讷地说：“别开玩笑了，我不想饿死。”

“我养着你。”他微笑着说，假若在学校的时候他只是个年轻俊朗的男生，那么如今，乔远川的眼神已经开始内敛，却又有矛盾的锋锐，那是一种历练后的风华正茂。

事实上唐思晨这样恍惚，已经整整一天了。

上午她很意外地接到了苏美娟教授的电话，询问她是否有意愿参加敦煌研究院下属美术所的招聘考试，并且明言，很希望她能来敦煌共事。如果通过笔试，面试基本就不会有问题，苏教授甚至说她可以带着她做学生。这样的殊荣，并不是每个人都有的。

问题在于，那既然是正式编制，必然是要在敦煌定居。尽管心底一直在蠢蠢欲动，但她始终不敢开口和乔远川说起。

“乔远川，我有一件事要和你商量。”唐思晨用力捧着那杯奶茶，十分难以启齿，“我——”

“不是吧？我们应该没那么不小心啊？”乔远川低低地笑，有些不怀好意，“不过有了也好，生下来吧。我喜欢女孩——”

“你！”唐思晨脸都涨红了，有些气急败坏，“你能不能正经点！”

“不是怀孕的事吗？”乔远川依然在笑，不知道为什么，心底忽然略略起了些不安，“那是什么事？”

唐思晨简单地说完，他的一双眸子冰冷下来，开始沉默。

他沉默的时候，往往不是什么好的征兆。

不动声色间，乔远川语气已经变得低且冷淡，“你这么郑重其事地对我提出这个，是因为你心里已经做出决定了吧？”

“不是。”唐思晨勉强说，“我没有决定，我只是征询你的意见。”

“意见？我说你不要去，你就不会去了？”乔远川勾了勾唇角，“那么将来有一天，你对自己的生活不满意了，你会不会回头来怪我，说是我毁了你的理想？”

唐思晨气结，“我不是这个意思。”

“那你是什么意思？定居在敦煌，然后我们两地分居？还是我要迁就你，搬到沙漠里去？”

乔远川心中的怒火并不亚于她，马上要毕业，几乎要谈婚论嫁了，她忽然说要离开文岛——是，离开文岛可以，但是数千公里外的地方，又要自己如何能迁就得了她？！

唐思晨知道乔远川说得没错，对于未来的人生，她不该只凭着一时的激情就去决定。家庭、父母，哪一样都必须权衡……可是若说打电话回绝苏教授，她却总是觉得不甘心。

有些颓然地坐在沙发上，纤瘦的身影几乎嵌在椅子上成为一抹剪影，唐思晨艰难地说：“我知道了。”

小丫头脸色煞白，彷徨无措，乔远川冷眼看着，却忽然很不争气地心疼了，继而是心软，软到无以复加的地步。他怕自己会说出什么冲动的话来，于是只是将眼神转开，简单地说：“走吧，我送你回去。”

回到宿舍的唐思晨开始长吁短叹。费祎平十分不解地看她一眼，“又怎么了？”心口闷闷的，简直不能顺畅地呼吸，唐思晨想说什么，又顿住，闷闷地说：“没什么。”

那天晚上，这个即将毕业、面临选择人生道路的唐思晨，失眠了整晚，然后写了长长一条短信：

“乔远川，关于工作的事我考虑到现在，我能在短信里和你说吗？你知道我很爱你，我喜欢和你在一起。可是结婚对我们来说，是不是太早了呢？我们能不能给彼此一两年的时间，我做自己喜欢做的事，你也是。再结婚的时候，大家都会没有遗憾吧？假如……这一两年的时间，我们都不能熬过去——呸呸呸，不说这种话。总之，你能明白我的意思吗？”

她肿着眼睛，打了很久，又翻来覆去地看，最终摁下发送，是在早上的五点。

室友的呼吸平静，睡得正香。而她睁着眼睛，了无睡意。

嘀的一声。他竟然也没睡。

回复却比她写的简洁得多，只有一个字，“好。”

唐思晨将脸埋在毯子里，心情却是欢呼雀跃的。

很久之后，唐思晨又一次翻到了这条短信，上边说：假如……这一两年的时间，我们都不能熬过去——

奇异的宿命感。

一语成谶。

# Ⅲ

# 年华自此停顿

## 1

假若实习的那两个月是“小别胜新婚”，那么当这时间无限地拉长，到了某个临界点的时候，一切都会不一样。

她需要他的时候，他不在；他需要她的时候，她也不在。尽管他们彼此之间都尽了最大的努力，迁就对方的假期，可是地域总是横亘在那里，任谁也无法一脚跨越。

唐思晨至今还记得那一次七天长假，因为订不上飞机票回文岛而急得团团转。乔远川也有事，只能在电话里安慰她说：“算了，过几天我忙完了就来看你。”

假期的前一天，唐思晨终于托人买到了火车票，虽然加起来辗转三四十个小时，但总算能回去了。她有意没告诉他，想要突然出现给他惊喜。

回到文岛那天恰好是十一长假的第二个休息日。火车站人多得像是下饺子。乔远川还在外地出差，她就去他的公寓等着。他的公寓收拾得很干净，就是单身男人的味道，唐思晨拿钥匙开门，只来得及将行李放下，就躺倒在沙发上睡死过去了。

也不知过了多久，身上有珊瑚毯特有的暖暖软软的感觉，似乎还有人把自己抱起来，又不住轻吻自己的脸颊。唐思晨迷迷糊糊地伸手去环住那人的脖子，说："乔远川？"

他含糊地应了一声，将她在床上放好。

替她脱鞋的时候乔远川怔了怔，他很喜欢唐思晨的脚，白皙秀气，十分的可爱，一手就能抓住——可现在已经肿得几乎连鞋子都脱不下来。

他叹口气，想了想，又去站起来找她的外套。最后在口袋里找到两张火车票，前半段是硬座，后半段却是无座的。

怎么这么傻……他注视她疲倦的睡颜良久，去打热水，然后将她摇醒，"如果不想洗澡，就先泡泡脚。你看看你的脚，肿成什么样了？"

唐思晨依然半闭着眼睛，仿佛是被人捡回家的小猫。他不由笑了笑，努力回忆按摩师傅的手法，一板一眼地给她揉捏，小心翼翼。而唐思晨无意识地一抬脚，水盆里的水就泼溅在他身上。

初秋的午后，卧房里除了断断续续的水声，十分的静谧。他连呼吸都放得轻柔，生怕惊醒她。最终乔远川揽着她一道躺下，陪她补眠。她在他怀里蜷成很小很小的一团，双手乖乖地放在胸前，就像躺在母亲子宫中的婴儿。乔远川带了玩意去点她的鼻子，她就微微侧开脸，小小地打个喷嚏。

他们彼此相爱，却为什么连见到一面都这样艰难？

初见的惊喜慢慢收敛起来，乔远川抿着唇，忽然觉得这样的局面应该终结了。

他开始强硬地要求她回来。口气不善的时候开始争执，最后冷战。直到将彼此的耐心与热情消磨殆尽。唐思晨记得那一日她在苏教授家吃完饭，陪着老先生聊天。

钱先生指指妻子，幽默地说："你不知道，那个时候两地分居，可真把我折腾惨了。她在这里画画，我在文岛教书。赶个过年啥的假期，这里交通又这么不方便，有次下大雪，我坐马车从嘉峪关往敦煌走，等走到这里，假期刚刚结束，只能再回去。"

唐思晨是听说过这段佳话的。那时钱先生年纪轻轻，已经是海大历史系主任了，前途不可限量。可他最终还是决定将工作重心放在敦煌，心甘情愿地从最普通的研究员开始做起。

“您就没想过让苏教授回去文岛吗？”唐思晨半开玩笑地问。

“有想过。不过不敢对她说，说了也就是不同意。”钱先生哈哈大笑起来，“我是男人，就只能让着她。那有什么办法。”

回宿舍的路上，唐思晨接到乔远川的电话。

话题依然是他们还未解决的那个问题。

唐思晨忽然觉得倦了。

她真的不奢求乔远川能像钱先生那样，毕竟乔远川有自己的事业。可是这个世界上，没有谁比谁的梦想更轻贱。她也同样没有理由，就这样放弃了自己的理想。

“乔远川，我们都冷静一段时间吧。”她揉揉眼睛，“我真的吵得累了。”

那边沉默了许久，乔远川的声音带了几分讽刺，“那么干脆分手吧。说真的，我也累了。”

胡杨树被风吹着，偶尔露出枝叶间几颗又大又亮的星子，为远处的沙山镀上柔和的一圈银色光晕。游客们端着啤酒，手中执著大把大把的烤肉串，大声说笑着从唐思晨身边走过。

她静静地说：“你是认真的吗？”

他是认真的吗？还是仅仅拿这个作为借口，在逼自己作决定？

唐思晨并没有等到回答，那边已经成了忙音——认识至今，他头一次比她早的，挂了电话。

热闹尘嚣正急速地褪去，仿佛这个世界，再也与自己无关。

徐泊原微微叹息着握住唐思晨的手，他像以前一样，依然没有作出任何评论，只是侧头看着她。她的右手在发抖，嘴角却轻轻地勾起，那是一种柔和的哀凉。

唐思晨的指尖蜷在他的掌心，隔了一会儿，很突兀地说：“你喜欢读诗吗？”

徐泊原一怔。

“席慕蓉的一句诗，我很喜欢——**我将终生用一种温柔的心情，来守口如瓶。**”徐泊原的声音令人心安，“我不会告诉别人。”

唐思晨看着他，在某个瞬间，眼神中滑过一丝诧异。

他或许是误会了吧，这句话，是她告诉自己的。

可是没关系啊，就如诗中说的，她将安静地，守口如瓶。

“好像是有人来找我们了。”徐泊原坐起来，眯起眼睛看了看车外的一片黑沉中，十分突然地射进数道明晃晃的光线，无声地打破了这片缄默。

那辆车果然就是来寻他们的。因为前边的大部队一直没等到他们跟上来，于是和敦煌方面联系了，重又派车追了上来。那边的工作人员看见两人无事，都是松了口气，然后问：“现在还是要去瓜州吗？”

最终到达瓜州县城的时候，已经是晚上八点。在这个相对闭塞的西北小县城，此刻似乎已经是入眠的时间了。街道上空空荡荡，几乎没有什么人在走动。一行人先寻了住的地方，司机说：“明天一早我们再赶去榆林窟。”

宾馆亦是老式的那种，没有房卡，服务员带了一大串钥匙替他们一一打开门。唐思晨在房间里洗漱完了，听到有人来敲门。

“咦，是什么？”她侧身让徐泊原进来，有些好奇地看他将一个红色的塑料袋子放在桌上。

徐泊原在下边买了些水果上来，打开，说：“橙子。”

“这个季节有橙子吗？”唐思晨有些疑惑，很快又扬眉笑，“我来吧。”

徐泊原的灰色绒衫下是一件细条纹的衬衣，他将袖子卷起至肘间，十分家居地在桌边坐下，又指指唐思晨床上铺着的那些资料，“你忙你的，我来剥。”

唐思晨没再坚持，盘膝坐在床上，继续看带来的资料。

房间里很安静，簌簌的只有翻动纸页的声音。

徐泊原手中的橙是金黄色，滚圆滚圆的。他拿刀剖开几道痕印——或许是因为不大熟练，他剥得很慢，慢得叫人觉得时间都在无声地凝滞，而他坐在灯光下，镇静、专注，做这一件事。外皮被划开，空气里开始弥散一种近乎清冽、又有些叫人清醒的味道。仿佛只有一滴水露，却悄悄散融在大海中，绰约间闻得到，却又抓不到。

“喂，你电话响了。”

“哦，抱歉。”徐泊原停下手中的动作，看了看来电显示，似乎是想了一会儿，才出门去接。

只说了寥寥几句而已，他很快挂了电话，返身进了房间内，继续剥橙，仿佛那个电话无关紧要。

“好了。”他将那几瓣剔得干干净净的橙肉递过去，“你吃这个。”

宋词里说：“并刀如水，吴盐胜雪，纤指破新橙。”那是赞美绝代名姬的。徐泊原也有着一双令人觉得漂亮修长的手，在橘色的灯光下，叫人心动的温暖，又令人无从拒绝。

香橙的汁液在唇齿间流淌、绽放的时候，甘洌得如同一汪清泉。唐思晨慢慢地吃了半瓤，忽然听到徐泊原若有所思的声音，“知道是谁打电话给我吗？”

与他有关，又与她有关。那么似乎只有那一个人了。

唐思晨停止了咀嚼，含糊地嗯了一声。

他依然不急不缓地在剥第二个橙子，却淡淡地抬眼，“远川他也在这里。”

## 2

这一晚唐思晨睡得十分不安稳。

或许是因为房间的暖气太足，热得她数次将被子踢开，梦里出现的画面零碎，且面孔模糊。于是早早地醒了，穿戴整齐，跑下去吃早饭。

宾馆旁边开着一家驴肉面店，夫妻两人是典型的西北人，半卷起帘子，招呼唐思晨说："姑娘吃什么？"豆浆又醇又厚，牛肉盒子也炸得金黄利落，肉香扑鼻。唐思晨吃得干干净净，又意犹未尽地提了一袋食物回去。十二月的西北，走在依然清冷的街道上，叫人觉得这样的冷，亦是一种高爽。

敲开徐泊原房间的门，卷进了一身的风寒。

唐思晨戴着眼镜，倏然间糊了一层白雾上去，她低着头，小心不被老旧的地毯绊倒，一边将食物递给徐泊原，说："投桃报李，给，早餐。"

身后那道修长的影子似乎踌躇了几步，才有些无奈地苦笑，"现在几点了？"

镜片上的白雾慢慢消退了，视线终于清晰起来，徐泊原立在她身后，身上那件宽松T恤是V领的，隐约露出胸口的肌肤。而头发有些凌乱，神色倦慵，倒有几分像是没睡醒的孩子。

昨日纤手破新橙，今天又这样秀色可餐，唐思晨觉得有趣，忍不住转过头，笑出声来。

"那你继续睡，我回去了。"她笑眯眯地说，"不好意思，打搅了。"

有时候看着一个英俊男人的那股稚气渐渐消失，眼神又回复到清睿，也是件值得惋惜的事。

徐泊原阻止她，"算了。反正也醒了。"

他起身去浴室整理洗漱，出来的时候将房间的顶灯打开，又拉开窗帘。

假若忽略气温，窗外的天气好得吓人。

徐泊原喝着豆浆，又漫不经心地看了唐思晨一眼，"没睡好？"

黑眼圈有这么明显吗？唐思晨下意识地瞧了瞧镜子里的自己。

"他又不会吃了你。"徐泊原饶有兴趣地打量她，大约是觉得她被冻得唇红齿白的，很是漂亮可爱，又伸手去摸摸她的头，"别怕。"

唐思晨闷闷地将电视打开了，《朝闻天下》刚刚开始，头条是关于某清洁能源的。她想起了什么似的，转头说："他来这里做什么？"

徐泊原冲着电视微扬下颌，带了笑意说："你没发现我们一路过来，都会有很多风电设备吗？"

唐思晨出乎意料地沉默了一下，低低地说："是吗？"她似是有些后悔自己主动提出了这个话题，有些生硬地转换说，"时间差不多了吧？"

徐泊原起身拿了外套，顺着她的话题，微笑着说："司机应该在下边等了。"

敦煌石窟包括莫高窟、榆林窟和西千佛洞。只是因为莫高窟太过注目，游客往往将敦煌石窟与之等同起来。其余两窟却犹如养在深闺，知晓的人不多。尤其是榆林窟，因地处偏僻，远远没有如莫高窟前游人如织的盛况。

从县城出发，到了榆林窟，颠簸辗转，也花了近两个小时。

榆林窟的地形相当奇特，是戈壁滩上被劈开的一道深深的峡谷，里边巨树参天、雪水宛然。顺着石阶往下走的时候，两侧仿佛壁立千仞，一个接着一个的窟龛如同神迹，悄无声息，顺着时光的脚步蔓延。

学生们一到谷底，立刻便被领去了著名的第2窟。唐思晨看着他们四散的背影，叹口气说："这个时间进窟临摹，太艰苦了。"

西北已是冰天雪地，窟内的温度更低。而为了保护壁画，任何取暖的设备都是不能使用的。可以想见，静静在窟内临摹一整天，人会冻成什么样。

"小唐，你是和苏教授一起来的吗？"工作人员领着他们上栈道，一边说，"苏教授在3窟里。"

"是吗？"唐思晨有些惊讶，随即有些雀跃，"我去看她。"

榆林窟中有数个洞窟是属于"特窟"，里边的绘画隶属西夏时期，风格特征都极为明显。假若游客想要参观，须另外支付不菲的费用。第2窟中的《千手千眼观音经变》便是国宝级的壁画，壁画色泽颇为单调，只是线描的水准极高。唐思晨走到洞窟外，自然是不敢打扰苏教授的工作，张望了几眼，苏教授倒是瞧见她了，快步走出来说："你怎么来了？"

"老师。"唐思晨扶着她的手，"您真的在这里啊。"

苏美娟穿着两件棉大衣，唐思晨握着她的手，还是觉得冰凉彻骨，她便好意，轻轻替老人摩挲了数下。

苏美娟向来就喜欢这个年轻人，反手拍拍她的手背，“老钱说你也来了，本来打算今天回去再联系你——”

话未说完，她有些疑惑地看着唐思晨身后的年轻人说：“这位是？”

“我来介绍一下。”唐思晨乍见到老师，激动之下都忘了身后还站着徐泊原，“这位徐先生是我的朋友，一道来榆林窟看看的。”

“你好。”徐泊原同苏教授握了手，“徐泊原。”

“徐泊原？”苏教授若有所思地看着他，“敦煌数字化工程……”

“是。敦煌数字化工程马上要开始了。”徐泊原镇定地说，“这次来就是要正式启动这个项目。”

所谓的数字化工程，是要将敦煌文化（包括经卷、壁画、雕塑）以数字形式保存起来，假若日后敦煌艺术的真实载体消失，后人也能还原它们存在时的模式。这个工程在很早之前就有人提起过，后来数次因为技术、资金的原因搁浅。这次研究院与DAB合作，解决了技术上的难题，令一批专家学者们都十分振奋。

“我说呢，这个名字有点熟。”苏教授笑起来，鬓边银发在轻柔的阳光下轻颤，老人爽快地说，“数字化好啊。这种保存方式，比起我们这样一幅幅地临摹，可要好得太多了。多谢你们的技术支持。”

徐泊原只是谦逊地笑了笑，“我们也是做力所能及的事。”

“老师，这幅画快临摹完了吧？”唐思晨站在画架边，借着灯光仔细地观察，一边赞叹，“费了您不少心血吧？”

“老了，眼睛老是看不清楚。”老人摇头微叹，“能画多少就画多少吧。”

线条依然是果决老辣，这也是苏老师之前一直教导自己的画风。唐思晨有些难以克制地，将手抬起来，轻轻触到了画卷上。她低着头，小心地不让老师看到自己的表情，或许是因为冷，手指有些轻颤。

“手去复健过了吗？现在没事了吧？”苏教授的目光有些担心，“你自己还是要上心思，毕竟身体最重要。”

唐思晨有些不安地看了不远处的徐泊原一眼，很快地截断老人的话，“早就没事了。”

徐泊原正倾身看着《水目观音变》，仿佛没有听见身后的对话，只是饶有兴趣地转头问："思晨，这是什么？"

唐思晨连忙走过去，看了一眼，向他解释说："这幅壁画是西夏的，和中原地区的经变画都不一样。你看的那里，实际上是当时西夏人民生活的反映。看，这里在耕牛，这里是酿酒……"

洞窟里转了一圈之后，他们便没有再打扰老人工作，又去周围几个洞窟转了转。

栈道清冷。唯有在经过1号窟的时候，唐思晨的脚步顿了顿。望进去黑影绰绰，学生们十分安静地站着，指端轻动，仿佛还能听见唰唰的笔划声。

"我以前的作业是临摹水月观音，还得了优秀。"唐思晨怀念地勾起唇角，"好像是好久之前的事了。"

"为什么不画了？"徐泊原随着她的脚步，渐渐地往下，安静地问。

"啊……"唐思晨想了想，一副不知道该如何表达的样子，仿佛痛心疾首，"你一定要知道吗？"徐泊原倒被她逗笑了，没有再追问下去。

走到结成厚冰的榆水边，徐泊原接了个电话，转身有些抱歉地说："我有急事要回去县城一趟。恐怕要回敦煌见了。"

唐思晨一怔，十分默契地没有问是什么事，只送他到峡谷口，挥手说："再见。"

那天她穿着一件黑白细格的及膝呢大衣，纤腰一束，立在风中，单薄得仿佛能被风刮走一般。徐泊原已经上车，重又出来，将自己的围巾围在她的颈间，顺手理了理，俯身在她耳边说："别忘了昨天来的路上，我对你说过什么。"

唐思晨的脸颊微红，不知是被寒凛的风扫的，还是心底有团火焰在灼烧。

"你为什么会这样有自信……会不一样呢？"

烈烈的风沙中，他眯起眼睛，仔细地分辨这句话中的含义。

"我从没说过有自信，或者有把握，比别人做得更好。"徐泊原安静地说，"可是很多事，假如你连试都不愿试，又怎么会知道结果会不会相同？还是说……思晨，你已经没有当初的勇气了？"

他并没有再等她的答案，转身上车，利落潇洒。

翌日早晨，唐思晨和苏教授一道坐车回敦煌。归途十分的顺利，她并没有直接回酒店，而是和工作人员的车子一起，直接去了莫高窟的北区。

莫高窟分为北区和南区。南区是举世闻名的艺术宝库，相形之下，北区多为僧人的禅窟，冷清许多。

唐思晨赶到的时候，钱老师正在反复地检验几枚刚出土的玳瑁钱币。钱币是开元通宝，因材质特殊，很少用于流通。初步鉴定，应是用于赏赐的，极为罕见。

在洞窟里一蹲就是一整个上午，中午的时候老先生有些体力不支，便先回去休整一会儿。唐思晨从北窟出来，跑着去饭堂吃饭。

“唐老师！”

这天的风极大，唐思晨一回头，数缕发丝眯进了眼中，顿时泪眼迷蒙。

“唐老师！”那个女孩穿着及膝的长羽绒服，在不远的地方挥手，“嗨！”

她的身后，乔远川从黑色越野车中下来，微一抬头，天与地的交界处，只看得见干燥的沙，沉闷的黄色，朴素而遥远。白杨顺着笔直的公路蔓延。微风拂过，沙沙的作响，似是情人手指拨过弦琴，温柔得让人觉得心颤。

身旁还有很多人，他没在看她，可他知道她立在那里，就在那里。

这算是自欺欺人吗？乔远川并不知道。

然而这一刻，他只是不甘心，不甘心某个戛然而止的故事。

如此而已。

## 3

“思晨。”吴媛媛走上了半步，语气轻快，“小舅舅说你今天回来，我还在想能不能看到你呢。”

自然也看到那个人了，可她努力将注意力放在眼前的女孩身上，良久，才微笑起来。

前前后后一大堆人，还有人扛着摄像器材正来回奔走，唐思晨有些愕然，“你们……这是来干什么？”

“舞蹈要公演了。来这里拍宣传片。”吴媛媛有些俏皮地将自己的黑色羽绒服掀开一角，金色的薄纱中是盈盈一握的纤腰，加上修长的身段，美得赏心悦目，“你看。”

“哎，乔远川。”吴媛媛伸手掩起大衣，“你们认识了吧？”

两个人都有片刻的沉默。

唐思晨点了点头，连一丝异样的表情都未露出来，侧头望向乔远川说：“乔先生还习惯这里的天气吗？比起文岛，这里要干燥许多。”

“如果不习惯，会怎么样？”乔远川淡淡地反问。

许是少听到乔远川这样的语气，吴媛媛有些好奇地看他一眼。

“会流鼻血吧？”唐思晨抿了抿唇，“很多人都是这样。”

吴媛媛有些紧张，“哎，是啊，他昨天才赶来敦煌接我，晚上就流鼻血了。”

微微抬眸，唐思晨撞上他若有所思的目光，又匆匆地移开了，“那记得多休息，多喝水。”

“晚上一起吃饭吗？”一旁有工作人员开始催促，吴媛媛抓紧时间说，“叫上小舅舅，我们不见不散。”

也不等唐思晨答应，她用力地挥挥手，就拉着裙角跑了。

唐思晨有些无奈地撇撇唇角，一转头，有些意外地发现乔远川并没有走。

他一手插着裤兜，倾身靠着栈道，嘴角的笑若有若无。

“流鼻血的话……记得多喝水。”离开前，她到底有些忍不住，还是关照了一句。

“嗯。”乔远川应了一声，随意地问，“和阿原进行得好吗？”

唐思晨掌心擦过栈道上的粗岩，有一种钝痛，她含糊地点了点头，很快地转身离开。

多少还是有些仓皇而逃的意思在，唐思晨并不知道他看出了几分，她离开的脚步坚决，又快。仿佛这样，身后那道修长的身影，便不存在了。

下午是敦煌数字化工程的启动仪式。

唐思晨和钱老师一道，从莫高窟北区赶往会议中心。因为那几枚玳瑁钱币的关系，他们被略略耽搁了一些，进入会场的时候，直接被引向了前排。

她不晓得自己也被安排在了贵宾席，一路低着头往中间走，不断有人起身让她。走了一半，有人忽然攥住她的手腕，低声说：“就坐这里吧。”

徐泊原的脸掩在半明半暗间，微笑晕染出和缓的弧度，“坐下。”

“啊？”唐思晨回头看看，钱老师已经坐下了，她也不再坚持，坐了下来。

“见过远川和媛媛他们了吗？”徐泊原面朝着前方，只轻轻勾动唇角。

“见过了。”唐思晨撇撇嘴角，语气间有些不悦，“你为什么不告诉我？”

“惊喜。”他侧头，目光中有些衡量，“你不觉得吗？”

“是惊吓吧。”唐思晨扶额，有些头痛得说，“媛媛说晚上一起吃饭，说真的……我不想去。”

“哦？”徐泊原索性侧头，肆无忌惮地看着她，“为什么？”

“因为我觉得尴尬。”她直直地迎着他的目光，坦率地说，“你能不能……”

“帮你推掉？”徐泊原笑了，“你让我考虑一下。”

她便有些忐忑地望向他，却莫名地想到……因为是他，所以自己才从不惧怕在他面前露出怀念与软弱吧？

“这次我可以帮你。”半晌，徐泊原回答她，“可是丫头，你记住，你怕尴尬……这样永远是治标不治本的。”

这个人总是有一针见血的本事，唐思晨垂睫，仿佛不曾听见这句评论。

这个价值高达数亿的文化项目，开启仪式却异常的简单，短短的一小时内便结束了。

唐思晨想起了DAB的企业文化也是这样的。总而言之，台上的那个年轻男人，行事风格，一如他的仪容，简单利落到了无可挑剔。

仪式结束，徐泊原被工作人员拥簇着去了敦煌历史纪念馆，而唐思晨陪着钱老师去莫高窟。工作到一半的时候接到电话，徐泊原的语气很轻松，“好了，晚上不用一起去吃饭。”

“那太好了。”唐思晨由衷地松口气。

他半开玩笑，“没事，媛媛感冒了。也不用我找理由。”

“呃……”唐思晨讷讷地说了句谢谢，挂了电话。

晚上敦煌忽然开始下雪，唐思晨回到宾馆的房间，觉得整个人开始慢慢解冻。她悄悄拉开窗帘向外张望，雪花仿佛是撕碎的纸片，无声地飘落，而电视新闻里的孩子们，和圣诞老人拥抱在一起，手中攥着大把的糖果。

躲在这个小城里，几乎与世隔绝，竟忘了原来今天是平安夜，唐思晨一时间有些怔然。黑夜中的雪片如同记忆中的吉光片羽，每一片都消融得很快，来不及触及指尖，就再也看不见了。

在床边坐了一会儿，她还是决定给住楼上的吴媛媛送一盒感冒药去。

吴媛媛的房间是714，唐思晨摁了半天门铃，里边一直没有动静。

难道是还没回来？唐思晨有些疑惑地摸出手机，拨了号码。

等了许久，电话是吴媛媛接的，不知道为什么，声音却略略有些气喘和惊慌。

“你在房间里吗？我送药给你——”

“啊，你等等啊。我……马上来开门。”

门很快打开了，吴媛媛站在门口，脸色微红，头发散在肩上，身上穿着一件宽松的T恤，领口却有些不规整的凌乱。

唐思晨将药递给她，有些担心，“你还好吧？是不是打扰你睡觉了？”

“啊？没有——谢谢你。”她出乎意料地有些欲言又止，双眸间波光泠泠，仿佛能滴下水来。

唐思晨正要说话，有些意外地听到房间里熟悉的声音，低低地问：“是谁？”

她的目光落在媛媛细长纤白的颈上，那里有一块刚刚点染上去的嫣红——她似乎打扰了不该打扰的事。

呼吸忽然变得有些困难，唐思晨用力地咬了咬唇，强迫自己深呼吸一口，有些语无伦次，“我……先走了。很晚了。对不起。”

“啊？哦……”吴媛媛也觉得尴尬，“谢谢你给我送药。”

她正要关门，乔远川却不知道什么时候站在了门廊的后边，一双深邃的眸子透过那将要闭合的门隙，锁定了那道转身离开的身影。

“是谁？”他问了一句，用力地揉了揉额角，刚才的吻灼热却又陌生，叫他分不清在身下辗转低吟的女孩到底是谁。好像是她，又或许不是。

假若不是敲门声，或许一切都是顺水推舟吧？如果真的不是她……其他的，还有什么要紧吗——

“思晨啊。”吴媛媛有些不敢直接看着他，拿药晃了晃，“给我送药。”

“思晨？”他喃喃地重复一遍，英俊的脸上忽然浮现几许迷惘。

“唐思晨啊！你真的醉了？”

“思晨……”仿佛是原本模糊的棱角蓦然间清晰起来，乔远川站直了身子，许是醉酒后的冲动，他大步从这个房间离开，追了出去。

唐思晨是在电梯门快要闭合的时候，才发觉乔远川追了出来。

他穿着一件灰蓝条纹的衬衣，领口如同他的女伴一般凌乱，脚步匆忙地追至电梯口，喊她的名字：“唐思晨！”

唐思晨掠开了目光，她的唇抿得如同一张透明的白纸，下定了决心不去看他，然后倾身，坚决地按下了楼层键。

走廊里还有穿堂风，乔远川一手扶在电梯门边，一边低下头，淡薄的酒香中，他似乎想明白了刚才发生的一切。

沙洲夜市的烧烤与啤酒，回到酒店送媛媛回房间，亲吻，迷醉。他不知道这一切是怎么发生的，直到唐思晨来敲门。

“你没事吧？”吴媛媛循声追出来，有些担心地看着他，“思晨……她——”

乔远川深呼吸一口，极快地说了一句“对不起”，然后疾步走去楼梯。

唐思晨下到五楼的时候，另一部上行电梯恰好打开。徐泊原正与几个同事一道出来，一见到她，停下了脚步，问：“什么时候回来的？”

唐思晨知道他是在忙正事，也没多说，只是笑笑说：“刚才——”

话音未落，眼角的余光却见到了黝黑的楼梯通道边，有道长长的影子拖曳出来，她深呼吸一口，也不顾周围诧异的目光，伸手挽住了徐泊原的手臂说：“我有事找你。”

徐泊原自然也是惊讶的，隔了几层衣料，依然能察觉出唐思晨的手在发抖，他便伸手抚在她的手背上，轻声抚慰说：“去我房间吧。”

几位同事十分默契地告辞，唐思晨沉默着随着他往前走，身后那个人，并没有追上来。

咔嗒一声，门锁落上的时候，唐思晨及时地抽回了自己的手臂。

唐思晨在不远处坐下来，讷讷地没开口说话。徐泊原眼梢微微抬起，那一抹弧度直触人心，却只是浅笑，壁灯的光晕下，温润如玉，“什么事？”

“我……”她绞尽脑汁地想，最后说，“没什么事。”

“是躲着远川吗？”徐泊原慢慢地说，清润的目光逐渐变得锋锐，仿佛是柔软的水，渐渐凝成冰锋，“思晨，你是不是该做个了断了？”

“啊？”唐思晨有些慌乱地抬起头，“了断？我们早分手了——”

“不，我不是说这个——”徐泊原静静地说，“有些话，你是不是一直没有告诉他？”

唐思晨腾地站起来，脸色在刹那间变得苍白。

从这角度，徐泊原只需微微仰头，便看得见她沉重的呼吸，以及放在身侧的、攥紧的拳头。而他依然优容地笑着，并没有惊慌，“看起来真的有事。”

“是他妈妈告诉你的吗？”

“我姐姐？”徐泊原摇摇头，“当然不是。小丫头，你记住，这个世界上没有永远的秘密。有些负担，也不必逞强，你不用一个人扛起来。”

“我没有秘密。”唐思晨打断他的话，再也不看他一眼，“我也不知道你在说什么。”

门嘭的一声关上了。

徐泊原的十指轻轻交叠，放在下颔的地方。他不言不语，眸色却深不可测。

## 4

唐思晨的房间是在这个楼层的另一端。这个时间，酒店并没有住什么人，她便踏着自己的影子，慢慢地往前走。电子门锁咔嗒一声，门锁的绿灯亮了亮，唐思晨却惶然侧身，望向紧急通道处那道如同雕像般的阴影，脱口而出，“乔远川！”

他竟在这里等她，悄无声息地，仿佛一道藏匿起来的暗影，又或者是蓄势待发的野兽，等待他的猎物许久了，连光影都变得轮廓暗然，难分真假。

在唐思晨还没有反应过来的时候，他已经逼近，一把将她掀入了狂风巨浪中。

房门在身后嘭的一声关上，唐思晨的脊背被重重地抵在生硬的墙上，周身都是淡薄微醺的酒气，她几乎可以肯定，乔远川又醉了。

“你去找他干什么？”他喃喃地将气息抵在她的耳侧，一字一句，显是心情激荡，“糖糖——你为什么总是和他在一起？”

唐思晨勉力将头侧开，伸手去推他的肩，“你疯了吗乔远川！”

她拼命想要与他保持距离，却被他轻而易举地突破，那双手压制住她的挣扎，又将她牢牢禁锢在怀里——乔远川的吻铺天盖地地落下来，粗暴汹涌，哪怕他知道她在恐惧，她在反抗，可他并不管，只是在疯狂地寻觅她的唇，近乎啮咬。

“你放开我……”气息愈发的微弱，唐思晨被他吻得难以呼吸，但是那几个字还是断断续续地蹦出来，“你去别人的房间……为什么我不能去？”

乔远川所有的动作突然停顿下来，他拿指尖抚过她的唇，双眸中仿佛有星光落下来，漾起一片难言的光泽。

“你不喜欢我和别人在一起，是不是？”声音淡淡地含着笑意，又似是欣慰，他将额头抵在她的肩上，轻声说，“你还在介意，是不是？”

唐思晨没有说话，只是紧紧地闭着眼睛，手指扶在他腰间，轻微地颤抖，却连一句话都说不出来。

当初放手的是他，如今纠缠的是他——他凭什么？只凭着两人共同的回忆吗？只凭着……她曾经，那样爱他吗？

终究还是“爱”这个字惊醒了唐思晨，她睁开眼睛，用很清晰的声音说：“不，乔远川。我早就不爱你了。”她顿了顿，近乎残忍地补上一句，“没错，我是和徐泊原在交往。请你，尊重我。也尊重你的家人。”

彻底的解脱何尝不是一种酣畅淋漓？唐思晨说完这句话，视线从没有焦点，逐渐牢牢锁定眼前这张熟悉的、英俊的脸，终于让自己平静下来。

几乎与此同时，乔远川竟也褪去了那丝若有若无的酒意，黑夜中一双狭长的眸，明亮得可怕。

他的呼吸变得绵长而悠远，一点点地凑近她，用一种安静、却又胁迫的语气靠近她，极缓地说：“是吗？交往，你们这样交往吗？”

与平静的语气截然不同的，是他手中的动作，他近乎蛮力地将她拦腰抱起，然后在黑暗中摸索向床的方向，将她重重地扔了上去。

瓦解她的抵抗几乎不用费去任何力气，乔远川修长的手指十分熟练地去解她的衣衫，一边将吻与爱抚源源不断地印上她的躯体。

即便是过去了许久，他依然记得她柔软的胸房，巧致的耳垂，锦缎般的发丝……记得她身上每一处地方。他也曾试着用别的人来代替她，可是一样的女孩，甚至身材更加美好，都不是她，都不是他的糖糖。

他近乎迷乱地开始亲吻她，将她的外套褪下的时候，忽然摸到正在振动的手机，顺手拿至眼前，那个名字一晃一晃的，触目惊心。他似乎清醒了几分，却又更醉了几分，另一只手半支起身子，随手便是一甩，手机落在门上，啪的一声，四分五裂。

他将床灯打开，慢慢拧到最亮，凌乱的床褥间，曾经独属于他一个人的女孩已经泪流满面，右手微颤着去遮住自己胸口，而左手则捂住了眼睛，喃喃地说："乔远川……求你……不要这样。"

仿佛是被那电话激怒，又被这段时间所有看在眼中的情景刺激，他跨坐在她身上，居高临下，视线凌厉而残酷，一只手轻而易举地将她的手拉下来，强迫她看着自己的眼睛，一字一句，"我就是在和别人亲热过之后……又来找你。唐思晨，我就是这么做了。"

那是骄傲的狼在宣告自己的主权，他决不允许，她变成别人的。即便是徐泊原，也不行。

从唐思晨的角度望上去，他眼底的光黑得没有一丝亮色，每一个音节，都近乎凌迟地割在唐思晨身上，让她想起很久很久之前的那个夜，大雪纷飞，漆黑的街道，她失去了一切，爱自己的那个他，和最重要的梦想。

"乔远川，你不能这样对我。"她的声音和表情开始麻木，仿佛没有感知到他想要继续的动作，只轻声说，"我从来没有对不起你，从来没有。"

乔远川温柔地抚着她的脸颊，笑得异常宠溺，"我知道你没有。所以我厌倦了和你赌气，我只想要像现在这样。我要你在我身边。"

橘色的灯光下，身下的女孩有着凝脂般的肤色，那是一种脆弱的苍白，令他想抱住她、安慰她，并且发誓，他会重新待她，一如当初。

"可是你知道吗？我们不可能在一起了。"她努力地躲开他绵绵的吻，近乎呆板地说，“我不会再和你在一起。”

为这句话做注解的，是门口的敲门声。那道熟悉的男声闷闷地隔着门板传来，“思晨？在吗？”

唐思晨像濒死的鱼，在乔远川身下挣扎，闷声哭泣。而他愈是心烦，便肆意地拿自己的唇去堵住她的呜咽，手指灵巧地在她肌肤上弹奏，去消弭阻挡。

怎么会这样呢？唐思晨只是怔怔地看着亲吻自己的男人——这是她爱过的那个人吗？这是她曾发誓，用终生的温柔去守护的她最爱的人吗？

她错得这样彻底……

裸露的肌肤亦渐渐开始起鸡皮疙瘩。唐思晨仿佛认命，连抽噎都止住了，渐渐停止挣扎。

门外的敲门声停止了。

嘭的一声巨响。

门被踢开了。走廊的光亮从被踢开的门外泼洒进来。

徐泊原将乔远川拉起来，抵在墙上，低吼说：“你怎么敢这么做！”

顶在胸口那双手力道很大，迫得乔远川难以呼吸，而最初一瞬的惶乱之后，他迅速地冷静下来。并未顾及此刻凌乱的衣着，他只是轻挑眉梢，语气有些嘲讽，“阿原，我和她在一起两年多，你以为还有什么没做过？”

说出这句话的时候，徐泊原重重的一拳，已经击在了他的脸颊上。

乔远川是可以格开的，他只是一时愣住，仿佛不曾认识徐泊原——这个他认识了二十多年的阿原，这个虽是他舅舅，却又只比他大了几岁，情如兄弟的阿原。

徐泊原有着旁人难以企及的温润性格，这种温润，并不等同于懦弱，他很坚韧，却从来都是彬彬有礼的。从不曾，这般失态。

他是为了唐思晨，失态至此。

嘴角有咸而涩的液体慢慢地流淌下来，乔远川忽然笑了，狭长的眼睛依然明亮，却又充满挑衅。

“她一直是我的。”他伸手抹了抹唇角，不甚在意，“如你所见。”

徐泊原一言不发地凝视他，清亮眸中的怒火似乎在渐渐褪去，那种目光仿佛是烈火燃到了尽头，只剩下一抹灰色，却不知是悲哀，抑或是同情。

他放开了手，慢慢地走回床边，脱下自己的外套盖在唐思晨身上，又扶她起来。

在他的手触到她的肩膀之时，明显能感知到她还在发抖，又抗拒般后退了一下。可徐泊原并没有放手，他只是牢牢地扶住她，将自己的外套盖在她身上，用最舒缓的语气说："没事了。"

门口早聚集了数位服务生，因知道这里入住的是贵客，一时间没有人上来询问。过了一会儿，一道清亮的女声挤了进来，"远川……你在这里干什么？"

吴媛媛从被踢坏的门中走进来，差点被摔碎的手机绊了绊，她有些愕然地看着房间里两个男人沉默地对峙，而唐思晨被徐泊原护在身后，神情有些木然，却一言不发。

"你们……"她有些不解地四下看看，借着灯光，看到乔远川嘴角的伤痕，惊呼出来，"谁打你了？"

"媛媛，你来扶着思晨。"徐泊原站起来，语气十分冷静，"有些话，我需要和远川谈一谈。"

吴媛媛走过来，扶住唐思晨的肩膀，看到她凌乱的衣物，倏然间明白了什么，有些不可思议地回头，望向乔远川。他靠在墙上，衬衣凌乱，那双眼睛却是锋锐不羁的，只牢牢地锁住唐思晨，没有别人，仿佛徐泊原，或是这周围的一切人，都只是摆设而已。

所有的一切，从头开始，从认得唐思晨开始，吴媛媛好像都明白了——乔远川那些看似不经意的要求，若有若无的语气，甚至办公室里的敦煌杂志，主动要求来瓜州进行的项目……原来只是因为她。

吴媛媛的声音有些微哑，她慢慢地抬头，望向徐泊原，"他们……是什么关系？"

徐泊原仿佛没有听见这个问题，他依然不动声色地站在那里，一瞬不瞬地盯着乔远川，以一种平静的语气开口，"远川，你知道那次姐姐去找她，她们说了什么？姐姐那样一个人，你猜唐思晨对她说了什么，她才会完全相信你们不能在一起了？”

唐思晨的身子忽然剧烈地颤抖了一下，手指痉挛着抓住披着的外套，用很快的语速阻止他，“徐泊原！”

他便闻声与她对视，在她的目光中读出软弱、恳求……以及茫然无措。倏然间，怒火就重又燃起，甚至胜于刚才冲进这里，看着乔远川强迫她的时刻。

他忽然觉得，这一生中，自己从未如此刻般，爱一个人，却又恨她那样的……爱过别人。

乔远川双唇抿得如同两条笔直的线，困惑中亦带了几丝捉摸不透的不安，缓缓地问：“你在说什么？”

“我求你，不要说。”唐思晨唰地站起来，因为刚才狠狠哭过一场，如今每个字说出来，就是针刺般的头疼，可她咬牙，转身望向徐泊原，“我求你。”

那是她发誓不会让他知道的秘密啊……即便开始的时候恨过、怨过，可又有什么用呢？假如曾经有什么将自己的一生毁了，那已经足够——何必又再连累旁人呢？

不得不说，那一刻的乔远川，开始恐惧。他从未见过这样的唐思晨——她的脸色苍白，脸颊却是病态的潮红。她的右手颤抖得尤其厉害，仿佛下一秒就会晕厥过去。

“你是不是瞒着我什么？”他不再去管别人，只是盯着唐思晨，心中划过一丝强烈的不安，“唐思晨，发生了什么事？”

“你不说的话，我会帮你说。”徐泊原的话，冷酷得仿佛在断人生死，那是一种难以企及的决心，“假如听到的人觉得后悔，那么便让他后悔；假如他想挽回，你为什么不给他机会？即便已经无法挽回——他也应该知道真相。”

唐思晨低下头，长长的睫毛垂下，遮起了一切想法，模糊的、清晰的……她忽然觉得累了，她还能拿什么和徐泊原去争辩呢？他向来比她成熟、干练、滴水不漏，他的决定……那么就这样吧。

她不再望着这里的任何一个人，只是抓紧了衣襟，什么都不想，有些漠然地转身，低声说："那么……请你等我离开再说。"

徐泊原看着她的背影，目光复杂得错综难辨，他将自己的房卡塞给吴媛媛，"媛媛，你陪着她。"

房间里只剩下两个人，徐泊原淡淡地看着乔远川，简单地陈述了一个事实。

乔远川的呼吸渐渐沉重，直至近乎窒息般的急促。他并没有问这是真的，又或者是假的——因为只这样两句话，他便全明白了，从头至尾地，醍醐灌顶。

她曾经莫名其妙地失踪，她拒绝接收他一切的联系方式，她总是在微颤的右手，只是因为这样——因为这样一个原因，只要他稍稍努力地去探求，就会知道的原因。

可他因为赌气，放下了她整整两年，而留下她一个人承受孤单、寂寞，以及自己的肆意轻慢。

就在刚才，她被他压在身下，无力又绝望地说："我从来没有对不起你，从来没有……可是你知道吗？我们不可能在一起了……我不会再和你在一起。"

乔远川的声音倏然喑哑下来，棱角仿佛被切磨得难以辨识，"她……为什么不告诉我？"

"你知道吗远川？"徐泊原以一种近乎悲悯的目光凝视着他，语气是平缓而宁静的，"她曾经对我说过一句话：我将终生用一种温柔的心情，来守口如瓶。"

我将终生用一种温柔的心情，来守口如瓶……徐泊原看着乔远川倏然间失魂落魄的神情，心底微微叹气——曾经的她，是有多爱你，才独自守住了……再也不能画画的秘密呢？

## 5

唐思晨回过神来，稍稍重拾起理智的时候，发现自己坐在了窗边。

她站起来，拉开窗帘，视线被飘白的雪片割裂成一个又一个狭小的空间。她想伸出手去感触一下温度，指尖却只触及了冰凉的玻璃，顺势而下，化出淡淡的一道痕迹。

“所以……你就是乔远川在大学里的那个女朋友吗？”

唐思晨手指微微一顿。

“对不起，我之前一直没有告诉你。”她有些艰难地说，“我……并不是有意的。”

吴媛媛坐在她身后的沙发上，眼神已经逐渐清醒，“怎么会是你……可是小舅舅呢？”

唐思晨仿佛没有听见她的话，她只是更加用力地望着窗外，沉默地坐下来，有些痛苦，又有些迷惘，喃喃地说：“是啊，真糟糕……我怎么会把局面，弄得这样糟糕呢……”

片刻后，她倏然站起来，走向门口。

“你不能走。”吴媛媛下意识地拦住她，“小舅舅说，要我看着你。”

“我只是去透透气，就在门口。”唐思晨缓缓地拨开她的手指，“我透不过气了……”

吴媛媛没法阻拦这样的唐思晨，她的眼眸乌黑，却是暗沉的；她的皮肤雪白，又没有生气；她仿佛……只是一具躯体罢了。

于是随着她走到走廊的尽头，伸手打开了那扇窗，寒意夹杂着雪花，扑面而来。

“今天是平安夜……”唐思晨轻轻地说，“平安夜，总是不平安的。”

“嗯？”吴媛媛看着她的侧脸，忽然觉得可怕，她……不会就这样一跃，从窗口跳下去吧？饶是这一晚心情跌宕起伏，她也还是伸手抓住了唐思晨的手腕，“你没事吧？”

唐思晨抿着唇，没有说话。

“你为什么在发抖？”吴媛媛又抓得用力了一些，“你……很冷吗？”

“不是冷。它只是在发抖。”唐思晨冷静地抬起手，手指在灯光下缓缓地张开，纤长、苍白、没有血色，“自从它变成这样之后，我就再也不能握住画笔了。”

她还清晰地记得，那是两年前的平安夜。

乔远川的生日亦是在这一天。一个月前，他便再三地告诉唐思晨，他希望她能回来，见他的家人和朋友。

当时两个人的关系已经如履薄冰，唐思晨并不是不想去的。然而敦煌壁画病害实验即将要得出一个重要的实验参数，她作为一直参加研究的工作人员，无论如何都走不开。在电话里对乔远川说了以后，他在千里之外摔了手机，唐思晨的耳边，只剩下难听的忙音。

到底还是将工作挪开，又请了假，唐思晨订了机票，赶在他生日的当天，坐飞机回文岛。

飞机没有坐满，唐思晨打开了遮光板，苍白的光落进来在手背上晕开。她迫不及待地想回去，不是因为吵架，甚至也不是因为所谓的生日，只是因为忽然间很想见他……她悄悄地赶过去，这份惊喜，能不能让他稍稍地……浇熄怒火呢？

到达文岛的时候，已经是灯火阑珊。

从窗外望出去，黝黑的土地上流光四溢，仿佛是金色的棋盘，唐思晨围着围巾，掌心攥着手机，却迟迟没有将那个号码拨出去。

其实她知道今天生日聚会的地点。半城酒店，他惯常爱去那里。

这次回来，唐思晨匆忙到连行李都没多带，坐在出租车里给乔远川打电话。

电话响了许久，那边的声音带着几分醉意，“喂。”

“是我。”她按捺下心口的狂跳，“乔远川，你在哪里？”

“你是谁？”

接着电话挂断了。

他怎么可能认不出自己的声音呢？唐思晨一愣，他……是醉了吧？

窗外的风拂过长发，唐思晨听到前边的司机有些不满地说：“小姐，把窗关了吧，车里开着暖气。”

她仿佛没听见，唱反调一般，又将车窗摇下了一半。

马路对面，一群男男女女拥簇着从酒店门口出来。

“是这里吗？”司机又重复了一遍，回头看着这个女孩子，“半城酒店？”

夜色之中的女孩，轮廓清晰，她紧紧地抿着唇，眼睛睁得很大，纤长的睫毛仿佛是用线条一笔笔画出来的，又细细地黏上去……仿佛是雕塑，一动不动。

司机有些害怕，声音放得柔缓一些，“小姐，到了。”

唐思晨一句话都没说，拉开车门就下车。

“小姐，你还没给钱呢！”

那道纤细的身影折回来，扔给他一张纸钞，又直直地冲着马路对面去了。

绿灯跳亮，她却终究没有追上那群人。

他们前后上了七八辆车，接着便消失在城市的车流中了。

只有她一个人，像傻子一样，呆呆地站在酒店门口，有些木然地拿出手机。

“乔远川，我在文岛。”这一次她十分直接地说，却只听到电话那边一片嘈杂的声音，有个女孩声音在说，“远川哥哥，是谁？”

她的心一分分沉下去，刚才隔着马路，她一眼就看到他。

铁灰色的风衣，笔挺修长的身影，衬得他身畔那个同样纤长的女孩……竟然也娇小可人。他微微侧头，俯身在那个女孩耳侧说了什么，寒风掠起她微卷的长发，他便有些不耐地，伸手替她拂在一边。唐思晨几乎能肯定，他的薄唇从她的脸颊边擦过，那是一个亲吻。

“嗯？”乔远川的声音似乎变得清晰了一些，带着低笑，“这个玩笑好笑吗？”

唐思晨抿唇，鼻音还带着微颤，“我会在你家等你回来。”

她不管对方有没有听清楚，啪地挂了电话，站在酒店门口，用力地闭了闭眼睛，一再地克制自己的情绪，直到风声让自己从头至尾地……凉得彻骨，才往马路对面，迈出了第一步。

对面的红灯刚刚转换为绿灯，而唐思晨去追赶那辆显示着空车的出租车。

一道惨亮的白光晃过，然后是急刹车的声音，手中攥着的手机在空中抛出一个弧度，摔在地上，四分五裂。接着又是一道急刹车的声响，有一股巨大的力道碾过手臂，仿佛电锯硬生生划过。

尖厉的惨叫声，接着，她便什么都不知道了。

“然后呢？”

吴媛媛追问，她努力握着唐思晨的手，试图让两个人都暖和起来。

可是没用，彼此的手心都是腻腻的，全是冷汗。

“后来啊？我的手就不能画画了。”唐思晨笑了笑，“就是这样。”

她们的身后，乔远川定定地看着她，那双黑色的瞳孔似乎骤然间缩小了。

没有嫉恨，没有嘲讽，没有志在必得……什么都没有，他只是盯着她看，那道目光遥远、悠长，彻底的哀凉。

唐思晨莫名有些惊恐起来。房间里那一幕让她觉得陌生，她不认识这样一个会强迫自己的乔远川；而如今他的目光，却又熟悉得可怕，因为她好像又找到了过往柔软的情感。

他终于还是知道了吗？徐泊原告诉他了？

所以这一切，是因为愧疚吧？

紧绷的神经仿佛是一只玻璃杯，在热水与冰水间反复地浸泡，细碎的裂纹渐渐爬满杯身，只是在等待碎裂的那一刹那。她后退半步，抿紧了唇，有些麻木地转开了目光。

乔远川仿佛没有注意到吴媛媛的存在，跨上了一步，伸手握住唐思晨的右手手腕，像是要用掌心的温度捂暖她，“唐思晨，你为什么不告诉我？”

他几乎从不叫她的全名，哪怕他不再叫她糖糖，哪怕她再出现时她冷漠地称呼她“唐小姐”……可是爱与恨之间，她总是站在那里，从来都是与众不同的。

唐思晨微抬眼眸，她的唇在发颤，可她什么都说不出来。

他们这样对峙着，谁也没有打算先放手，直到一道低沉的男声插进来，“远川，今晚大家都够了。”

徐泊原走至他们身边，缓慢又不失坚定地将唐思晨的手从乔远川的掌控中拉出来。

他只穿着白色衬衣的身影，突如其来地，让唐思晨觉得安心下来。仿佛有了他在身前，至少现在，自己不用直接再去面对乔远川，再去面对过去的一切。

“远川，你冷静一晚，好吗？”

徐泊原慢慢地踏上半步，伸手扶住他的肩膀。他们的身高相仿，走廊的灯光落下来，彼此间的轮廓也有几分相似。

乔远川怔了怔，或许是因为唐思晨的神色僵直得可怕，他放在身侧的手慢慢握拳，终究还是没有阻拦他们。

“他们走了。”吴媛媛一直默不作声地看着，隔了很久，才低声提醒他，“远川哥哥。”

乔远川嗯了一声，依然站着未动。

“你——”吴媛媛犹豫了半晌，慢慢地开口说，“原来是这样。”

“刚才发生的事真的很对不起。”乔远川匆匆打断她，“我知道你有很多话想要说……媛媛，下次好吗？”

他素来俊朗的眉宇间毫不掩饰地浮着一层倦色，脸色亦是铁青，侧脸望过去，前所未有的严肃。

吴媛媛忽然语塞，她知道他在为什么道歉，是为了在房间里那一刻的意乱情迷，也为了……从今往后，就连他那些心不在焉的温柔都不会再给自己了。她不知道该说些什么，只能微微仰头，将视线匆忙地转移到窗外。

屋外的雪花依然如同被人撕裂般，大片大片地往下洒落，而西风拂过，地上落满雪，将行人稀疏的脚印掩藏不见。她听到耳边一声轻轻的叹息，忽然就明白了，那是一个男人离开的声音。

乔远川重新站在徐泊原房间外边的时候，已经彻底恢复了冷静。中指指节扣在门板上，发出沉闷的声响，他又静静等了一会儿，直到有人将门打开。

徐泊原站在门口，并没有要让开的意思，表情亦未见异常，只是不疾不徐地开口，“还有什么事吗？”

“有些话我要亲自听她说。”乔远川微微抿了唇，“你放心，我不会像刚才那样。”

徐泊原反手轻轻扣上门，语气平和，“她已经睡着了。”他依然沉静地盯着乔远川，眼神的深处带着一丝审量，不动声色，却依然没有让步。

“睡着了吗？”乔远川重复了一遍，眉峰微微蹙了起来。

徐泊原淡淡地笑，他几乎能预见乔远川的倔强与坚持，而他自己也同样有把握，此刻将他说服离开。

“谢谢你告诉我这些，阿原。”乔远川低头想了想，似乎想要让自己忘记这是徐泊原的房间，而她会待在里边，让眼前这个男人陪着，整整一个晚上。

最后一句话有些艰难，可他终于不再坚持，“我明天再来找她。”

灯光下，徐泊原看着乔远川离开的背影，表情微微有些复杂。他所有的骄傲，所有的不甘，所有的年轻气盛，因为这个夜晚，被消融得彻底。明天，自己大概就会无法阻止唐思晨，去见到一个已经改变了的……乔远川了吧。

他反身推开门，房间里静悄悄的。

其实唐思晨并没有睡着。她手里捧着一杯热水，安静地凝望着电视，敦煌本地的电视台不厌其烦地播放着莫高窟的旅游纪录片，这一场循环永远不会停止。

徐泊原在她身边坐下，并肩靠着床，有些怜惜地替她拢了拢被子。

“睡不着吗？”他微笑着问，“远川已经走了。”

“我听到了。”唐思晨有些难堪地说，“我以为他不会走。”

徐泊原笑了笑，“睡吧。天塌不下来的。”

他站起来关上电视，又在桌边坐下，并不回头，“睡吧，我陪着你。”

其实徐泊原并没有多少公务要处理，即便要处理，也不用窝在这间光线昏暗的房间里。可他知道，如果想让另一个人安心的话，最好的方法不是说话、聊天，而是静静地在一起，让她知道，她不是孤单的，就好了。

于是他真的这么做了，低着头，目光一行行地从手边的文件上移过，他翻过一页又一页，或许还混合着空调暖暖的送气声音，直到身后的呼吸声逐渐变得轻柔和缓。

再一次回头的时候，原本以为唐思晨已经睡着了，却有些意外地对上一双清亮的眼睛。徐泊原摇摇头，借着灯光仔细看她的脸色，低低地问：“还是睡不着吗？”

唐思晨盯着他的眼睛，有些突兀地说：“你不该告诉他。”

“不要让他知道……”徐泊原左手扶额，淡淡地说，“那是你一厢情愿的想法。”

他的语速并不如何快，却极沉稳，“不管你承不承认，今天——或者说这两年发生的事，你看到了，你处理的方法，并没有让两个人都觉得舒心。”

唐思晨只觉得自己的心跳很快，她告诉自己冷静，大口地呼吸，可是这整个晚上，那种近似于灰色的情绪一直笼罩着自己，直到天昏地暗，再也无法呼吸。

她一下子坐了起来，抿紧了唇，“我不需要别人来评价我的做法！”

她并不知道自己的声音在渐渐提高，“我是没有告诉他——告诉他又能怎么样呢？以前的信任感还能回来吗？那场车祸就不会发生了？我能重新拿稳画笔吗？”

唐思晨的手指抓着被褥的一角，微微地发抖，“我躺在医院、失去一切的时候，我没有告诉他，是因为我不想见到他。没错，我就是在等这一天，让他后悔和愧疚的一天——这样的说法，你觉得满意了吗？”

其实这一刻，她真的不知道自己在说些什么，或许只是口不择言，又或许是那些恶毒的想法曾经真的存在过吧？以至于激动的时候，她将自己说过的那句话、那些温柔的心境全部忘了。

房间突如其来地安静下来，没有人说话。

隔了很久，徐泊原看着她近乎惨白的脸色，低低地叹了口气，“我将终生用一种温柔的心境来守口如瓶——你知道每次我想起这句话的时候，有多么羡慕远川吗？”

唐思晨睫羽轻轻一颤，那丝柔软的情绪泛起来，直到眼眶的地方，酸涩得难以承受。

他带着一丝怜惜看着她，“上次说了一半的话……我帮你补全了。小丫头，想要哭的话，就哭出来吧。”

委屈、缅怀、哀凉、痛恨……其实已经说不出是什么感情了，唐思晨慢慢地开始抽噎，将脸埋在厚实的被子里，仿佛这是一个深洞，可以将自己无限制地隔绝起来。

徐泊原的手指慢慢地勾住她的，不顾她的反抗，一点点地将她微凉的掌心握在手里，却只是说：“屋里这么暖和，为什么手还是这么凉？”

而顺应这句话的，是他的怀抱，带着极淡的薄荷香味，将那个空洞一点点地填满了。

## 6

唐思晨醒过来的时候，还带着微薄的记忆……徐泊原那件被蹭皱的衬衣，小心翼翼的动作，和轻轻的关门声。

她揉着红肿的眼睛坐起来，打量这个已经空无一人的房间，再拉开窗帘，还没有天亮。自己的行李堆在床边，想必是徐泊原去取来的。她独自一个人在床边坐了一会儿，忽然有了一个疯狂的想法。

跳起来，飞快地收拾行李，然后谁也没惊动，悄悄地离开。

或许只是不负责任罢了。

唐思晨坐上开往火车站的公交车，有些疲倦地将头靠在了车窗上。

窗外的世界似乎起了沙尘，淡黄的一片，朦胧间将昨晚遮蔽起来。

如果……如果这一切都没有发生。她有些出神地想着，那算是好事吗？

她不想为这些事负责，所以现在，她要走了。至于乔远川……她还没做好准备，开诚布公地和他谈一谈。

候车大厅的一角有一个旅行团，二三十个人聚在一起，似乎在打牌。除此之外，一切都冷冷清清。

广播里的女声在寂寥的大厅里仿佛被放大了，唐思晨随着人群一起走向检票口，手里的拖箱似乎有些沉重，她停下脚步，又回头检查了一下。

拖箱其实安然无恙，只是有斑驳的光线从屋顶落下来，而光线的尽头，站着一道人影。

唐思晨有些不知所措地看着他，她发誓自己下楼的时候，酒店里还静悄悄的，就连前台的小姐都带着倦意，没有多打量她一眼。可他竟然跟来了。

乔远川右手插在风衣的口袋里，光影的明暗让他的脸颊更显得瘦削，他默然地凝视她，良久，低低地说：“又是一个人坐硬座去兰州吗？”

坐硬座……那是以前，他第一次对她大发脾气。因为心疼她的身体，也因为她的任性。

她看见他伸出手，手心里是一张红色的车票，他带着几丝黯然凝视她，“糖糖，我陪你回去。”

他们站在两年时光的背后，以前的伤痕累累一层层地揭开，他却只对她说了这样一句话。她何尝不知道这句话的意义，远胜于一句“对不起”呢？她又何尝不知道，眼前这个男人，已经没有了昨晚的暴怒和冲动，他只是想弥补，用他所能想到的任何方式，来弥补。

如果是两年前，她看着这个自己最爱的男人，会毫不犹豫地扑过去，放声大哭吧？

可是已经不是两年前了。

唐思晨右手用力地握住拉杆，拼命告诉自己不要发抖。她一瞬不瞬地回望乔远川，她努力地在嘴角露出微笑，然后一字一句地说：“谢谢。可是不用了。”

乔远川抿紧了唇。

她深呼吸，“不管你昨晚听到了什么，我想我应该告诉你，当时是我自己的决定，你不用自责，也不需要内疚。”

唐思晨在说出最后一个字的时候转身，她希望自己的背影看起来是挺直的，不要拖泥带水，也不需要给彼此留下希望。

可还是被人从后边抱住了——他的手臂牢牢地扣着她的腰，他将头埋在她肩胛的地方，声音穿透发丝，一直钻到她耳中。

“我做了很多错事，我嫉妒你和阿原在一起，我赌气，我故意气你，我是混蛋。可是……”他喃喃地说，“糖糖，我只是爱你。一直到现在。”

“我只是爱你”——这句他隐忍了两年的话，此刻说出来，乔远川忽然觉得轻松，却又莫名地哀凉。

为什么总是要将彼此逼到绝境的时候，真正的心意才会脱口而出呢？

假如没有昨晚的一切，他还在和别的女孩暧昧纠缠，再残忍地逼她旁观。

假如没有昨晚的一切，哪怕他再想要挽回，也不会让自己迈出第一步，只会自欺欺人地等她主动回应。

乔远川，从什么时候开始，你变得这样自私，又这样懦弱？

广播一遍遍地催促旅客开始检票，可他依然抱着她，没有在意旁人怪异的目光，只想这样抱着她，哪怕只有这么一刻。

他想起那一晚，他生日的那一晚，她遇到车祸的那一晚，那么多的蛛丝马迹，可他没有发现，什么都没有发现。那时他和别的女生一起喝酒，和朋友转战了一个又一个酒吧，他在车里接到她的电话，用刻意的、不在乎的声音告诉她，即便她不回来，他也过得很开心。

那一天之后，她终于彻底地销声匿迹。

哪怕是笃定如乔远川，也开始觉得不安——在这之前，冷战的时间不会超过两个星期，总会有人先妥协。他不断给她打电话，永远是无人接听。而一个月之后，他终于忍不住，飞到敦煌，直接去她的宿舍，却被住在对面的同事告知，“小唐吗？她请假回家了。”

他又直接去她家中找她。这是他第一次来唐思晨的家乡……假若不是这些突如其来的变故，大概这个冬天，他会正式来这里，拜访她的家人吧？对了对地址，摁响门铃，却始终没有人应门。

那段时间，至今想起来，乔远川都觉得很好笑。他想她，去找她，找她在文岛的同学和朋友，可是没有人知道她在哪里，做些什么，自然也就没有人告诉他。

乔远川忍不住安慰自己，这丫头大概是真的生气，去哪里写生，有意让自己着急；又或者……会不会是想要给自己一个惊喜，在某一天忽然就回来了？

只要她回来了，只要她回来了……他想到那个情景，自己该怎么做呢？对她发脾气，还是什么都不说……干脆利落，吻她？

他给自己很多设想，却并不知道，最后等来的是一个冷冰冰的电话。

那个午后，公事进行得有些不顺，乔远川寒着一张脸，冲着几个分公司的职员大发脾气。直到那支私人电话响起来，他的心跳一顿。

他挥手让他们出去，窗外依旧下着瓢泼大雨，而他竟有一种不祥的预感，他慢慢接起来。

唐思晨的声音带了几分倦漠，第一句话便是，“听说你在找我？”

异常的平静，平静到乔远川觉得陌生，仿佛变了一个人。

那个瞬间，乔远川也想起了很多，他疯了一样到处找她，最后只换回一句人云亦云般的“听说”。

他沉默，掩饰慢慢燃起的怒火。

“乔远川，不要再找我了。”电话那边的声音近乎透明，却直接地说，“我考虑过了，不会放弃那边的工作。所以就这样吧，我答应你，我们分手吧。”

她的语气清淡如水，处处带着隔阂，他一时间只觉得不可思议，脑海里一片空白。

她说：“我答应你……我们分手吧。”

他这样说过吗？即便说过，她信那是他的真心话吗？

可是这些不重要了，唐思晨已经挂了电话，耳边只剩一串嘟嘟的忙音。

“对不起……那个时候我没有坚持找你，我也没去关心你为什么忽然请了长假……”他喃喃地说，“糖糖……对不起。”

他不再冷酷，言语也不再像之前恶毒，仿佛只是一个孩子，紧紧抱着她不肯松手，语无伦次地向她道歉——为了曾经无谓的骄傲，和自以为是的伤害。

其实他没做错什么，不是吗？唐思晨有些昏昏沉沉地想着，没有力气去挣开他，却也没有勇气再更深地嵌入这个怀抱了。

不知道站了多久，也不知有没有误了这趟火车，她一点点地拉开乔远川的手臂，用力地笑了笑，“原谅或者不原谅都不重要了。乔远川，我好像喜欢上徐泊原了。”

他看着她，目光有些不可思议，然而只是数秒之后，便重新镇静下来，仿佛看穿了她的无理取闹，“是真的吗？”

她不说话，他便微微笑了笑，更有几分把握。

唐思晨沉默了许久，彼此之间这样熟悉，他轻而易举地，就可以看出自己话中的真假。她到底还是不够沉稳，“对不起，我不该把他拿出来当借口，他对我很好……我只是想告诉你，到了现在，我们每个人都有了更多的选择，不是吗？”

乔远川没有打断她。

唐思晨有些吃力地整理思路，语速很慢，却一字一句，清清楚楚地说：“可是，即便没有那些选择——乔远川，我们真的不可能在一起了。看到你，我会想起很多让我不愉快的事。我不想永远生活在那个阴影下。所以，请你也忘了昨晚的事好吗？”

明明看得出来，她很难过，可他还有什么立场去安慰她呢？他不知道她用了多大的勇气，当面这样对他说，每一字每一句，都像是烙印，在提醒他愚蠢的过往——

最后的结局，依然是眼睁睁地看着那个纤瘦的背影，慢慢走进检票口，而自己手里那张车票，渐渐地褶皱、潮湿，却始终蜷缩在掌心。

乔远川有些茫然地站在人来人往的车站，忽然记起头一次见到她，是在莫名其妙的考场里。他随意地一抬眼，看到飞奔进教室的小女生——那种感觉叫作怦然心动。

后来回想起来，当时更加手足无措的，是自己吧？因为不知道怎么去认识她，因为不知道怎么引起她的注意，自己头一次十分没有风度地，嘲笑她的头发。尽管他并不觉得她可笑……哪怕她的头发乱七八糟，可淡粉的双颊，看起来真的十分可爱。

他约她吃饭，被拒绝——他觉得有趣，顺便还能体悟到一点点的挫折和失落；他耐心地等到她答应，明白了有种感觉，叫作欣喜若狂；他坐火车去看她，心情却是焦灼与甜蜜交替；他们最终分手，那一刻，心如死灰；而就在昨天晚上，他发了疯一样去伤害她，是因为难以克制的嫉恨；直到现在，任由后悔、愧疚，一波波地淹溺自己。

这一刻，醍醐灌顶——原来这个世界上，她教会自己这样多的情感。

乔远川听到心底那个声音在说，你……甘愿放弃吗？

## 7

回到文岛的时候，学期差不多已经结束了。

天气很冷，学校里愈发显得冷清，冷得唐思晨提不起精神去重新买一支手机。

而寝室的座机电话更像是摆设，极少有响起的时候，以至于丁零零的声音响起来的时候，唐思晨自己都被吓了一跳。

电话里的女声很好听，依然叫她唐老师，毫无隔阂地邀请她，“马上要公演了，我来送票。”

唐思晨说了句好，她便急急地敲定说：“那今晚吧？我请你吃饭。”

晚上订的是一家海派餐厅。唐思晨到的时候，吴媛媛正靠着窗，慢慢地喝茶。

灯光很柔和，唐思晨也再一次确认了，她是一个非常美丽的女孩。出身良好，却从来都不娇纵；有时候泼辣，会耍小脾气，更多的时候，目光善良。就像现在，她的目光从茶水中抬起来，盈盈一笑，“思晨你来啦？”

她先递了两张票给唐思晨，又说：“刚才闲着没事，菜我都点好了。”

“哦，没关系。”唐思晨在她对面坐下，尽量随意地问她，“什么时候回来的？”

“前几天。”吴媛媛的手指无意识地拨弄着青花瓷的餐具，“你呢？怎么一个人回来了？”

她安静地低头喝一口茶，碧螺柠檬的味道十分香郁，沏得心底发凉，嘴角的笑意便淡淡的，只说：“本来就是一个人去的，为什么非要结伴？”

服务生送进来凉菜，吴媛媛神色复杂地看她一眼，忽然低低叹了口气，“我应该讨厌你，可是又讨厌不起来。”

唐思晨抿抿唇，却不知道说什么。

“我喜欢乔远川，我们家人都知道，阿姨也知道。我一直以为，总有一天，我能和他在一起。

“我一直知道他在大学的时候有个女朋友，几乎到了谈婚论嫁的地步，可是后来突然间就分手了。那时候我想，你看，这个世界就是这样。有的人，属于你的，终究还是属于你的，哪怕在这之前他在别人身边辗转了那么久。”

唐思晨安静地听着，看见吴媛媛小巧的一对珍珠耳坠随着柔缓的说话频率轻轻晃动，她知道自己不需要说什么，只是收敛了目光，一言不发地喝茶……或许这是乔远川欠眼前这个姑娘的，与她无关，可至少在这一刻，她知道，这个比自己还小着几岁的女孩，对自己并没有恶意。

“两年前他的生日，我和他、还有一群朋友吃饭、唱歌，那次我玩得很开心。我还记得，他接了一个电话回来，喝酒喝得很凶。然后……也是那个晚上，他搂着我的肩膀出酒店，带我去酒吧，靠着我的耳朵说话。我想，终究是不一样了吧？他开始把我当大人了。那个晚上，我趁他醉了，还悄悄地亲了他一下。思晨，我真的以为有一天，他会和我在一起。我在他身边，他对我好，关心我，照顾我，也很尊重我。我也一直以为……那是因为他在等我长大。可是不是的……是我比较笨，对吗？

“一个男人喜欢女人，怎么会连一点欲望都没有呢？那次在敦煌的酒店，我站在旁边，他就那样地看着你，明明想要说很多话，却一句话都说不出来，那才是真的喜欢吧？然后我又顺着他的目光去看你，你头发很乱，脸色也不好——我突然想起来，这个晚上，我真像你啊……因为感冒，一切都是乱七八糟的，脸色都算是发青。这么像你，他才喝醉了，控制不住了吧？”

“媛媛——”这样的话题真的让唐思晨觉得难堪，她只能打断她，“我体会过这些，也知道会很难过，但是乔远川……我真的帮不了你。”

出乎意料地，吴媛媛笑了笑，“最开始我是有些恨你们，我们三个人在一起的时候，大概就我像个傻子吧？可是后来我又觉得很难过，我一直在想，如果有一天，我和喜欢的人分手，然后又不能再跳舞，一定会很难受很难受。”

“可你经历了那些事，每次我却还要强迫你出来，和我、和乔远川面对面地在一起，你从来都没有一丝不耐烦——这样想想，我又觉得自己很过分。”

吴媛媛顿了顿，又用愤恨的声音说：“当然，乔远川他就更是个浑蛋了！”

“啊？”

“难道不是吗？他……他竟然利用我来气你！”她怒气冲冲地说，“思晨，你不要和他在一起。小舅舅比他好一百倍！”

“呃……”

吴媛媛像是说累了，埋头吃了几口菜，重又抬头，目光透彻清亮，“小舅舅让我不要说，可我还是想说……你知道他出了次车祸吗？”

车祸这个词，对于唐思晨来说，实在太过敏感了。她只觉得自己一颗心砰砰乱跳，指尖轻轻一抖，声音倏然变得微颤，“车祸？严重吗？”

“他没事。”吴媛媛连忙解释，“是那天……你不见了，他急着去找你，司机路上开得太快，出了点事故。”

直到此刻，唐思晨才慢慢平静下来。

“他在医院吗？”

“没那么严重，在家里，你去过的。”吴媛媛讷讷地笑了笑，“小舅舅真的一再让我不要说……如果你去看他，也不要说起我，好吗？”

这一晚回到学校，已经近十点了。

唐思晨最终找到了那张名片，手指摁在座机的按键上，拨通了电话。

接通的时候，那边声音低沉悦耳，第一时间的，仿佛呼吸声中，就辨识出了她。

“思晨？”

“你回来了？”唐思晨小心翼翼地问，“在文岛吗？”

电话那边微微沉默，徐泊原用不以为意的声音回答，“媛媛去找过你了吧？”

真的很难在他面前撒谎，唐思晨叹了口气，老实地承认，“是啊。你没事吧？”

“要来看我吗？”他笑了笑。

“好啊。”唐思晨盘算着时间，答应他，“明天……”

“现在吧？”他忽然打断她，含着淡淡的笑意，“如果有诚意，那么就现在，我让人来接你。”

唐思晨只觉得自己稀里糊涂地，就答应了一声好，然后对方什么都没说，将电话挂了。

半小时后，海大门口。

唐思晨站在寒风中，看到那辆缓缓停下的车子。后座门拉开，徐泊原微微侧身望向她，衬衣、西服、笔挺的长裤，看上去清爽整齐。他不着痕迹地打量唐思晨，嘴角的微笑云淡风轻。

“你怎么自己来了？”唐思晨吓了一跳，目光却落在他缠着绷带的左手上，眸色轻微地一凝。

而他将一切表情逆在车内温和迷缓的光线中，唐思晨在这个男人的眼角，看到几丝并不明显的细纹——很淡，却柔和——他总是睿智、平和，哪怕是做些让她惊诧的事，也能做得这样妥帖温柔。

她在那一瞬间有些失神，直到他伸手将她拉进后座，“外边很冷。”

的确是很冷。冷得她鼻尖都冻得通红。唐思晨忍不住皱眉，不知道为什么心底有几分不快活，“你的手有事吗？为什么还要乱跑？”

他拿那只完好无恙的手抚额，慢慢地说：“今晚我可不是乱跑，是在应酬，顺便来接你……”他顿了顿，意味深长地看着她，“至于乱跑的人，是你吧？”

唐思晨语塞，她知道自己的不告而别很不负责任，就像是将积木弄乱之后的孩子，没法独自收拾，只能大哭着离开房间。可是在当时，她还能怎么做呢？

“对不起。”唐思晨讷讷了半晌，“是我不好。”

车子开得十分平缓，车厢里亦很静谧，华灯如流水，如绸缎般顺滑，从眸色间泛过。

他微勾着唇角沉默，却出乎意料地转头，在她脸颊上轻轻吻了吻，声音从她的耳边擦过，“没关系，因为是你。”

这个男人曾经在大漠里吻过她，那个吻之于她，如同剧烈尘暴，又或许是狂风骇浪，并不像此刻，蜻蜓点水般一沾即过。

可是现在，她的脸颊蓦然涨红了，用力地扭过头，希望他没有发现自己狂乱的心跳。

徐泊原随了她意般，亦侧头望向窗外，只是唇角的微笑亦变得柔软起来。一路开开停停，而他到了此刻，似乎才整理好了心情，慢慢地开口。

“其实该说对不起的是我。虽然从长远来看，这件事不算做错。但是我应该考虑到你的接受能力。”他顿了顿，伸手替她理了理刘海，动作轻柔，仿佛她真的还是个孩子，“我用自己的心理状态来替你下决定，是我做错了。”

明明这番话是在道歉，唐思晨听完，却有些哭笑不得。这是徐泊原第二次对自己道歉吧？可每次他的道歉，似乎都把自己陷在了某种尴尬的情况中，让人进退不得。

“每次看到你，我都在想，小丫头，你什么时候才能够真正长大，然后干净利落地去面对那些过往呢？”徐泊原靠着椅背，却伸出手，将她的右手握住，直到握紧，“你为什么要带着那么沉重的包袱生活？”

“你忘了你的导师怎么夸奖你在专业上的天赋吗？哪怕不能画画了，一样能留在敦煌，一样能做很多事。”

“失恋了一次怕什么？你还这么年轻，再谈一次恋爱，不就忘了过去？”

他轻轻叹口气，英俊的脸上带着怜惜的笑意，“你看，不能画画，忘不了初恋，这些都是可以解决的问题，你为什么不试试？”

唐思晨不说话，右手被他握着，奇迹般地，没有再颤抖。

而他却忽然有些受伤般望着她，薄唇轻轻一动，“怎么，我说得不对？”

“没有，你说得对。”唐思晨回望他，十分诚恳地说，“谢谢你。”

“那你没有表示？”

她有些无奈地笑了笑，只是反手，轻轻扣住了他的掌心。

“这是……答应我的意思吗？”徐泊原慢慢地问。

“嗯？”唐思晨愣了愣，才明白他的意思，慌乱中将手抽回去了，“什么意思？”

他并不逼她回答，只是悠然望向车窗外，试探性地问：“我只是想要你更有诚意的……答案。”

唐思晨一怔。

车子恰好停下，她便顺着他的目光望出去，门口草坪上的车子很眼熟，她倏然间明白，会是谁在里边。

徐泊原下车，见她不动，便伸手递给她。

“一定要这样吗？”她喃喃地说，剔透的眉宇间，淡淡的困惑。

他立在原地，仿佛临风芝玉，侧影利落分明，只微微颔首淡笑，“相信我。”

# 8

一定是受蛊惑了，才会由着他拉着自己，一步步地踏了进去。

不是不知道这样意味着什么，可是唐思晨不愿再去思考了。她选择相信徐泊原，相信他的判断。哪怕在看到起居室角落那个熟悉身影的时候，心底还是轻轻一凉。

半张脸隐匿在了黑暗中，可是乔远川的轮廓却因为消瘦而更显得清晰分明。唐思晨甚至觉得自己能看清他抿紧唇角的那弯弧度，而唇色微微泛白。

她踌躇了片刻，还是打了招呼。

“嗨。”

乔远川看到他们一起回来，没有任何的敌视，又或者是冷漠——他慢慢地扬起唇角微笑，笑容令她想起很久之前，他们约在第一食堂的门口，她饿得不耐烦，于是他微微笑着去揉她的头发，在她耳边轻声说“对不起”。

唐思晨一怔，而乔远川已经将视线移开，向徐泊原微微颔首说：“我等你一晚上了。”

“有事？”徐泊原的脸上并看不出什么表情，只侧身望了唐思晨一眼，低声说，“你等我一下。”

乔远川站起来，光线自然而然地从他身后往前倾落，一件款式极简单的灰色薄绒衫穿在身上，却带着一种清淡的贵气。他走过唐思晨身边的时候，微微停顿了一下，视线笔直地滑过，似是欲言又止，却终究随着徐泊原走向了楼梯。

阿姨递了一杯热水给唐思晨，热情地引她在沙发上坐下，又将电视的遥控递给她，“唐小姐，你先看看电视，有什么事叫我。”

唐思晨道了谢，接过来。

阿姨的脚步声渐渐离开，客厅里很寂静，尽管客厅里那个壁炉是假的，可依然有橘色的灯光柔和地铺陈开，让人觉得倚在沙发边是件温暖的事。

明明只有一个人，唐思晨却觉得有些奇怪——那是一种心尖痒痒的感觉，仿佛有什么漏拍了。她若有所思地抬头，视线婉转蔓延，直到二楼楼梯的扶手处，依然有个人立在那里，淡漠地凝望着她，柔和而期盼。

乔远川却在被她发现了自己的注视之后，仿佛是青涩，又像是被窥破后的尴尬，匆忙地转开了视线。

是岁月倒流吗？倒流到很久之前，黑色潮汐尚未席卷记忆，那时彼此的目光仿佛微笑，鲜活明了。

唐思晨微颤着右手，重新握紧那杯热水，安静地对自己说：可是乔远川，我不需要你的努力了，你知道吗？

书房门“咔”的一声关上了。

乔远川并未转身，只淡淡地问：“你手臂好些了？”

徐泊原扬了扬眉，“还好。”

乔远川微微走上了一步，冷静地问：“阿姨告诉你我在等你，所以你把她带来，是吗？”

徐泊原不置可否，“我并没有想到她会来找我。”

乔远川的脸色绷紧了一些，微微抬起下颌，停顿了片刻，直截了当地说：“我希望你放弃她。”

徐泊原蹙眉，然而这样的困扰并未持续多久，他依然云淡风轻地笑了笑，“因为你的缘故吗？”

乔远川不语，他严肃的时候下颌会异常的坚硬方正。而他再度望向徐泊原的时候，眼神中已经带了浅浅的嘲讽，“我们彼此应该心知肚明，你没那么喜欢她。”

徐泊原有些诧异，许是因着那一层血缘关系，他们表达同样的情绪的时候，连动作都是相似的。他只是站起来，走至书房的一面墙下，指了指那幅挂着的画，“你认得出来吗？这是她画的。”

那是一幅临摹的宗教画，画中的三尊菩萨眉目宛然，鲜活如同从千年的时光印记上拓下。而裱装的纸角处，还能触摸到淡黄的折揉痕迹。

“是她两年前画的。装裱的时候，师傅告诉我说，一定是被人反复地拿出来看，所以页脚才这样陈旧易脆。”

乔远川目光中滑过一丝黯然，他几乎能想象到她在不能画画的时候，反复地展开以往的画作，安静又落寞地查看。而那个时候，自己大概是在一无所知地恨她吧……

徐泊原淡淡地说：“那件事的伤害太大，我想，直到现在，她还是没有彻底解开心结。你之于她而言，并不只是初恋，还有很多东西。愈是这样，她会越怕见你——”

“这些我都知道。”乔远川忽然打断他，“所以，即便不是我，我也不愿意是你。”

徐泊原一怔。

乔远川有些淡漠地抿唇，“阿原，你爱的是她？还是别人？”

恍若无声的惊雷，徐泊原蹙眉，直视着乔远川，沉声问：“你是什么意思？”

“我无意去探知那些事，阿原。我只是……不希望她再受伤害了。”乔远川微微抬头，凝睇着那幅画，只到了此刻，才难以克制般，在眸心泛起了浅浅的波澜。

“过去我做错了很多事，甚至不知道怎么去弥补。可我不希望像你这样，最后用另外一个人来弥补。”他低低叹气，“阿原，这个世界上，我最不愿意相争的人就是你。可是抱歉，我一定要这么做。”

他走至门口，反手扶着门，最后说：“我已经错过了这么久。”

徐泊原立在书房的墙边，一动未动，仿佛是黑白分明且素净的一幅素描。他的左手无意识地扶着依然吊挂着的右手，直到阿姨来敲门，探了半个头进来，“唐小姐在下边睡着了。”

“远川呢？”

“他走了。”

他收敛了心思，慢慢地走至起居室。

唐思晨果然睡着了。

她的头发大约是长久没有修剪过了，额发有些长，卷曲成极自然的弧度，松松地落在眼角的地方。暖暖的灯光下，她的头靠着窗的方向，双手拢在胸前，摆出乖乖蜷曲的姿势，因为不知道自己正被打量，因为放松，弯着唇角，眉目如画。

徐泊原俯下身，想要将她叫醒，伸手要触到她的肩膀，却又顿住了。

她身上盖着一件灰色的毛衣，很大，足以将蜷曲的她围裹起来。

而她将半张脸都埋在这件衣服中，鼻尖轻轻地蹭了蹭，仿佛，能汲取最熟悉的记忆。

他就这样看着她，数秒时间，目光亦是忽近忽远，最后终究没有叫醒她，只让阿姨拿了一床绒毯过来，轻轻替她盖上了。

“先生……”

徐泊原微微摆了摆手，示意阿姨可以离开了，自己却在一侧的沙发上坐下。

夜渐渐深了。

他有些无意识地伸出手去，绒毯下曲线起伏，他只将手放在她脚踝处，悄无知觉。

“他走了？”唐思晨的声音在宁静的夜中显得异常的平静，一如和缓的呼吸，很清醒。

她静静地看着徐泊原——他离自己这样近，他总是在微笑，眼神坦荡，成竹在胸，可其实徐泊原，是这样一个难以让人接近的人啊。

徐泊原靠在沙发背上，低声说：“思晨，我有没有告诉过你，你很像我的一个朋友？”

唐思晨坐起来了。

他头一次对她说起工作以外的事。而在以前，哪怕是为了开导她，他随口说的话，也只是DAB。

“我并不是说你长得像她……其实我连她长什么样子都已经忘了。我是说性格。”徐泊原自嘲地笑了笑，“你们做事，都很坚持，不会回头。其实对女孩子来说，并不算什么好事。”

“可是……你一直很支持我。”唐思晨有些迟疑，“还是一直以来，我都理解错了？”

“我当然支持你。”徐泊原抚慰般拍拍她的肩膀，“梦想和热情，是最珍贵的东西，假若我有这样的能力，我愿意帮助喜欢的人去完成它。”

假若他有能力……这句话已经不再是空头支票，他已经可以去做很多事，可是很长的一段时间里，他找不到人去兑现这样的承诺。

记忆里的那个女孩与他同校，华裔、黑色的短发、高且瘦，名字是叫作Mere。

在国外那间精英济济的学校里，男生无疑总是更有优势一些。然而当朋友说起同一专业的她时，从来都是自傲的语气里也带着数分敬佩。

其实徐泊原有些难以理解，为什么一个女孩选择了GIS专业，随着一群男人去蹚泥水、翻草地。后来想起来，这也算Mere一种无意识的女权主义吧。偏偏自己又这样骄傲，正是因为这样若有若无的性别优越感，在相识之后，他们之间，总是冲突不断。

朋友说起他们去冰川考察，每个人都要扛着仪器蹚过雪水化成的河床。男生照顾仅有的女生，纷纷表示要背她们过去，旁人还有些犹豫的时候，唯有她爽利地脱了鞋，蹚蹚地就淌了过去。

他静静地听完，却转过头，对她改用中文说：“你以为你是欧美人的体质吗？女孩蹚冰水是一件很蠢的事。”

徐泊原知道这些，是因为他有一位大家闺秀的祖母，而他此刻看着她，眉心微皱，仿佛看着一个不听话的孩子。她自然全不在意，抿了口柠檬，又喝一口酒，用不甚标准的中文说：“那又怎么样？”

他不喜欢她的年轻气盛和锋芒毕露，却又忍不住去关注她。

年轻的时候就是这样矛盾，喜欢，却要用刺猬的方式表现出来。甚至于这样的情愫，要在很久之后才恍然大悟——这就是喜欢了啊。

徐泊原微笑着叹口气，听到唐思晨接了一句，“你的初恋吗？”

“没有初恋。其实什么都没有。”他的表情很平静，可是灯光掩不去眼角处极淡的皱纹，那里时光如藤蔓蔓延，“后来她爬冰川，遇到了雪崩，几天之后被救了出来。那时DAB刚刚创业，我实在无法抽身去看她。”

唐思晨的眼神闪烁，仿佛预知了结局。

“再见的时候是两个月后。在医院，我朋友陪着她，Mere左腿截肢，不过她看起来似乎并没有那么难过。倒是我的朋友告诉我，他们已经订婚了。”徐泊原缓缓地说，“我朋友放下手里的工作，陪了她整整两个月。安慰她，支持她，让她觉得即使两条腿都失去了，她的天地依然广阔。”

起居室安静了许久。

唐思晨第一次主动地握住了徐泊原的手，拿拇指的指腹轻轻地摸索着他的手背，一如他以前做的那样。

“这不是你的错。”

他微微一怔之后，带了淡笑继续说：“后来Mere有一次，半开玩笑地告诉我，是我一直若有若无地在刺激她。我一直在想……假如我早一些告诉她，我很欣赏她，也很喜欢她……那次冰川测量——原本不是她的工作，她是不是就不会去了呢？”

“所以，因为她，你才对我这样关注？”

徐泊原的手轻轻往上一翻，扣住她的手腕，答非所问，“如果不是她，如果不是发生了那件事，我想自己在遇到你的时候，依然会手足无措。不知道怎么做，也不知道怎么表达。”

唐思晨抿了抿唇，有些五味杂陈，“你是把我当作她吗？”

“替身吗？心理学上说，替身是一种补偿心理。我还不至于脆弱到了这种地步。”他顿了顿，简单地否认了，“我说你们像，是在你们身上看到同样的一种坚持，连经历都类似。可是这个世界上为理想折腰的人很多，并不是每一个人，都会让我觉得心疼。

“我以前说，你在我面前不用掩饰，哭或者笑，都可以。你想过没有呢？能在一个人面前，想哭就哭，想笑就笑，真的是一件很幸福的事。我希望你能这样做，并不是为了我。思晨，你应该为你自己，做到这件事。”

## 9

唐思晨没有说话。沙发上随意地堆着一些文件，从她的角度，也能看到页脚徐泊原的签名。辨字识人，徐泊原的笔锋暗敛而沉稳，不用对着灯光看，亦觉得力透纸背。她只是觉得难以想象，这个人刚才竟对她说了这样的往事。

说不惊讶，那是假的。尽管他的语气淡淡的，仿佛是在说旁人的事，可唐思晨对他要说出的每一句话都这样熟悉……宛如温习了一遍自己的过往。

所以他才这样笃定吗？因为所有的一切，这个男人都已经经历过了。

唐思晨有些抑制不住地好笑，假若有一天，乔远川遇到了一个比自己年轻许多的女孩，他也会一样地去做吗？

她倔强，他就温和地包容她；她抗拒，他不急不躁地接近；她有自己的梦想，他绝不阻拦，眼神总是充满鼓励——

总要有一些人去教会他们如何地爱，哪怕最后被爱的，并不是最初的那个人。

只是那个将来的乔远川，与自己一步之遥。

徐泊原起身拿了酒出来，唐思晨不知道自己喝了多少杯，初时入口并无多少感觉，后劲慢慢上来的时候，便有些抵不住了。

他的侧脸近在咫尺，专注地望着自己手中的酒杯，没人说话，时间静静地淌走。

“徐泊原，你有没有觉得自己的要求有点过分？”人在昏昏沉沉的时候，是有勇气说出很多话的，唐思晨身子前倾，认真地说，“每次见到你，我怎么可能不想起他呢？乔远川……他是你外甥啊……你们长得有多像……你自己不知道吗？”

徐泊原怔了怔，慢慢地饮完杯中的红酒，

“我要回去了，太晚了。”唐思晨喃喃地说，扶着沙发站起来，“你的手没事就好。”

他并没有阻拦她，只是略略抬眸，看了一眼时间，才淡淡地说：“很晚了。”

唐思晨立着不动，手臂环在胸前，抿紧了唇。

徐泊原忽然笑了，和一个喝醉的人讲道理是这世间最白费力气的事吧。他站起来，揉揉她的头发，到底还是叫了司机送她回去。

立在门口等车的时候，谁都没有开口说话。隔了许久，徐泊原静静地说：“今天我说的话，你回去好好想想。”

唐思晨仰头看着他，黑暗之中他的眼睛更加深邃，望不到底。

她抚抚自己发红的脸颊，思绪有些抽离，喃喃地说：“我不懂那么多大道理。可我一直在想，如果没有很多的期待，就不会有同样的失落了吧？”

远处的灯光凌乱了彼此的神情。凝稠、叫人透不过气的黑色从徐泊原的双眸中一闪而逝，而他最终如常地替她拉上后座的门，看着那辆车消失在夜色之中。

或许是因为喝多了酒，唐思晨坐在后座，觉得很不舒服。偏偏在深夜，明明道路通畅无阻，可司机还是开开停停，一顿一顿的，让她觉得有什么东西不断地泛上胸口。

“咦？”司机有些疑惑地望望后视镜，“唐小姐，你觉得有车子……在跟着我们吗？”

唐思晨下意识地回头，暗夜中看不到什么，听到司机自言自语，“那辆车像是……”

话音未落，又是一个急刹车。唐思晨只觉得腹腔所有的器官都被重重地往前一扯，酸味一直冲到了鼻子，也没顾车子没停稳，直接拉开车门，冲到路边呕吐起来。

世界失去了声音，图像也在颠倒，唐思晨扶着膝盖微微喘气，才发现有人站在自己身后很久了。

树影窸窣，将斑驳的光影印在彼此的身上。她不用回头，也知道是乔远川。

他静静地递给她一瓶水，才转身走到那辆车边，俯身对司机说：“你回去吧。我送她就可以了。”

司机有些为难，“乔……”

乔远川却没有再理会，只是转身走到唐思晨身边，微笑，“我送你回去，开得稳一些，不会晕车。”

唐思晨依然蹲在地上，扬起了头看他，目光有些迷离，喃喃地说：“我不想坐车了。”

他摇头，“糖糖，你先起来。”

她突然把头埋在自己膝盖上，闷声说：“我不起来。”

究竟喝了多少酒呢？乔远川无声地凝视着她，他知道自己此刻已经没有资格逼她去做任何事，包括离开徐泊原，可是此刻却有些莫名的欣喜，她……到底还是坚持要离开的，她并不愿留在那里。

“我想走回去。”唐思晨蹲在地上，低着头的模样很可爱，就像是小孩子窝在角落，仔细地抓小蚂蚁，有种懵懵懂懂的专注。

乔远川也坐了下来，静悄悄地过了很久。这让他想起很久以前的一个晚上，她也是晕车，直接就从出租车上跳下来，怎么劝都没用。他们牵着手，从城南，一直走到城北的海大。虽是夏夜，却不大闷热，凉风从交扣的指尖穿过。唐思晨抱怨说那双平底鞋磨脚，他心甘情愿地背着她，微微一抬头，她的发丝间有淡淡柔和的清香。那个时候，他以为，他们会一直这样走下去。

“还想吐吗？”乔远川伸过手，探了探唐思晨的额头，耐心地说，“上车吧，这里走回去太远了。”

唐思晨抬头看了他一眼，先是迷惘，直到变得平和。乔远川心底轻轻一动，他不知道她究竟清醒了没有，只是觉得她变得异常的好说话，顺从地站起来，坐进了车里。

副驾驶的位置，他探过身替她系上安全带，犹豫了下才放开，发动了车子。

“回学校？”

“嗯。”

车窗开着一条缝隙，夜风一路这样吹过来，唐思晨一言不发。乔远川也没有再说话，专心致志地开车。夜晚的城市空寂而没落，他怕她难受，选了最近的一条路，平稳而通顺，只是在经过某一个街角的时候，他注意到她侧了侧身子，像是有些不安。

对面的酒店依然霓虹闪耀，格格不入地打破了夜的静谧。

“我在这里发生车祸的。”唐思晨忽然开口了，嗓音略略有些沙哑，“我看着你搂着别人离开。”

“思晨……”乔远川倏然转头看她，眼神里有丝猝不及防的伤痛。

“哦，对不起。”唐思晨微微一笑，流光潋滟的夜色滑落到嘴角的地方，或许是酒意的渲染，有些不正常的明艳，“都是过去的事了，我不该再提起。”

车速并没有缓下来，他畅通无阻地开到海大，只在看到熟悉的校门时，突兀地说：“痛吗？”

唐思晨拿手指揉揉额角，怔怔地看着他。

“我是说，那个时候……痛得很厉害吗？”乔远川转头，视线相交的时候，他知道自己为了问出这一句话，付出了多大的勇气。

她没有回答，只是沉默地回望他。一分一秒地，时间流逝过去，他的心也渐渐冰凉——他忽然有些后悔自己问了这样一个愚蠢的问题。她的手指被纸片划破了会哭，脚被新鞋磨破了也会哭……怎么会不痛？

唐思晨的目光慢慢变得讽刺，她答非所问地说："乔远川，要是以前，如果我晕车，你猜刚才你让我上车，我会怎么样？"

他的手握紧方向盘，目光中隐隐渗着哀凉。

如果是以前，她会抱着他撒娇，打死也不会乖乖上车。

如果是以前，那是她有恃无恐，笃定他一定会让着自己，迁就自己。

可现在，问起以前，又有什么意义？

车子缓缓地停住，却并非在宿舍楼门口，恰好对着楼层的背面。每扇窗都暗着灯，面目狰狞。而乔远川仿佛没有听见她的讽刺，只说："下周我预约了一位专家，糖糖……"

假若刚才的语气只是不善，可此刻的唐思晨，已经彻底地褪去了最后的冷静，极不耐烦地打断了他，"乔远川，你醒醒好不好？你给我找再有名的专家也没用，这只手变不回来了——哪怕它不抖了，我也不会画画了——这样你听懂了吗？还有，你不用这样小心翼翼地对待我，我们早就没什么关系了。"

乔远川侧身，去抓她的手腕，却在触到的那一刹那顿住。

唐思晨低眸，笑得很刺耳，"乔远川，真的不用再做出这样隐忍深情的样子了。哦对了，假如要上演在宿舍楼下等一晚上的戏码，那你就稍等，我还有东西给你。"

她重重地甩上车门，毫不犹豫地奔进了宿舍的大门。

车厢里忽然变得寂静，乔远川闭了闭眼睛，脸颊上微微下陷，一点血色都没有，愈发显得苍白。他皱眉，缓慢地，用手摁了摁腹部，一边努力地想着她说"稍等"是什么意思。

黑夜中一团巨大事物从某一个楼层落下来，掉在草坪上，发出闷闷的一声钝响。

车灯打出的光亮中，隐约可见那是半人高的一只维尼熊，仿佛被人折了四肢，静静地躺在枯草中。还有很多东西，玩偶、抱枕，一样一样，啪啪啪的声音连绵不绝，仿佛敲击在每一寸的血脉上，猩红的液体四溅。

分不清此刻的痛苦是来自感情，还是身体，乔远川闭上了眼睛。

那是所有的……他送她的礼物。大到限量版的维尼熊，小到海大门口地摊上的发箍，她一直存着，却在今夜，在他面前，一件件地，丢弃。

亦不知过了多久，那里终于没有东西再被扔下，然而却开始下雪。

雪花一片片的，飘飘洒洒，令乔远川想起敦煌的那一夜，那时他知晓了一切，而她站在窗边，孑然一身，单薄得好似随时会被风卷走。

乔远川推开车门，有些茫然地伸出手掌。

飘落在掌心的，却不是转瞬即逝的冰晶。那是泛黄的纸片，被人撕碎了，边缘如被啃啮，字迹宛然。

是自己的字迹。那时刚在一起，却因为一件记不清的小事闹了口角。她便逼他写检讨书。最后拗不过她，在网上随便抄了一份。

因为当时觉得她小孩子气，他连抄写都没有什么诚意——可她保存至今，终于还是撕了。

空气稀薄得让人喘不过气来，乔远川坐回车中，腹部的灼痛感一阵比一阵强烈，他伏在方向盘上很久，才踏下了油门。

到底还是借着酒劲儿，做了自己想做很久的事吧？唐思晨蜷曲着身体，静静地靠着阳台，听到车子离开的声音。

这一次，他应该走了吧？那样骄傲的一个人，她说这些话，做这些事，他终于明白了吧？唐思晨紧紧地捂着自己的嘴巴，并不敢往外张望，仿佛只要自己动一动，可怕的情感就会宣泄出来。

身上一阵热一阵冷，隔了很久，她扶着阳台站起来，有些事不关己地想，幸好是放寒假，连楼管阿姨都不在，也不会有人注意到这里的一切，大概明天一早，那些东西就会被当作垃圾处理干净吧。

昏昏沉沉地爬上床，辗转反侧了很久，半梦半醒间，她习惯性地去抱一直放在床边的大熊。

就像那时在医院，她痛的时候，习惯性地喊那个名字。

可是不见了。

就像他，不在那里了。

唐思晨猛地坐起来，毫无征兆地开始大哭。

寒冬的午夜，脚步声从走廊的这一头，一直回荡到另一头。而她穿着拖鞋，一直奔到了宿舍楼的后边，呆呆地站着，看着地上那一片狼藉。

号啕大哭变成了抽噎，她慢慢地蹲下去，有些慌乱地揉了揉泪眼迷蒙的眼睛。一件一件地去捡。发箍、头饰、玩偶，直到搂起那只半人高的大熊，扑了自己一身的灰尘。

只是那封信……是拼凑不回来了。

因为抱了那样多的东西，她站起来的时候脚步有些狼狈，磕磕绊绊地往前走去，眼泪咸咸湿湿的，蹭在泰迪的手臂上。她的背影纤细，像是瘦弱的一支芦苇，在疾风中微晃。

乔远川倚着远处的路灯，身体的疼痛，几乎让他分不出精力去专注眼前的这一幕。

可就是这样的奇怪，哪怕半闭着眼睛，他还是能从呼啸的狂风中听到她压抑的哭声，从树影摇晃里分辨出她微颤的背影。这个小丫头吃力的脚步，每一步，都像尖刀，踏在自己的心上。

这一刻，在爱情面前，是谁更卑微一些？是她的掩饰，还是自己的怯懦？

乔远川重重地闭上眼睛，脑海里一片空白。

黑夜遮掩起那么多的秘密，而每个人都躲在小小的世界，自顾不暇。

# Ⅳ

# 明日又隔天涯

## 1

“乔总，乔总！”

“什么？”乔远川微微抬头，将一沓文件递还给秘书。

“药。这是温水。”

“几点了？”乔远川下意识地问，望了望窗外的天色。

“马上就五点了。”秘书又不着痕迹地看了看乔远川的神色，斟酌着说，“刚才开会的时候，您母亲打电话来，让我一定叮嘱您记得去复诊。”

不知道为什么，她总觉得暂时从瓜州回来的乔总变了。以往再忙再累，他总是精神奕奕的。而现在，怎么瞅，这个年轻的上司脸上都找不到一丝快乐，总是厌倦，又仿佛是将工作当作了寄托。

果然，这张英俊的脸上浮起了一丝阴霾，她只得将语速加快，“时间是……”

“我知道了。”乔远川打断她，冷冷地，却不失礼貌地说，“谢谢。”

手上的公事仿佛是永远处理不完的，乔远川再一次抬头的时候，天色已经暗下大半，他揉揉额角，站起来推开办公室的门。

走廊上静悄悄的，空无一人。是周末，又逢着晚饭时间，哪怕加班的同事都三三两两互相招呼着解决温饱问题去了。乔远川没见到秘书，转身便要离开，忽然隐隐听到走廊另一头的动静。

他犹豫了片刻，缓步走过去。

是一间空着的小房间，平时就是物业清洁人员存储东西的，此刻开了一条门缝，透出些许光亮来。

“你傻不傻啊？你们老大都拍板了，你非要和他对着干？”

声音很低，也很熟悉，乔远川知道这是自己的秘书。

而另一个声音有些抽噎，“我……觉得……应该提出来的……”

“唉，我不知道该说你什么。一个数据而已。你自己也说了，也可能对系统的稳定性没有影响的。”

“嗯……我知道了……”

那个声音有些微弱，却莫名地带着一丝倔强，乔远川一手插在口袋里，心中微微一动。尽管并非故意，可是这样听别人的对话到底还是不合适，他很快地回过神，转身离开。

回到办公室，理了理文件，秘书过来敲门，“乔总，吃晚饭了吗？”

他并不抬头，“我马上下班了。”

“哦，那好，我帮您叫司机。”

“对了，刚才你不在。”乔远川抿了抿唇，抬眸望向她，“回执已经放你桌上了。”

素来稳重的秘书脸上难得露出一丝不安，可她很快地笑笑，“我去了趟茶水间。马上就去查收。”

乔远川并未让司机送自己，自己开了车，出了地下车库，然后循着下班汹涌的人流，慢慢地往前驶去。

第一个红灯便让他有些心浮气躁。他转头看看路边，忽然想起了什么，打了转弯，停了下来。

这里离公司不远。刚开始工作的时候，晚上加班，他便常常来这里吃宵夜。那时唐思晨还是学生，每次晚自习后，蹦上公交车，穿过大半个城市，就在这里等他。米记滚粥店，他们刚发现这里的时候，这家小店还没登上城市时尚小报的饮食版，吃客也远没有现在这样多。

乔远川慢慢地收敛了思绪，打量这间红火的店铺。

服务生热情地领位，“先生，要不您和那位小姐拼一桌吧？”

“哦，好。”穿过窄小的走廊，乔远川在唯一一张只坐着一人的桌边坐下，没有多想，“粟米南瓜粥。”

对面的女生低着头，边喝粥边吃着一客小笼包，看不清脸色。一张四人桌上，倒有大半被她点的东西给占据了。

生活压力这样大，暴饮暴食不失为发泄的好方法。乔远川了然地移开目光，手指轻轻在餐桌上敲击。

“喂。”那个女生接了一个电话，声音有些嘶哑，“还没回去，等下还要加班，等一组数据。”

电话那头的声音有些尖锐了，“你别钻牛角尖了……”那个女生愈发低了头，开始压低声音解释。

原本在敲击的手指开始慢慢地缓下来，乔远川凝眸，对面坐的年轻女孩扎着马尾，戴着一副黑框眼镜，有些宽松的T恤，低头讲电话的时候露出一截弧度完美的后颈。

那时他在公司的研发部，曾经微笑着对同事说：“实验模型够枯燥了，我不介意你们打扮得另类些。”

粟米粥上来了，乔远川喝了一口。女孩恰好收起了电话，又摘下眼镜，伸手抹了抹。

他微微抬眸，看见她微红的眼眶，嘴角浅浅地勾起，倔强，不撞南墙不回头，像极了记忆中的那个人。

于是在她招呼服务生埋单的时候，乔远川淡淡地开口，“刚进公司？”

女孩狐疑地四周望了望，直到目光在眼前的男人脸上定格，简直能听到唰的一声，脸红到了脖子根。

“乔总？”

“研发部的？”乔远川沉默了一会儿。

“嗯。”女孩搓了搓手，有些不知所措，“刚进公司。哦，我叫林荟文。”

“小姐，四十三块。”服务生有些不耐烦。

“吃得挺多。”乔远川忽然笑了，“我请客吧。”

“你坚持要再做一次实验？”乔远川慢慢地喝完粥，“Erica不同意。是这样吗？”

“如果用我的方程，我认为系统还是有不稳定性存在。”林荟文低着头，很轻，却执著地坚持，“Erica的意见是，那个概率是可以被允许存在的。”

“所以你躲在茶水间哭？”乔远川意味深长地看着她，“还是你想直接通过Luce找到我？”

林荟文有些难以置信地看着他，适才褪下的一点红晕刹那间又泛上来，“你怎么知道——”

然而乔远川后面那句话让她唰地站了起来，情绪激动地解释，“我并不想越级找你。Luce是我朋友，她只是私下劝我不要再做实验了——”

“坐下。”乔远川静静地说，脸色微微有些苍白，眼神却依然闪烁光亮，很轻的一句话，却有无形的威严，“我没有质疑你的意思。”

林荟文张了张嘴，到底还是坐了下来。

乔远川松了松领带，淡淡笑了笑，“你的实验结果什么时候出来？”

“回去就可以看到……”

他便站起来，云淡风轻地说：“走，去看看。”

从实验室出来，已经是深夜了。

天气依然很冷。乔远川看着林荟文摁下一楼，“这个项目，我会让研发部缓一缓，再给些时间复核。”

林荟文双眸中掠过一丝光亮，小小的雀跃欢欣。

电梯停在一楼，乔远川顿了顿，伸手去重新按下关门键，沉声说：“你什么都不必说，懂吗？”

小姑娘愣愣地看着他。

“刚才的实验结果，我以私人的身份看，支持你的想法。不过Erica之前的做法，自然有他的道理。”乔远川微微笑了笑，“Luce劝你的那些话，你仔细想想，不是无缘无故的。”

刚入社会，总是这样初生牛犊的。乔远川看着她的目光由迷惘逐渐变得清明，轻轻叹了口气，“我送你回去吧。”

“虽然你支持我的想法，可是如果是以上司的身份否决了团队努力，我就会被研发部的同事孤立……是这个意思吗？”林荟文抓了抓自己的头发，问身边的男人。

“有些事自己揣摩就好了，不必都说出来。你住哪里？”

“哦，公司分的宿舍，离这里很近的。”小姑娘红着脸点头，急急忙忙地说，“我自己回去就好了。”

公司安排的宿舍确实就是一墙之隔，乔远川也没勉强，车子开出地下车库，就停在了一边。

小姑娘跳下车前，又鼓起勇气回头看了他一眼。

“师兄，谢谢你支持我的实验思路。”

乔远川有些讶异，“你也是海大的？”

她有些不好意思地笑笑，“你是我们全系的偶像啊。”

“那么看起来，你认识我比较早。”乔远川笑了起来，“再见。”

回家的路上，车子便显得空空落落了。乔远川有些疲倦地揉了揉额角，又看了看时间，接近十二点了。这样的一面之缘，本可以不这样做的，可他竟替一个陌生的同事设身处地想得这样周到，真是莫名其妙。

开到路口的时候，手机响起来，他有些漫不经心地塞上耳机，“妈。”

电话那头徐泊丽的声音显是有些着急，“这么晚了还没到家？”

“嗯，在路上。”乔远川顿了顿，“复诊我不会忘。”

徐泊丽叹了口气，转了话题问：“明天的公演，你会去吧？”

“会去。”

“远川……”

徐泊丽的欲言又止让乔远川觉得有些不耐烦，他索性踩了刹车，“妈，还有什么事？”

“没事，你好好休息吧。”

电话搁下，乔远川脸色微微有些发白，侧身从外衣口袋中拿了药出来，随手倒了几粒，就着车里的水吞下。

药效慢慢地发挥，乔远川一仰头，看见旁边公交车站牌上大幅的广告。在柔和光线的衬托下，飞天的腰间款款系着的丝带，舞姿曼妙。他并不陌生这样的画面，因为曾经有人一遍遍地临摹过，三番两次地，连带着自己一个理科生，多多少少也了解这些壁画背后的历史。

明天就是《敦煌》的公演了。

乔远川重新踩下油门，一手扶着方向盘，翻来覆去地，却只在想一个问题，她……也会去吗？

## 2

翌日工作繁杂，Luce在正点的时候提醒乔远川去用餐，并说：“Erica已经来了。”

他站起来，随手抓了外套就出门。

Erica差不多与乔远川同时进公司，彼此间十分熟悉，乔远川与他一路交谈至员工餐厅门口，恰好有一个女生几乎与他们同时进门，他们便颇有风度地停了停。

“哎，这是我们部的新同事。林荟文。”Erica叫住她，笑着对乔远川说，“还是你学妹，正好认识一下。”

乔远川看了她一眼，微笑，“你好。”

小姑娘也聪明，站直了身子，打招呼说：“你好。”

既然是一起用餐，乔远川便搁置了先前的话题不提，又说到了平时的爱好，林荟文老老实实地说：“有时候去看看话剧歌舞剧什么的。”

Erica用不可思议的眼光看了一眼林荟文，笑，“哦，你喜欢这种啊。最近有个歌舞剧还蛮红的啊。”

“《敦煌》是不是？”林荟文喝了口橙汁，叹气说，“不过票很难买。”

“这你就要问问乔总了。”Erica有些诡异地笑了笑，挤兑乔远川，“是不是啊？”

乔远川手中捧着温水，怔了怔，才说：“你喜欢？”

小姑娘有些脸红，不过还是点点头。

“我朋友是演员，下次给你票。”乔远川轻描淡写地说，又不轻不重地瞥了煽风点火的Erica一眼。

午餐结束得很快，下午乔远川还预约了医生，离开公司前，他将Luce叫进办公室：“之前吴小姐剧院那边送来的演出券，你拿一张给研发部的Erica。”

演出开始的时间是八点，七点半的时候，文岛市大剧院前就已车水马龙。

剧院是环形的，一楼是普通座，二楼两侧是VIP座。乔远川从笑容可掬的迎宾小姐手中接过舞剧《敦煌》的资料，顺着走廊走向自己所在的包厢。

乔远川推门而入的时候，偌大的包厢还只有一个人，背影坐得笔直。他只觉得有些眼熟，愣了愣，那人已经回过头，看见是他便站了起来，“乔总。”

“哦，你坐。”乔远川将自己的外套放在椅背上，也一道坐下，“这里视线不错。”

“乔总，谢谢你的票——”

“没事。我有朋友是演员。还有，私下别叫我乔总，叫师兄就行。”乔远川温和地说，因为室内有暖气，他只穿了一件白衬衣，侧脸轮廓简练清癯，笑容亦是淡淡的。

小姑娘红着脸点了点头，一时间没人说话。

乔远川打开自己手中的舞剧宣传册，一目十行地浏览过去。

“此次省歌舞团所编的敦煌大曲是由器乐、声乐、舞蹈相结合的艺术。其中的编曲中便有著名的中国古乐《春莺啭》《伊州》等。而编舞则由敦煌遗书中的乐舞文献史料和敦煌石窟中的壁画乐舞图像所构建。无论是舞者，还是作为顾问的敦煌学者，都对这一台演出投入了相当大的心血……”

他微一踌躇，将目光掠到顾问那一栏，不出意外地，看到了唐思晨也在其中。

“师兄，她就是你的朋友吗？”林荟文扬了扬宣传册的封面。

是吴媛媛的照片，乔远川正要说话，恰好有人将包厢门推开了。

是剧院的迎宾小姐，她半扶着门，微笑着对身后的人说：“小姐，是在这里。”

外面是一个年轻女孩，长发被风拂得有些凌乱，脸颊微红，大约也是匆匆赶来。

他并未抬眸，只维持着侧对着门，与林荟文交谈的姿势，一动不动。

林荟文倒是转头，看了看门口，又看了乔远川一眼。

那个女孩没有走进来，只是微微皱起眉，有片刻的不知所措。

很快，小姐抬头看了看包厢的门牌，歉意地笑起来，“抱歉，您的票是在隔壁包厢……真对不起，这边请。”

脚步声渐渐远去了。乔远川只是坐着，不闻不问，隔了很久，才慢慢地坐直，说：“是啊，是她。”

林荟文没有再追问下去，轻轻“哦”了一声，转过了头。

灯光暗下来，舞台渐渐地拉开了。

这场演出，于观众而言，不折不扣的，是一场视觉与文化的双重盛宴。

胁侍菩萨头戴花蔓冠，肩挎红色帔帛，左顾右盼间，浅绿色飘带与金色璎珞亦仿佛随之飘舞。而主角直到此刻才缓缓登场。这尊乐伎飞天自舞台上方缓缓垂落，腰间悬着花鼓，身姿是极为柔媚的S形，长袖如素蜺，腰肢婉转，飘忽似云。

假若有人细心，会看出背景长卷是一丝不苟地照着276窟的赭红山岩临摹的，而这只是其中一幅场景罢了——哪怕有人再不懂敦煌文化，细节上这样精妙的美感，亦叫人惊叹折服。

时间过得极快。一个半小时的演出，最后一幕定格在一叶扁舟上。那是323窟南壁的场景。

“左豁平陆，目极远山，前流长河，波映重阁。”

主角仿佛是被无形的力量牵引，缓缓坠入水中。

白云苍狗，世事变迁，清淡水墨亦渐渐为黄沙所掩去，

终场的那一刻，全体起立，掌声如雷。演员谢了好几次幕，林荟文离开的时候，下意识地往身后一望，却发现那个座椅上早就没有人了。

主角真美……她有些黯然地随着人群往外走，又想起同事的话，“啊呀我就说乔总会有票的……没拿到的也别急……搞不好他会包个专场啊……啊你问我为什么？”接着那串笑声就意味深长了，“那女孩超级漂亮的，我上次还在咱们这里见过呢……”

站在二楼的包厢里，这个女孩忽然叹了口气，莫名地有些伤感起来。

乔远川看着观众一波波地涌出来，他的母亲、徐泊原，很多他熟悉的人大概都在这人群中。

这是剧院的北门，门口有着公交车站，其中有一条线路是直通海大的。

人群哄闹，乔远川倚着墙，凝睇着那道单薄的身影从阴影中走出来。

唐思晨并没有看见他，或许是因为挤在人群中，脚步很慢。他却透过纷纷扰扰

的人影，将她看得这样清楚：她戴着眼镜，或许是为了掩饰昨晚的号啕大哭；而围巾将大半张脸埋起来，低着头，神色略有些匆忙。

大概是怕遇到自己吧？就像刚才走错包厢一样，眼神闪烁，一触即离。

她几乎走到与他平行的位置，突然微微一侧头。

乔远川觉得自己心跳失律了几拍，薄唇轻轻一动，那个名字几乎要脱口而出。

可她的视线错开在另一个角落，犹豫了一会儿，继续往前走了。

说不清是不是失落，乔远川怅然笑了笑，直到手机响起来，他有些疲倦地接起来，简单说了两句之后，点点头，“那你等着。”

他依然在墙上靠了一会儿，微微皱着眉，一手插在口袋里，似乎要掏出什么东西。过了几十秒钟，才慢慢地站直身体，往后台走去。

休息室拥簇了很多人，演员、工作人员、记者……乔远川就在门口等了一会儿，看见吴媛媛拨开人群走过来，似笑非笑地扬起眉，“一个人来的？”

“演出很完美。”乔远川拍拍她的肩膀，“恭喜你。”

“我已经收到你的花了。”吴媛媛往后指了指，“谢谢。”

不过乔远川略微一怔的眼神让吴媛媛抿唇笑了笑，补充了一句，“你还真找了个礼数周全的秘书。”

她还化着妆，笑意盈盈，容颜亦是光芒四射，可唯有说这句话的时候，却带着淡淡的落寞，或许是想起了以前那些妥帖的礼物，又或许记得他带她去的一般人看来很难预订的餐厅。衣香鬓影，过目繁华，可从来不是他自己的心意……

他的心看似很大，大到能对所有人风度翩翩；可又很小，小到只记得一个人爱吃的甜食和钟情的口味。

“可以走了吗？”乔远川并没有注意到她的表情。

“走吧。”吴媛媛用手给自己扇风，一边出门，一边不经意地说，“碰到唐老师了吗？”

乔远川一言不发，连脚步都没有停下。

“我没有别的意思……”吴媛媛有些尴尬地顿了顿，“她说怕见到你，所以我特意给了不一样的票……”

乔远川的反应却很淡泊，语气中甚至带了丝无奈，揉了揉她的头发，“好了，这是我自己的事，我会处理好的。”

吴媛媛“哦”了一声，瞅瞅乔远川，“你说我怎么还不讨厌你？明明你不是我的，现在不是，将来也不大可能是……”

乔远川开了车门，恰如其分地打断她，“好了，上车吧。”

吴媛媛坐在车上，显得有些坐立不安，时不时觑一眼乔远川，可是又似乎找不出什么话题。

“有什么事，你直说吧，媛媛。”乔远川目不斜视地望着前方，终于慢慢地说。

车子飞驰在一座桥上，江景漫漫，吴媛媛犹豫着说：“糖糖谁都没告诉，除了我……我也不知道要不要说。”

乔远川放缓了车速，有些疑惑地看她一眼。

“她马上要出国了，你知道吗？”

车子最终还是停了下来。

气氛稍稍有些压抑，暗夜衬着乔远川的侧脸，线条愈发优美流畅，而他只抿了抿唇，一言不发，过了很久，他将一只手支在方向盘上，有意不让吴媛媛看见自己的脸色，只是低缓地喘气。

“你没事吧？”吴媛媛显然有些害怕起来，“胃病犯了？”

隔了很久，乔远川才抬起头，勉强对吴媛媛笑了笑，“没事。把我后座上外套里的药拿过来。”

他吞了几粒下去，似乎好了一些，又看了脸色苍白的吴媛媛一眼，抱歉地说：“吓到你了，我让人来接你。”

一直到有车灯晃过来，乔远川都没有再说话。

徐泊丽吩咐司机先送吴媛媛离开，才低声叹了口气，“自己的身体，为什么这么不在意？”

“妈，你怎么来了？”乔远川稍稍有些意外，“小舅舅呢？没和你在一起？”

“舅舅就是舅舅，什么小舅舅？从小说你到大，怎么还改不过来？”徐泊丽有些无奈地叹口气，“你差他了没几岁，怎么就不能像他一样……”

“像他什么？”乔远川打断了母亲的话，带着轻轻的嘲讽，“懂事？还是冷静？”

这句话带着淡淡的敌意，徐泊丽却并未生气，只是眼神莫名的有些复杂。

司机将车开了出来，乔远川替母亲扶着门，看着她坐进去。在汽车的启动声音中，徐泊丽才静静地说：“从小到大，你们关系都很好——我不希望你和泊原因为……别人而心存芥蒂。”

“你真的放不下吗？”徐泊丽等了一会儿，主动提起了这个话题，“之前去甘肃做工程，也是为了她？”

乔远川向后座靠了靠，低低地说：“妈妈，连你都没放下，你说我放下了吗？”

一直牢牢盯着儿子每一个表情的母亲，终于忍不住伸出手，将他放在自己膝上的手握在掌心，缓缓地说：“上次我和她见面，最初的确是想要劝她，告诉她你们不合适。可你知道她对我说了什么？”

乔远川摇了摇头。

“她说，有些事虽然发生了，可是并不打算让你知道。因为已经过去了，她也不会回头。让你知道了，你会不好受，甚至还要再纠缠一段时间，这样对彼此都不好。

“我呢，明明知道那个时候是你轻率任性，明明知道有些事应该负责任，可还是被她说服了——与其说是被她说服，不如说是被自己说服了。因为我是你的妈妈，所以宁愿受伤害的是别人，而不是你。”

徐泊丽最后叹了口气，“后来我和阿原谈过一次。一些力所能及的事，我希望他能够帮帮小唐，也算是弥补。”

乔远川轻声笑了笑，“妈，你说的弥补，就是让阿原代替我，再想办法送她出国？”

徐泊丽蹙眉，仿佛有些意外。她的仪态从容不迫，反应亦是淡泊，只是抽出手，探了探乔远川的额头，“你这孩子，是在低烧吗？”她随即拨了电话，大约是找了医生。

乔远川靠在后座上，缓缓阖上眼睛，这一晚，他似乎真的筋疲力尽，再也没有说话。

车子开过江边的时候，月色静好，一直沉默的乔远川忽然开口，“停车。”

司机下意识地踩了刹车。

他便拉开车门，径直对林荟文说：“打不到车吗？”

月光下女孩的眉目温婉，因为惊讶，连话都说得结结巴巴，“乔总？”

他皱了皱眉，“太晚了，我送你吧。”

“我不是打不到车……”她才想解释，看到乔远川的脸色，吞下了半句话，乖乖地坐了副驾驶座。

司机转了方向，先送林荟文。

车子停下的时候，徐泊丽极难得地，对一个陌生人微笑起来，“以后见了，林小姐。”

乔远川淡淡地看了母亲一眼，眼神很倦漠，最后终究还是一言不发地将视线挪开了。

## 3

舞剧《敦煌》首映之后，文岛市的报纸曾经开玩笑说：“因为舞剧《敦煌》，连带着去敦煌旅游的报价都涨了不少。”

过眼繁华总是转瞬，而内在的文化奠基，却是需要踏踏实实去做的。

另一个项目确实悄无声息地在进行。

长久以来，因敦煌经卷流失海外，国内若要出版敦煌资料，难免会出现无法整理完全的情况，更何况这其中还涉及与别的国家图书馆交涉版权的问题，从来都是学界的一项心病。更让学者们担忧的是，流失海外的经卷并没有得到重视与保护，譬如藏于俄罗斯国立埃尔米塔什博物馆的一些经卷，就常年堆积在阴暗的仓库，无人看管保护。这次整理经卷的项目落实了资金之后，进程立刻加速了，海大的历史系负责与伦敦大英图书馆对接。

唐思晨从导师那里接到了通知，也参与了这个项目。

而时间已经飞速地掠到了四月。

这个时节，这座城市，背景是暗铁灰色的，低调内敛。落地窗外正在下雨，街道却因为被冲洗过了，愈发显得安宁整洁，偶尔有人拿着一把色彩鲜艳的伞经过，仿佛是寂寥大地上迸开的花朵。

这个时间，咖啡馆里人不算多。服务生送上饮品，有些好奇地觑着眼前这个棱角分明的东方男人。他的身材消瘦、挺拔，深咖色的风衣微微敞开，显得整个人的气质极为硬朗。他的心思似乎并不在小小一杯咖啡上，偶尔翻几页报纸，又将目光投向窗外的街道。

窗外恰好有个东方女孩走过，双手插在厚绒的卫衣口袋里，似乎也没那么顾忌这场雨，只是随便地将帽兜遮在头上，脚步很随意。

静谧的咖啡店里，那个安静得如同一幅素描的男人忽然站了起来，推开门走了出去。

服务生起身去收拾杯子，目光还是不自觉地往外掠了一眼。

那个男人追上了之前那个女孩儿，十分体贴地将那把伞遮在了那个女孩的头顶。

女孩侧过了头，似乎因为惊讶，连帽兜都落下来，露出线条柔美的侧脸。

至于那个男人，抿着唇角微笑，又像是有些紧张，眼神却是深邃而专注的。

这是一个随时能遇到爱情的工作呢……服务生将桌面收拾干净，忽然觉得心情很好。

冰凉的雨丝落在脸颊上，终于把唐思晨拉回到现实中。

有的人数月甚至数年未见，可再一转身，他就立在你身后，连声音都清晰可闻，就像在做梦一样。

见到徐泊原的瞬间，唐思晨竟有一种熟悉的恍惚感，仿佛很早之前，他总是出其不意地出现，却又让她觉得理所当然，像是理直气壮地告诉你，这一刻合理得完美。

徐泊原的眼神中滑过一丝异样明亮的笑意，“我以为你至少也会让我抱一抱。”

“好啊。”唐思晨笑了笑，很主动走上前一步，双手揽在他的腰侧，“好久不见。”

是一种很清透的、湿润的感觉，徐泊原心底有一根弦轻轻颤了颤，他忽然有些懊恼，因为撑着伞，只用单手回抱着她，“是啊，好久不见。”

短暂的拥抱后，徐泊原放开她，微微眯起眼睛，尽敛起笑意，用一种严苛的审视态度说：“你瘦了很多。”

唐思晨的表情有些尴尬，讪讪笑了笑，“有吗？”

“吃不惯？”

“也不是。”唐思晨的表情有些无可奈何，“只是……我对黄油过敏。”

徐泊原忍不住皱了皱眉，“那你在这里吃什么？”

“来的时候有把电饭锅带来啊，煮饭煮粥。”她的表情很随意，似乎很不当一回事，“能填饱肚子就行了。”

这丫头瘦虽瘦，神色却比之前在文岛的时候更好一些，黑眸湛湛，神色亦是充实满足的。徐泊原眸中带了笑意，“每天做些什么？”

“很多啊。筛选、临摹、拓印、测绘……”说起工作的时候，唐思晨立刻神采飞扬起来，“现在的条件真的比起以前好了很多。大部分的经卷都可以通过扫描上传了，进度也很快，要是在以前的话——”

她的话没有说完，只是略微脸红地顿住，“你在听吗？”

“在听。”徐泊原微笑着转开眼神，她的脸颊上果然还残余着一小块一小块的红斑，脖子上也有，果然是过敏了，“以前怎么样？”

敦煌文选的筛选是项浩繁而艰巨的工程。因为是千年古纸，脆薄易碎，所以接触的时候要非常小心。上一次整理在英国的藏卷，还是在几十年前。当时的学者花了一年时间遍览，摄影师在半年时间拍了七千多张照片。基本重复的程序就是白天拍，晚上印，翌日重拍。那些学者大都是默默无闻的，可是唐思晨至今还记得那些名字，王抒先生、宁可先生……如今自己在做着同样的工作，只要想起来，还是觉得满心钦佩。

徐泊原若有所思地问：“你们有休息日吗？”

“又不是长期项目，当然是越快做完越好。”唐思晨轻松地说，“你怎么来这里了？”

“出差。顺便来看看你。”徐泊原忍不住揉揉唐思晨的头发，关照说，“以后一定要记得随身带伞。”

在他身边的时候，全身心都能放松下来，只要应答一句“哦”或者“我知道”就好了。她就笑着点点头。

雨下得愈发大了一些，颇有些瓢泼的意味。路上行人寥寥，街角一辆黑色轿车拐了个弯，溅起一大片水雾。徐泊原眼疾手快地将她一拉，恰好用背完全替她挡住了。

与刚才那个礼节性的拥抱截然不同。这一次，他很用力，甚至有着隐隐的侵略气息。

唐思晨觉得自己的脸，唰的就红了。

究竟是自己的反应太慢，还是他的反应太快呢?

不过在唐思晨开口之前，徐泊原已经低声说：“没事吧？”

声音是从他胸口的地方传来的，带了隐隐的震动，触手可及。

她很快将他推开一些，“没事。”

他看得出她的不自然，只是笑了笑，问："什么时候休息？"

唐思晨有些疑惑地看着他。

他的笑容柔软，在硬朗的风衣对称之下，有一种微妙的晕眩感，"我想带你去个好玩的地方。"

唐思晨用力地看着他，努力地想着拒绝的理由。

她跑到国外，为什么还要和过往纠缠？她不是来玩的，是来工作的。她的假期，和同伴约好了。

理由很多。

徐泊原却仿佛能看清她的心思，懒散地笑了笑，漫不经心地说："说吧，想去，还是不想去。"

她目瞪口呆了一阵，不知该回什么话。

"相信我，我没打算千里迢迢来破坏你的心情。而且……运动很减压。"他微微舒展了身体，"一起去试试吧，小乌龟。"

唐思晨顿了顿，才明白最后三个字的含义，想要辩解，却又被他的目光瞧得很尴尬——仿佛是在说：如果不是，你可以用行动来证明。

像是回到初识，连拒绝的余地都没有。

她有些挫败地点了点头。

**4**

徐泊原带她去法意边境的一个滑雪场。阿尔卑斯山脉沿着边境线起伏，山下散落的是数个村镇。赶到这里的时候已经很晚了，徐泊原轻车熟路地找了一家家庭旅馆安顿下。

店主是一对五十多岁的夫妇，将房间与餐厅收拾得干净整洁。简单吃了晚饭，唐思晨有些发愁地看着那一堆专业的滑雪装备。

黑色的滑雪服是徐泊原挑选好带来的，很合身。至于滑雪靴……唐思晨用手掂了掂，有些发愁地说：“很重。”

徐泊原很快蹲下来，尽数打开了靴子上的卡子，然后示意她将脚伸过来。

他的动作自然而娴熟，连一丝犹豫都没有，唐思晨蜷着腿坐在沙发上，倒有些不好意思起来。

“我自己来。”

“第一次穿会觉得不习惯。”徐泊原没有理会她伸出来的手，“你自己用不上力，还是我来吧。”

他扣住她的脚腕，轻轻松松地就将厚实的鞋子给她穿上了，又咔咔两声扣紧，“起来走走？”

滑雪靴是固定脚腕的，穿上之后就不大能走路。唐思晨几步迈到窗边，有些胆战心惊，“我好像不会哎……”

他斜倚在壁炉边，闲闲地说：“我可以教你。”

唐思晨眨眨眼睛，侧头望向窗外。

这个时候的小镇，已经入夜了。来滑雪的游客们聚集在三三两两的小酒吧里，数盏橘色的灯光，映着木质金属链的酒吧招牌，间或几枝藤蔓野花点缀着，远山融融，宁静安和。远离了城市喧嚣、红尘烦扰，就连眼前这个男人——哪怕他和过去有着牵连不断的羁绊，此刻看来，也不过是个结伴出行的朋友。更何况，他闭口不提过去发生的一切，只是兴致勃勃地与她讲述滑雪的趣闻。

的确如他所说，是有趣的旅行。

夜间分享了半支葡萄酒，又因为舟车劳顿，唐思晨睡得很好。早上醒来的时候，霞光漫天，她想起徐泊原昨晚懒懒地说过：“这样的天气，就算不会滑雪，去看看阿尔卑斯山也很好。”

她很快地起床收拾。半小时后，在餐厅见到徐泊原。印象中他好像很少穿得这样休闲随意，眉宇舒展着，一边喝着咖啡，一边和店主聊着什么。

唐思晨不懂法语，只觉得店主笑眯眯地望着自己，再看看徐泊原，也是春风拂面的样子，仿佛被感染了，一边微笑，一边喝橙汁。

“你听得懂吗？”徐泊原睨了她一眼。

“不懂啊。”

“那你笑什么？”

“景色好，心情好。”她拿手搭了手帘，眯起眼睛望向白雪覆盖的山顶，有些雀跃。

空气很清新，唐思晨探身望着窗外，天空是再纯净不过的天蓝色，山峰却被分作两截。下边是巧克力色的，黝黑深邃，慢慢往上，仿佛是覆了一层奶霜，软软甜甜的。

唐思晨跳下车，身后却有人叫住她，“糖糖！”

她大口地呼吸着空气，想也不想地应了一声，“哎！”

回过头的时候，徐泊原伸手将一副墨镜架在她的脸上，温和地笑，“别忘了这个。”

他仿佛只是顺手做完这件事，接着就去搬滑雪的装备，她便呆呆地站在那里，努力地回想他刚才的称呼。

那是一种记忆被淋湿的感觉，润雨无声。

被人这样叫的时候，是自己最年轻最活泼的时候。后来再遇到乔远川，他还会这样叫她，可是每次听到，都觉得心口轻轻地抽痛，或许是因为自己的经历，实在不能说是像“糖”的味道吧。

可是刚才……唐思晨怔怔地看着徐泊原，“你叫我什么？”

他微扬眉梢，“怎么，不能叫吗？这个名字很可爱。”

他拿了大套的东西，走过她身边，似笑非笑地掠过她的耳侧，轻声说：“Sweetie，糖糖。”

哪怕想过他是专程来伦敦找她，哪怕昨晚在房间里他俯身替她穿鞋，唐思晨都未曾如此尴尬。许是因为之前他掩饰得太好，仿佛是来国外探望妹妹的兄长，带她玩，优容地满足她的一切要求。

可是此刻，空气里微微荡漾起一种男人对女人的情愫，带了点捉摸不透的小小调情，大约是只有彼此才心知肚明的暧昧。

唐思晨深深呼吸了一口空气，直到脸颊上的热度微微褪去，才走到索道口与他并肩立着。他似乎认真地看了看她脸上的红晕，忍俊不禁，“我们先去那里。初级的练习雪道。”

对于初学者来说，即便这条雪道的坡度很缓，可是要控制速度也不是那么容易的。

唐思晨站在最高点，看看脚下那段雪白长道，心底还是有些怯意。

徐泊原正面对着她，伸出手，“往前动一动，别怕，我会扶着你。”

他的技术着实好得没话说，即便是背对着雪道，身子又倾着，可是站得极稳。

“记住刚才我说的，身子前倾，双手放在膝盖上——就是这样。”他不疾不徐地控制着自己的速度，和唐思晨面对面，却总是在她身前一臂的距离，偶尔在她控制不了速度的时候会弯腰，伸手按在她的滑雪板上，稳妥地让她的速度缓和下来。

几次练习之后，唐思晨已经隐约能体会到滑雪的快感了。

整个世界都被你抛在了身后，是一种掠过风速的洒脱，唐思晨用力揉了揉脸颊，试探性地问：“我一个人试一次吧？”

徐泊原倒是很痛快地松手了，指了指雪道的底端，“我在那里等你。”

这个时候的雪场，其实还是没什么人。徐泊原也就放心地让她一个人上去索道了。那个黑色的身影一点点地变小，他远远地冲她比个手势，示意她可以下来了。

她的速度很快，逼近的时候，徐泊原看得到她一脸惊慌，几乎是直直地撞过来，又不知道怎么转变方向，只能对自己大喊：“你快让开。”

他当然没让开，微张开手臂，仿佛是瞄准了一样，让她撞进了自己怀里。

真的是一个完全贴合的怀抱。

因为冲击力的缘故，徐泊原不得不后退了半步，而她的双手环住他的脖子，惊魂未定。

似乎有微薄的热气氤氲起来，隔着厚厚的衣服，一直铺满彼此的空间。

徐泊原揽着她的背，并没有很快地放开，薄唇在她的耳侧轻轻厮磨，却一言不发。

“喂！”唐思晨回过神来，推了推他。

“我有没有教你……”徐泊原说到一半，却又顿住了，有些孩子气地笑了笑，放开了她，“对不起。”

“教我什么？”唐思晨低低咳嗽了一声，“怎么才能改变方向啊？”

他没有再回答，只是敲敲她的脑袋，微笑着说：“一样一样慢慢来。我们先去吃饭。”

午餐的餐厅是半山腰的一间木屋。他们坐在露天观景台，远处是巨大的冰川，常年不融，仿佛是水晶布丁，阳光柔和地洒下些晶亮碎屑，而与天空相辉映的是冰谷裂痕，远远望去，有种不动声色的狰狞。

索道源源不绝地将滑雪的游客送上去，这个角度看过去，恰好划开了张素白的纸，添了几分活泼。

徐泊原很随意地向服务生要了纸笔递给唐思晨。

她有些愕然地回头，“这是什么？”

“你没带相机吧？我也没带。”徐泊原扬了扬下颔，“不过很美，想过要留个纪念吗？”

“你让我画风景素描？”唐思晨并没有去接纸笔，只是有些不可思议地回望他，笑了出来，“你知道我有多久没有画画了吗？”

徐泊原推开椅子，站在她身后，双手却从她背后拢过去，手指比了个相框的大小，说：“糖糖，这个角度很好看。”

突如其来的贴近，又不似之前避无可避的冲撞，唐思晨忽然意识到……这大概就是一场僵持吧？

她不接过来，他便不放开她。

这个男人，说他成熟，可是为什么有时候又这样稚气呢？

身后有人来来往往，不知过了多久。

或许是在和彼此较劲，又或许只是和自己的执念在较劲，唐思晨被他半揽在怀里，慢慢地，开始有一种释然。

“我画。”她伸手接过来，“不过画得不好，你不要笑话我。”

他“嗯”了一声，温柔地说：“只要你愿意开始。”

明暗、虚实、构图……这些仿佛是本能，她知道怎么去做，可是只有线条——她觉得有些难以控制地恐惧——车祸之后，她试过多少次？那简简单单的一笔，却始终没法画得流畅。

“别紧张。”徐泊原一直站在她身后，俯身握住她的手，掌心贴在她的手背上，修长的手指环绕她的。

唐思晨下意识地往下一拉，出乎意料地，手指却并没有颤抖。

她回头瞪他一眼，他便松开了自己的手掌，微笑，“好，我不捣乱。”

远处的雪光将这个世界照射得如同剔透的水晶。

往日这个男子锋锐的线条，深邃的眼神，淡然的微笑，全都收敛起来了。他站在观景平台的另一侧，手中却极为罕见地夹了一支烟。

唐思晨从不知道他还吸烟，淡淡散开的烟雾中，叫人看不清他的表情。清冽的烟草与湿冷的空气纠缠在一起，直直地扑入胸腔。

她画完了最后一笔，轻轻嘘了口气，低头，看着手中这幅再简单不过的画，又眯起眼睛看看脚下的雪景，想起有一晚，她将一封信撕得粉碎，最后松开手指的刹那，忽然意识到，被撕裂的只是一种情绪，她早在几年前就该放下的情绪。

可她独自藏了那么久。

“画好了？”徐泊原收了电话，疾步向她走来，眼神隐隐有着期待，“让我看看。”

她便落落大方地递过去，“送给你。”

他仔细地看，又小心地收起来，含笑说："我会收好。"

唐思晨忍不住弯起嘴角，是的，画还很拙劣。可下一次，她想，大概能画得更好一些吧。

## 5

离开餐厅，他们并没有直接去上午的场地。

徐泊原将她带到了雪道一旁，轻描淡写地说："你要不要看看我是怎么滑的？"像是赤裸裸的炫耀。

唐思晨站在山顶一侧，说："好。"

他便点点头，"在这里等我。"

他选的是高级雪道，转弯多，坡度陡，只有寥寥几个人愿意尝试。不像唐思晨之前玩的——相比较起来，大约算是平地了。

只是眨了眨眼的工夫，他便疾速地往前掠出了。行云流水，浑然天成——再优美的词，用在这个男人划出的弧线上，只怕都是不为过的。

这样的速度，带来的征服感，才是他真正想要的吧？唐思晨看得真正叹服。身边走过几个老外，也一并停下了脚步，她侧头看看他们的表情，也都是赞叹。

这是她熟悉的徐泊原，教她的时候很有耐心，可对待他自己，到底是强势、且追求完美的。

转眼再也看不到他的背影了，唐思晨不敢独自尝试这条雪道，百无聊赖，索性脱了手套开始堆雪人。

一个小型的雪人大功告成的时候，才看见徐泊原从缆车那边走来。

“无聊了？”他饶有兴趣地看着她的作品，又看到她冻红的手指，没有丝毫犹豫，也脱了手套，将她的双手拢在自己掌心。

唐思晨没有挣开，眼神微亮，“几公里的雪道，你这么快就上来了？”

他听得出她孩子气的羡慕，一伸手，将她的手放在自己口袋里，“这不是最刺激的，下次我们去瑞士的雪场。五十多公里的下滑雪道，更过瘾。”

他语气顿了顿，“不过现在，你得把减速练好。”

一直练到傍晚，徐泊原终于同意唐思晨一个人试滑。

这个雪道比起最初上手的要难上一些，坡度更陡。雪道大概有数百米长，身旁不断有人呼啸而过，唐思晨的目光直直地望向雪道的底端，努力把那种叫作紧张的情绪驱逐出去。

那道深蓝色的身影十分显眼，她看得到他站在那边，也几乎能想象得出他用什么样的表情等在那里。

“不要勉强。”他刚才最后一个动作是摸了摸她的头，“下来的时候，记得看清我在哪儿……”那样一个镜头，似乎比默念一百遍要诀更有用。

滑雪杖轻轻地一撑，人就像飞鱼一样掠过了数米的距离。滑行的感觉很轻松，尤其是前半段的雪地非常平整，人又少，唐思晨绕过一个与她并行的游客，已经看得到徐泊原在冲自己比着一个赞赏的手势。

十米……五米……越来越接近，应该是渐渐减速的时候了。她忽然觉得雪地上有一块凸起。滑过的时候，身体微微有些往后仰，接着就仿佛有人在腰上拉了自己一把，唐思晨心底一沉。

徐泊原似乎在对她大声说着什么，只是慌张的时候，她听不清楚，一时间什么都忘了，本能地站直了身体。

最后向身前那个人撞过去的时候，她意识到自己犯了最大的一个错误。他明明就告诉了自己很多遍……无论如何，重心不后移，就不会摔倒。

可是来不及了。

在徐泊原可以抱住自己之前，她就已经仰面往后倒了下去。

滑雪的时候摔跤并不可怕。因为雪地很松软，唐思晨这一次狠狠摔下去的时候，倒有一种如释重负的感觉。

她在地上躺了一会儿，又慢慢地坐起来。

只是让她惊讶的是，徐泊原和她一样，也躺在了地上，一动不动。

她一时间头脑有些发懵，大声地喊他："喂！你怎么了？"

他似乎动了动，却没有应答。

夕阳落在雪地上，橘色的光芒很温暖。唐思晨一把扯掉了自己的眼镜，目光落在他身边的那一小摊红色的鲜血上。

似乎隐约记得自己摔下去的时候，雪橇闷闷地撞击到了什么。可是脚上的雪橇让唐思晨的动作变得异常困难，她眼睁睁地看着他躺着，一只手的距离，却始终站不起来。

"徐泊原，你没事吧？"她奋力地想要甩脱雪橇，那摊鲜血让她觉得晕眩，而他依然没有任何反应，"阿原，你怎么了？"

眼泪控制不住地一滴滴落了下来，她就这样一边哭一边爬过去。

雪橇前端那块明晃晃的金属上血迹还在——是她打伤了他吗？他……真的不会动了吗？还是……他已经死了？

短短数分钟的时间，却不啻于过了一个世纪那么漫长。

她甚至回想起了他们相识以来的每一个细节。他一直在鼓励自己，保护自己，每件事都做得这样细致……她离开他，甚至脱不下脚上那双该死的雪橇！

可是自己呢？安然地享受这样的感觉，却始终没有给出回应。现在……假如徐泊原真的出事了，那自己要怎么办？

这样的无能为力，多像很久之前的那个晚上。唯一不同的是，那时候躺着的是自己。那时她甚至能闻到自己鲜血的味道，却只能躺着，动一动，全身就是剧痛。

她原封不动地，将这样的痛苦，加诸在这个男人的身上。

工作人员匆匆地赶过来，一边扶起她，一边去查看徐泊原的情况。

一个金发碧眼的男生替她卸掉了雪橇，急切地用英语问她有没有事，唐思晨拼命摇头，而徐泊原终于动了动，似乎想要偏头寻找她的方向，只是很快被工作人员制止了。

唐思晨还穿着那双笨重的靴子，踉跄几步跪在他面前，第一眼看到他鲜血淋淋的下颌。

徐泊原的目光远比她想象的镇静安然，只那一眼，就让唐思晨安静下来了。

“我没事。”他比着口型对她说，又努力地笑了笑，“别怕。”

工作人员抬头看了唐思晨几眼，用极快的语速对徐泊原说了几句话。

徐泊原微微摇了摇头，用很轻的声音回应了几句，目光渐渐落在唐思晨身上，很是柔和。

他们先将徐泊原送到急救站，简单处理了下伤口。他是被高速冲撞的雪橇击打到了左下颌，除了皮肤被划伤外，还不能确定是不是有别的症状，需要送去山下的医院做进一步的检查。

坐上去医院的车时，已经快要入夜了。他们并排坐着，因为他的伤口，唐思晨并没和他说话。她也不敢看他，只是侧着脸，看着窗外愈来愈远的雪山。

以前最爱的美剧是《实习医生格蕾》，唐思晨开始胡思乱想，他会不会像电视剧里那样，检查之后，发现血块淤积，又突然七窍流血。

人就是这样，有时候没有被现实打倒，却会先败在可怕的想象面前。

车子重重颠簸了一下，唐思晨有些恍惚地觉得有人在拍自己的手臂，她侧头，看见徐泊原递给自己手机。

屏幕莹莹亮着，开启在短信模式，上边还有打好的数行字。

“别内疚，是我不好，没有好好教你。”

唐思晨怔了怔，没有抬头看他，删除，飞快地摁下按钮。

“对不起。”

徐泊原接过去看完，凝神想了想：

“要撞人之前，自己提早摔倒——这是我应该最早教你的。抱歉，我有一点点私心，没有教会你这个。”

手机的屏幕很大，仿佛是白纸黑字，一个个撞在自己的眼睛里——每一个都认识，可是理解起来，又觉得困难。

她忍不住凝视他，这个素来深沉的男人，那双熠熠生辉的眸子里，似乎还隐藏着一丝隐秘的情愫。

突然间想起了早上，她也曾将他撞得倒退了半步，那时他牢牢抱着她，却欲言又止。

恍然大悟。

他的私心，只是因为确信，她的每一次，都只会撞进他的怀里。

还能再说什么呢？唐思晨接过手机，手指无意识地摩挲着那些键盘，而放在身侧的那只手，却悄悄地被人握住了。

很暖，很大。

她的手轻轻一抖，页面关闭了。

这一刻，什么都不用说了吧？

他倒下的时候，她真的什么都没有再想，只是后悔，后悔自己的固执，后悔自己的固步自封。

走过这么远，一路上的不堪重负，他全都看在眼里，却依然在期待，哪怕这个怀抱会将他冲撞到伤痕累累。

呼吸声轻轻地在耳边交错，她就这样安静地注视着他，目光明澈，而他似乎了然了她此刻的心意，安然地回望。

赶到最近的一家医院的时候，竟然有人等在了门口。唐思晨看到熟悉的东方面孔，难免有些惊诧。徐泊原简单地招呼了一声，立刻被送进去检查了。

“唐小姐不认识我了？”那个年轻男人忍不住说，“我们在海大有一面之缘。”

是送她去校医院的那个人。唐思晨忍不住苦笑，兜兜转转，在这样大的一个地球绕了半圈，最后还是在医院见面，巧合得不可思议。

“你是……叶先生？”她努力地回忆起他的名字，“这么快就赶来了？”

“其实是一路一起过来的。只不过我们的车跟在你们后面。徐总说你和我们不熟，怕你别扭。”

她“哦”了一声，没有接话。

“不用担心——”小叶看出她神色不佳，十分自然地转了话题，“徐总肯定没事的。听说你们在伦敦的项目也快结束了，是会和徐总一起回国吧？”

唐思晨又是“嗯”了一声。

“徐总的外甥月底订婚，正好可以赶回去参加……”

唐思晨抬起头，疑惑地看着小叶，有些不确定自己听到了什么。

“这里真是滑雪胜地，以前他就常来……”

唐思晨看见徐泊原从走廊那头走过来，她匆忙站起来迎上去，小心翼翼地打量他。一切正常，除了下颌有些明显的肿大。

急切间她几乎忘了他还不能大声说话，“怎么样？”

“再等一会儿才有结果。”他比着口型，拉着她坐下，显然并没有当一回事。

小叶很识趣地站起来，“我去看看。”

他们依旧并肩坐着，或许是累了，唐思晨慢慢地将头靠在他的肩上，喃喃地说：“不会有事的。”

徐泊原一侧头，鼻尖触到她的发丝，很幽然的发香。他忽然说：“摔倒的时候，我听到你在叫我，可是就是动不了——”

或许是因为每说一个字都要牵扯到伤口，他说得很慢，却很清晰。

她静静地“嗯”了一声。

“你还叫我阿原了，是不是？”他忍不住勾起了唇角，回想起初识的时候，她只愿意规规矩矩地叫自己徐先生。

“阿原，你来伦敦找我，又带我来这里滑雪，是怕我难过，是吗？”她忽然觉得鼻子发酸，心底的某处，却有些清淡的哀恸。可不知道为什么，嘴角却是微翘着的，像是在微笑。

徐泊原脊背轻轻地僵了僵。

“你怕我知道乔远川要订婚了，一个人在国外会很难过，是吗？”

她有些固执地将这句话问完，然后偏过脸，看着他的表情。

他没有即刻回答，拇指慢慢地摩挲着她的手背，似乎在考虑该怎么回答。

远处小叶手里拿着一大堆检查结果，正疾步走过来。

唐思晨没有再等他的回答，只是笑了笑，“肯定是检查结果出来了。你看他的表情，肯定没事。”

他“嗯”了一声。

“你去做检查的时候，我一直在想，只要你没事……”她顿了顿，似乎在寻找着合适的措辞，“只要你没事，什么都没关系。然后我就突然知道他要订婚了……可是并没有那么难过。我还是在想……”唐思晨强迫自己看着他，努力让语气自然一些，“只要你没事就好了。”

他表情渐渐由严肃，转为了柔和，“那么现在呢，你还难过吗？”

她没有迟疑地摇了摇头。

医院的灯光很清冷，清澈地印出这个男人眼角几道淡痕。他侧身，吻在女孩的眉心，喃喃地说：“我真感激……这次飞来横祸。”

## 6

医生说了徐泊原的伤并不严重，吃些消炎的药，静静养几天就行了。只是下颌还是无法咬合，最好就是吃些流质食物，

回到伦敦那一日，唐思晨心底还是愧疚，到了住处，并没有下车，只是踌躇着

说："我给你煮粥喝吧？"

徐泊原看她一眼，也不说话，只是笑，"行啊，带上你的电饭锅，去我那里住？"

唐思晨犹豫了几秒钟，点点头，"那你等等。"

这次，他不顾脸上的伤口，真正地大笑，顺便拉住她的胳膊，"和你开玩笑的。"

唐思晨撇了撇嘴，似乎想说什么，到底忍住了，闷闷地说："好，那你记得吃药，我先走了。"

他看着她跨出半个身位，又出声唤住她，"明天晚上有空吗？"

"嗯？"

"我带你见个朋友。"他随意地说，"来接你？"

唐思晨算了算时间，点头答应了。

直到她进了公寓，徐泊原才收回目光，恰好看到小叶回头，表情有些发愁，"徐总，过两天回国了，还有个发布会，你的脸——"

大约是心情不错的原因，徐泊原只是摆了摆手，"到时候再说吧。"

第二天依然是在文卷室工作。唐思晨坐了一天，只觉得腰酸背痛，浑身骨头都像要散架，这才惊觉，滑雪的时候看似摔得不重，其实还是会慢慢发作。

脱了手套，从图书室出来，恰好一位同事问了句，"小唐，你男朋友来看你了吧？"

她一怔，一时间也不知道说什么好，只是含糊地说："我不和你们一起回去了。约了人。"

几个同事结伴走了，而她看着街角那辆车停下来，其实相比约定的时间，还早了十五分钟。他就是这样一个人，会将一切都做到无懈可击的完美。

上车之后，唐思晨第一反应是去观察徐泊原的脸。

纱布已经被他拉下了，伤口结了痂，还是有些灰肿。她小心翼翼的样子让他觉得有趣，"你可以摸一摸。不痛了。"

“能咬得动吗？”唐思晨当然不敢，“药吃了？”

“你比我姐还啰嗦。”徐泊原抚额，“刚才上车的时候怎么龇牙咧嘴的？”

唐思晨不好意思地笑了笑，“全身都痛。大概摔得多了。”

徐泊原抿了抿唇，或许是穿了素灰细纹衬衣的缘故，似笑非笑的样子很是温文。

“对了，我们去见你的什么朋友？”

他笑了笑，握住她的手，“以前对你提起过的。”

车子停下的地方，并不是一座很新的宅子。仿佛是一直有人住了几十年，就连榉木门上都润着浅浅的光泽。穿过小小的花圃，徐泊原摁下门铃，很快就有人来开门。

是个坐着轮椅的女人，用英语说：“我知道你从来不会迟到。”

徐泊原俯下身，轻轻地拥抱她，又将礼物递给她，轻声说：“好久不见。”

唐思晨终于看清，这是一个东方女子，肤色很白，目光聪慧，五官虽未让人惊艳，却是极舒服的。

“这位一定是唐小姐了？”看到唐思晨的时候，Mere忽然改用中文说，“很高兴见到你。”

唐思晨与她握了握手，有些惊讶地发现，这个目光清透的女子……真的和自己想象的，并没有多大的区别。

起居室一阵噼里啪啦的乱响，一个高大的棕发男人一脸微笑地快步走出来，隔着Mere，拿拳头与徐泊原碰了碰。

徐泊原在一旁给唐思晨介绍，“我的大学同学，之前也对你提起过，Sheldon。”

Shelton极热情地拥抱了唐思晨，甚至用中文说了声“你好”。

Mere盯着徐泊原看了很久，忍俊不禁，“你的脸怎么了？去斗牛节了？”

他轻描淡写地笑了笑，“滑雪摔的。”

这句话让Shelton夫妇都大感惊讶，Mere更是打趣说：“是吗？我还以为滑雪是你唯一擅长的东西了。”

唐思晨抿了抿唇，促狭地朝他眨了眨眼睛，徐泊原却十分若无其事地转开目光，像是什么都没听见。

徐泊原和Shelton夫妇是多年的好友，相处起来极融洽，但他也十分注意，始终没有让唐思晨觉得有隔阂。说起过往的趣事，亦总是低声向她再解释一遍。而晚餐一开始，徐泊原就将一份菜从唐思晨手边挪开，很自然地解释说："她不吃黄油。"

Mere忍不住笑了笑，"真体贴。"

用餐的气氛一直很愉悦。为了照顾唐思晨的听力，他们也尽量用中文说话，倒是Shelton常常有些一头雾水地看着三个人谈笑风生。唐思晨对香草鳕鱼和煎蘑菇赞不绝口，Shelton却不无惋惜，因为这个看起来很可爱的女孩没有吃到他最得意的芝士肉酱薯泥，也就不能再接受表扬了。

偶尔也会说到各自工作上的事，徐泊原对Shelton描述DAB的一个新项目，神色有些严肃专注。唐思晨不大听得懂，就低头吃东西，忽然就感觉放在膝上的手被人握住了。她吓了一跳，一下有些僵住，小心地看了看徐泊原。他看起来一切如常。

唐思晨悄悄挣了挣，他便握得更紧一些，悄无声息的一场角力。

直到最后也没挣开，她便由着他握着，直到晚餐结束。

Shelton拉着徐泊原去活动室打桌球，兴致勃勃地说好几年没打了，起居室只剩下两位女士随意地聊天。

茶具很讲究，薄胎骨瓷，描绘的是十九世纪贵族骑马狩猎的场景，里边灌注着大吉岭的红茶，浅浅氤着一层热气，香气扑鼻。

"唐小姐是艺术家吧？"Mere手中持着茶杯，显然对她的一切都很好奇。

这个女子，就像徐泊原说的那样，聪敏锐利，又或许是因为经过大变，眼神却温文通透。若是别人不经意地问这样一个问题，唐思晨会有一种隐私被窥破的私密感。可是Mere用一种赞赏的语气说话的时候，唐思晨并没有觉得不妥。

"不算艺术家吧。我以前是学画的。不过现在不画了。"

Mere笑了笑，“我第一眼见到你，就觉得你的气质很像画家——可是为什么不画了呢？不喜欢了？”

这一次，唐思晨微微踌躇了一下，她虽然可以说出自己的事……但是却有些担心对方因此而有些伤怀。

“是因为出了次意外，至今还没恢复。”唐思晨最终还是决定坦然说出来，只是礼貌地将目光下移了几分，没有去看她的眼神。

她们坐得很近，唐思晨说完，十分意外地，Mere已经探过身，握住了她的手，“对不起。”

“没什么的，都过去了。”唐思晨摆摆手，有些尴尬。

“我不该说起这个话题。真的失去过，才会知道有多痛吧……”她温和地说，指了指自己的腿，“我猜徐泊原告诉过你我的事。”

唐思晨有些尴尬地点了点头。

Mere微微仰着头，她是纯东方人的五官，及肩的黑发，语气更是柔和，“几年前，我出事的时候，真的觉得天都塌下来了，甚至想过自杀——可是我很感激我的先生，他放下蒸蒸日上的事业，陪了我整整半年。这半年里，我怕父母担心，压抑着的脾气全都冲着他去。可他总是笑笑，对我说，Mere，没关系。

“后来想想，不能跋山涉水、做不成女科学家，固然是可惜。不过我也收获了很多。最重要的是，有人与你一道分担，就不会失落，也不会害怕了。”

这句话让唐思晨觉得怅然。

出车祸的时候自己算是年轻吧，固执地不让乔远川知晓，当时未尝不是一种逃避……假若他知道了呢？

可惜世界上没有如果，否则倒带重来，如今每个人的走向，大概会完全不一样吧。

Mere低头喝了口茶，改用轻松的语气说：“我从没见过徐泊原他……能将一个人照顾得这样周到。”

唐思晨愣了愣。

“我当然不是说他不会照顾人，而是说心甘情愿地付出，真的很难得。”Mere眯了眯眼睛，似乎是在回忆什么，“如果以前，他哪有那个耐心？”

又聊了一会儿，起居室外有了动静，Shelton因为赢了徐泊原，很是兴高采烈地走进来。

徐泊原虽然输了，倒也没怎么沮丧，看了看时间，带着唐思晨告辞。Shelton夫妇将他们送到门口，道别的时候，男主人依然注意着妻子膝上的毛毯，俯身替她盖好，唇角的笑很温暖。

徐泊原俯身拥抱Mere的时候，她压低声音，“你还是你，一点都没变。”

他轻轻笑了笑，“怎么？”

Mere轻轻贴上他的脸颊，“该说的，你想要我说的……我都说了。”

徐泊原抿了抿唇，眸色深沉，“谢谢。”

其实唐思晨很想问问徐泊原，再见的时候，心底会有异样的感觉吗？至少在她看来，Mere的确是个美好的女性，即便是局外人，多少也生出了当时只道是寻常的慨然。

夜色弥漫，他隐匿着表情，却仿佛猜出她的心思，“几年前的时候会遗憾，可是现在回头看，又会觉得，当时的错过是为了让人遇到最后的那个人。”

唐思晨“嗯”了一声，隐隐有些笑意，“你心机真的很深。”

他“哦”了一声，语调微微上扬。

“你特意带我去拜访他们的？”

徐泊原倾身靠过来，摸摸她的头，承认说：“我的确是想让你和Mere聊一聊。”

他不知道该怎么说，其实心情很奇怪，仿佛认识了她之后，他会担心各种各样的事。他特意带她去滑雪，一路上却在寻思着对她说明远川订婚的事；而带她来见Mere，自然是为了开解她，可是又怕她想起过去的事而快快不乐，于是心神不宁地打完桌球，前所未有地惨败给Shelton。

“假如我将来有个女儿，要操的心，恐怕和对你差不多。”徐泊原带了丝自嘲说，“明明知道这样没有必要，可总是想为你多做一些。”

唐思晨知道他并没有在说谎，因为Mere也这样告诉她。她简直能想象最年轻气盛时的徐泊原，恃才傲物，性格也必然是强硬傲然的。否则……她又怎么会在Mere的眼中，寻觅到一丝黯然呢？

“本来想留在这里再陪你几天，可是公司有事，明天一定要回去了。”他深深看她一眼，最后却用舒然的语气说，“幸好你们也快完成了。”

车子里有一股薄荷的淡香味，唐思晨隔了很久，才微笑着说：“嗯，我很快回来。”

## 7

五月的文岛是一年中天气最为适宜的时节。

徐泊原赶到四季酒店的时候，恰好看到姐姐下车。他喊住了姐姐，笑着说：“怎么选在这里？我记得你最喜欢半城酒店。”

“远川他不喜欢半城。”徐泊丽的语气有些莫名其妙，似乎也是弄不清儿子的喜好。

徐泊原只淡淡笑了笑。

姐姐却很快将注意力放在了他的脸颊上，轻轻舒了口气，“脸上好得差不多了？”

徐泊原抿了抿唇，电梯光滑的镜面里，这个男人的下颌上留了很淡的一条疤痕。他伸手抚了抚，耐心地说：“本来就没什么事。”

“没什么事还闹那么大的新闻？”徐泊丽瞥了他一眼，“问你怎么弄伤的，你还不说。居然还有人猜到什么明星绯闻上去了。”

长姐如母。徐泊原对于姐姐，向来是尊重的。她这样不轻不重地说几句，他也没有反驳，安静地听着。

“远川呢？”

“他去接荟文了，应该快到了。”

“说真的，我很惊讶，你能这么快同意远川订婚。”徐泊原替姐姐拉开座位，若有所思。

“我并不是个挑剔的婆婆。”徐泊丽淡淡地说，恰好包厢的门就被推开了。

乔远川和一个年轻女孩一道走进来，一见徐泊原就笑了，“阿原，今天总算有空了。”

徐泊原站起来，拍拍他的肩膀，又极有礼貌地对他身后的女生伸出手，“林小姐，我是乔远川的舅舅。徐泊原。”

林荟文当然不会不知道徐泊原是谁，DAB在海大巡讲的时候，她也是礼堂热情的学生中的一员。她也知道徐泊原与乔远川的关系，只不过真的亲眼看到这样年轻的“舅舅”，还是有吓一跳的感觉。尤其是今天，两个人都穿着衬衣，身材又都是极俊挺的，粗粗看一眼，倒像是兄弟一样。

“徐先生，你好——”她反应过来，伸手与他相握，却被徐泊丽打断了，“都是一家人了，以后你就和远川一样，叫他舅舅吧。”

很年轻的一个女孩子，看得出来平时很随性，大约是重视这次见面才化了妆。徐泊原笑了笑，因为是长辈，将准备好的见面礼递了过去。

林荟文踌躇了一下，看到乔远川的眼神，还是收下了，小声地说了句“谢谢”。

乔远川替她拉开座位，等她坐下，又安抚般拍了拍她的肩膀，大概是让她放松下来。

徐泊原得知林荟文的专业与工作，有些诧异，“原来是远川的师妹。这么巧？”

林荟文笑了笑，目光落在徐泊原的脸颊上，忍不住又笑了笑。

徐泊原有些无奈，曲起手指敲了敲桌面，叹气说：“最近我的回头率都是因为这个。”

包括乔远川在内，所有的人都似笑非笑，只有林荟文绷不住，笑出声音来，

“对不起，我不是故意的。只是看了新闻……”

“你要是知道有些镜头可以把一群人截到只有两个，所谓的绯闻大概就是这么火的。”徐洎原扶额，耐心地说，“而且你相信……女人的指甲可以把我这里抓成这样？”

林荟文哦了一声，笑着说：“对不起，可是我很喜欢和你传绯闻的那位小姐，所以就多关注了一些。”

事实上，这就是最近在文岛闹得颇为热闹的“指甲门”事件。DAB新品发布的前夜，徐洎原被拍到与某当红的明星出入酒店，而风传该明星会是下季度DAB代言人。翌日，徐洎原被敏锐的媒体捕捉到带伤参加发布会，再被居心叵测的人一煽动，也由不得人不怀疑了。

“那你怎么受伤的呢？摔了一跤吗？”林荟文显然是觉得徐洎原很亲切，倒不紧张了，有些好奇地问。

“唔，运动的时候划伤的。”徐洎原轻描淡写地说，视线往身侧一错，恰好看见乔远川抿唇看着自己，目光微凉。

“你要多吃点。怎么最近又瘦了。”徐洎丽有些心疼地看着乔远川，忍不住说，“甘肃那边的工程结束了吗？”

“还没有。这几个月没过去，下半年恐怕还得常去。”乔远川置下手中的筷子，又让服务生换了杯温水，慢慢地说，“妈，我身体没你想象得那么脆弱。”

徐洎原看他一眼，嗯了一声说：“的确瘦了。”

乔远川弯了弯唇角，“小时候自己不愿意吃东西，骗我全部吃下去的人是你吧？”

徐洎原无奈，“多久的事了。”

这样偶尔抬杠、斗嘴，仿佛回到了很久之前，气氛也一下子热络起来。席间又说到了过几天的订婚宴，虽说宴请的人并不多，倒也很郑重，甚至连酒店的选择也颇费了一番周折。

“我一直挺喜欢半城的菜色，都让秘书订好了，前天才去退掉，还是改在这里。”徐洎丽看了儿子一眼，语气略有不满。

有那么一瞬，林荟文觉得乔远川的脸色微微一沉，她便开口说：“其实都差不多啊。”

“算了算了，你们自己喜欢就好。”徐泊丽叹了口气，看到弟弟正在低头看时间，忍不住问，“怎么？你还有事？”

“时间差不多了，我今晚还有事。”徐泊原站了起来，“你们慢慢吃。”

“现在就走？”乔远川漫不经心地说，“公司有急事？”

“不是，去机场接个朋友。”服务生已经递上了挂在一旁的风衣，徐泊原接过来，语气很平常。

“什么朋友？重要到需要你亲自去接机？”乔远川依旧不紧不慢地说，并没有理会母亲有些诧异的目光，似乎也没有察觉到周围的气氛已经渐渐清冷下来。

徐泊原淡淡笑了笑，没有再说什么，只是一一与众人道别，离开了包厢。

航班晚了半个多小时。

徐泊原的手机亮了亮，一条新的短信。

他忍不住笑意，猜是某人刚下飞机，着急给他发的。

果然是她，只不过内容……徐泊原皱了皱眉，将短信页面关了。

她发的是：学校好像有人来接，我自己回去吧？

隔了一会儿，脚步声渐渐地杂乱起来，陆陆续续有人推着行李从通道出来，隔着接机的人群，徐泊原看到一个熟悉的身影，接着又被一群人遮住了。他并不着急，靠着巨大的廊柱，却只是不远不近地望着。

海大来接机的团委老师给五位敦煌学者献了花，又就地合影。

徐泊原看见唐思晨站在了角落，手里捧着一大束花，微笑的时候浅浅勾着唇角，鬓边的几丝长发落下来，她也没在意，随便地就拨上去了。只是这样一个细微的小动作，他在一旁看着，心跳却漏了一拍。

推着行李往外走的时候，她看上去似乎有些心神不宁，往四周看了看，又低头查看手机。远远地望过去，他们几乎侧身平行，他终于拨了一个号码。

那边唐思晨停下脚步，很快就接了。

徐泊原的话很简单，“找个借口出来。”

她往四周看了看，徐泊原带着笑意说：“右边。”

可当她真正将目光投过来时，徐泊原忽然觉得没有了刚才的镇定。仿佛是年轻的时候，悄悄地喜欢着同班的女生，她看自己一眼，就似乎被窥破了心思，有些不自然，可是又那样期待。

唐思晨的目光转向右边，最终找到了他。徐泊原正靠在灰色的柱子上，修长的身子和大理石廊柱一道，勾勒出一个光影明暗不定的三角形，因为不曾把墨镜拿下来，粗粗一眼望过去，表情有些冷漠。可她还是有些兴奋地对他挥了挥手，接着站在原地喊住了带队的老师。

没隔多久，她就推着行李车转了方向。

“怎么？要是我不给你电话，你就这么乖乖跟人走了？”徐泊原接过她的推车，有些面无表情地抿了抿唇。

唐思晨却没说话，踮着脚尖去看他的侧脸。

小丫头还在担心这个呢……徐泊原心底忽然就柔软起来，更加用力地抿了抿唇，这样看起来，那道好得差不多的伤疤，大概会显得深一些。

“哎呀！”她显然是有些懊恼了，“留疤了。”

他忍不住笑了笑，伸手揽住她的肩膀，“刚才的事还没完。刚才就这么打算一个短信把我打发了？”

“没有。我猜你已经来了——当然会先等你的回复啊。”她笑眯眯地说，又揉了揉肚子，“好饿。”

他的注意力果然被转移了，伸手揉揉她的头发，爽快地说：“那咱们去吃好吃的。”

车子在高速上疾驰，唐思晨觉得有些奇怪，在飞机上丝毫不觉得饿，一下飞机，胃部细胞就被激活了，顿时觉得饥肠辘辘。

而徐泊原摘了墨镜，目视前方，“尖椒牛柳？清炒娃娃菜？还有莼菜羹？”

唐思晨欲哭无泪，“你别逗我，我真的饿了。”

他加快了车速，用一种家长式的宠溺语气说：“好了，再忍忍。马上就到了。”

车子开进文岛市中心某公寓的地下车库，唐思晨有些发愣，很想问“如今的餐厅都隐蔽得这么好吗”？

他提了她的旅行箱，拍拍她的脑袋，“想什么呢？这边。”

电梯叮的一声打开，徐泊原按了密码进门，将行李放在一旁，轻轻推了推唐思晨，“先去洗手，马上就吃饭。”

她傻傻地站在门口，“你家啊？”

“是啊。”他头也不回地走向厨房，“随便参观。”

茶几上恰好空着一支水晶花瓶，唐思晨想起自己还带了花束上来，径直走了过去。

徐泊原从厨房出来，将一切掠在眼底，连细节都清晰可辨：她跪在羊毛毯上，专心致志地插花。而手上的那束花盈盈间又落下了些银粉，仿佛漫天繁星化作碎片洒落下来，她的身边就是落地玻璃窗，明净的夜空镶满繁星。

真正相映成趣。

他放轻脚步走过去，将一碗银耳羹放在她面前，“先吃点东西，马上就好了。”

“你不会亲自下厨吧？”唐思晨有些不可思议地看着他。

“不这样就没有诚意啊。”徐泊原摸摸她的头，“马上就好了。”

银耳羹并不烫，倒似是早就煲好，一直保温到现在。她慢慢咽了一口进去，很暖，柔软微甜。

甜品慢慢见底，徐泊原的手机忽然响起来，唐思晨怕他没听见，特意跑到厨房去喊他，“电话。”

徐泊原接过她递来的手机，微一踌躇，还是接了。

她并没有注意去听他在说什么，注意力被眼前新鲜出炉的青椒黑鱼片吸引住了，顺手拿了一双筷子，夹了一片，小心地放进嘴里。

鱼片切得倒是很薄，只是口感略老了一些。

“小丫头，偷吃。”后脑勺轻轻被人拍了拍，唐思晨有些恼怒地回头瞪他，一边含糊不清地说：“我饿了。”

他一手轻轻掩住了话筒，眉目间全是纵容的笑意，压低了声音说：“小心别烫着。”

她便转过头，却看到一旁的冰箱门上粘着花花绿绿的便利贴。正要凑过去看，这一次，后颈却是真的被人捉住了。

徐泊原的声音似乎有丝窘迫，“把菜端出去，想吃就先去吃。”

其实他的力道不大，轻轻痒痒的，也不想弄疼她，仿佛只是微微惩戒一下。

唐思晨凑得更近一些，轻轻念出说：“牛柳下锅的时候火要大……”

她嘴角的微笑加深一些，“是阿姨帮你写好的吗？”

身后徐泊原沉默了一会儿，有些生硬地说了句“嗯”。

她愈发忍不住想笑，手边还有两个菜，食材和调料包一起，归置得整整齐齐。想必也是阿姨提早准备好的。

“需要帮忙吗，徐先生？”

“不用。”他的语气难得有些像是在别扭，“你去吃就好了。”

于是被识破的、固执的大厨先生一手端着菜，一手半强迫地将她推出了厨房。

唐思晨对这四菜一汤赞不绝口。一方面自然是出于礼貌，另一方面，虽然徐泊原厨艺没到出神入化，可是对于一个暌别地道中餐近半年的人来说……这也算得上是盛宴了。

徐泊原亦拿着筷子，陪着她稍稍吃了一些。

“这个餐桌很田园啊！”唐思晨抚了抚桌布，有些怀疑地看着徐泊原，“很不像你的风格。”

他放下碗筷，饶有兴趣，“我是什么风格？”

“就是类似简洁、硬朗的。”唐思晨环顾四周，目光最后落在装饰得颇秀致的桌沿上。

他沉默了一会儿，“我喜欢什么不重要。”

她一时间没反应过来，“嗯”了一声，有些疑惑。

徐泊原注视她的目光忽然有些深邃，淡淡地泛着笑意，“你应该会喜欢柔和一些的风格吧？”

唐思晨怔了怔，忽然就明白过来，脸颊微红，她一时间有些尴尬，顺手将奶白色餐桌下的几份报纸杂志抽了出来，生硬地转了话题，“我现在看到报纸上的汉字都觉得很亲切……”

徐泊原抿了抿唇角，正要说话，目光忽然看到了报纸的一角，原本笃定的神色忽然有些僵住了。

灯光很柔和，他脸颊上那道疤痕也没有那么明显。唐思晨转回目光，又低下头，认认真真地将一面报纸看完，哭笑不得。

是该说对不起好呢？还是默默地将报纸收起来，当作没看到好呢？她有些踌躇……不过就算直接开玩笑说“绯闻女主角很漂亮”，他应该也不会生气的吧？

她清清嗓子，避重就轻地说：“这张照片没有很清楚啊……凭什么说就是你？”

大概没有人的反应和她一样这么奇怪吧？徐泊原有些哑口无言。

他不接话，她就只能绞尽脑汁继续，“你把报纸收在这里，是因为介意吗？其实没什么啦……”

他用一种认真的语气打断她的话，“糖糖，你会介意吗？”

“不会——”她脱口而出，“我知道是假的。”

他依然面无表情，可是黑眸却又隐隐神采飞扬，“为什么？”

她这次却并未让他久等，轻声，却又理所当然地说：“因为你喜欢的是我啊。”

这是他认识她至今，第一次听到这样直接的回应。

就像是一部很老的电影，男主角展臂，迎风而立，大声呼喊着“我是世界之王”。

而徐泊原透过客厅极大的落地玻璃窗，看得到整座光影流离的城市。他身边的她已经触手可及，就像得到了全世界。

他克制不住地低头笑，这个平日里再英俊沉稳不过的男人，此刻却像孩子一样，慢慢地靠近，“那我可以做一件期待了很久的事吗？”

自然而然地，唐思晨看着他薄薄的唇，因为微笑，那抹弧度恰到好处的优美。

她的反对声有些弱小，“我……没刷牙！而且你做了蒜末生菜啊……”

徐泊原笑意更浓，“我不介意。”

## 8

他想念了很久的亲吻最终还是没有实现，因为桌边的手机又一次不合时宜地响了。

只差一秒，他就可以“得逞”了吧？

最终唐思晨趁着他懊恼地接起电话的时候，逃似的奔到窗边，大口地喘气。

脚下的城市，一条条路灯的光影苍白如水，虚华斑斓，而玻璃窗上是自己的浅影，有些模糊，正轻轻地摇晃。不远的身后，男人低声讲电话的声音，却让这一切虚幻沉淀下来，无端地叫人觉得安心。

她逐渐冷静下来，亦有一两句话传进耳朵。

“你陪着他……我马上让人过去……”

“嗯，我就不过来了……”

徐泊原挂了电话，唐思晨转身静静看着他。

他揉揉眉心，有些倦色，“嗯，是远川。”

“他……怎么了？”她终于还是问。

“玩疯了吧……”徐泊原皱了皱眉，又补充一句，“别担心。荟文陪着他——”

他注视着她的表情，补充说：“哦，他的未婚妻，林荟文。”

唐思晨不知道自己是不是该问一句，安静了片刻，而徐泊原仿佛能看出她在想些什么，继续说：“是他的同事，也是你们校友。”

唐思晨“哦”了一声，徐泊原手中的电话又响了起来，这一次似乎比上一次还急促。

他直接接起来，并不避讳她。

徐泊原只是安静地听着，只是眉头愈皱愈紧。隔了些距离，唐思晨依稀还能听见电话那头的喧闹声，隔着大半个城市遥遥地传来。良久，他才对电话那头说了一句话：“你等等，我问下她。”

“想要出去玩吗？”他望向她，平静地说，“是远川打来的。”

“乔远川？”唐思晨蹙了蹙眉，有些不确定地看看时间，“出去玩？”

“他们在唱歌吧。”徐泊原轻松地说，“如果你愿意的话。”

唐思晨坦然笑了笑，“好啊，反正我时差也倒不过来。”

春日的晚风，拂进半开的车窗。唐思晨使劲地呼吸了一口，鼻子痒痒的，又忍不住有些想打喷嚏，或许是因为空气中充盈着花粉甜甜的味道吧。

她看着车子一路疾驰的方向，忍不住问：“我们去哪里？”

徐泊原伸手过去，同她放在膝上的手交握，“半城。”

唐思晨低低地“哦”了一声，其实她也该猜出来的，这一路过去风景这样熟悉，怎么会不认得呢？只是很久之前，她绝对想不到会有这样一天，还能这样平静地穿过这条马路，踏进这个对自己来说有些沉重的地方。

霓虹闪烁，来往进出的男女仿佛魅影，摇曳生姿。空气中飘浮的却是淡淡的百合香氛，在这样一处浮躁的地方，真是有些格格不入的。

唐思晨跟在徐泊原身后，直到包厢门被推开，他让开半个身子，让她先进去。

包厢的沙发是呈U字形的，几张茶几上横七竖八地搁着酒盒果盘，正有人对着屏幕声嘶力竭地唱歌，唐思晨一时间难以适应里边的光线和声音，下意识地眯起了眼睛。

乔远川修长的身影很显眼。只是他不是独自一个人，身旁还依偎了一个女孩子，唐思晨便转头看了看徐泊原。他倒是一副淡然的样子，只是握了握她的手，在她耳边说："走，去打个招呼。"

乔远川半靠在沙发上，竟是醉得不省人事，怎么叫也不起身。那个女孩子局促地让了让，站起来说："小舅舅，他喝多了。"

声音清清淡淡的，打扮得也很清爽，眉宇间甚至还有些青涩的模样，唐思晨忍不住多看了她几眼，却发现那个女孩也在偷偷看着自己，神色似乎有些复杂，"师姐？你也是海大的吧？"

唐思晨只能点头，"你也是吗？这样巧。"

"我听过钱教授的讲座，那时候你就坐在我前面两排呢！"林荟文小声说，"当然认得你。"

"是这样啊……"唐思晨忍不住看了乔远川一眼。

"你和小舅舅一起过来的？"林荟文想起了什么，恍然大悟说，"原来他说要去机场接人，就是去接你啊！"

那么他们的关系……大概也就一目了然了吧。林荟文有那么一瞬间，竟然因为自己发现了这个秘密而觉得不可思议，忽然听到徐泊原有些头痛地说："他怎么醉成这样？"

不得不说，林荟文现在见到徐泊原的时候，还是带着一丝敬畏，既敬畏他长辈的身份，也是因为长久以来对于DAB神话的仰慕。他这样说，她便有些紧张，"我劝他别喝了……可他不听。"

徐泊原在乔远川身边坐下，神情有些无奈，"我马上让司机过来"

林荟文默不作声地坐下来，低着头，心事重重。

"这些人是？"徐泊原淡淡地转了话题，环顾四周。

"都是我的同事，有些还是他的老同事。"林荟文介绍说，"周末难得不加班，就一起出来玩了。"

话音未落，有人手中拿着一罐啤酒走过来，醉醺醺地拍了拍唐思晨的肩膀：

“你……你不是老乔的女朋友吗？总算回来啦？”

唐思晨完全没有反应过来的时候，徐泊原已经站起来，拦在她面前，冷冷地说：“你喝醉了。”

他的语气有些吓人，那人后退一步，歪过头仔细地打量唐思晨，喃喃说：“你忘了？我们还一起烧烤过呢……是两年前还是三年前……”

整个包厢狂欢的气氛，倏然止于这一角，唐思晨直到此刻才回过神，拉了拉徐泊原的手臂，笑着说：“你真的认错人了。”她又及时对林荟文笑了笑，“抱歉，这里光线实在不好，大概看谁都是一样的吧？”

林荟文倒是比自己想象的冷静得多，她一瞬不瞬地看着唐思晨，最后却微笑着说：“是啊。”

唐思晨微微放心，侧身的时候低了低头，不知道是不是错觉，她仿佛看到原本醉卧在沙发上的乔远川，似乎动了动身子。她深深呼吸了一口，对徐泊原低声说：“我去下卫生间。”

跑出了包厢，唐思晨根据服务生的指示往右拐，又神差鬼使地往后看了一眼。走廊空荡荡的，并没有人。推开卫生间的门，她拿冷水扑了扑脸，仿佛这样就能让自己镇静下来。徐泊原……应该很快就会带自己离开吧，她对着镜子，微微苦笑，觉得自己真是有些自作自受。好在就这样吧，到了今天，彼此都是尘埃落定了吧？

过了很久，她拿出手机给徐泊原发了条短信，“我累了。”

走出卫生间，走廊上一个男人正静静地倚着墙，没有醉酒，没有沉睡，目光清醒而冷静，像是这样等了她许久。

她已经很久没有这样面对面地和他站在一起了。

他依旧很好看，是走到哪里都会引人注目的男人，可是唐思晨看着他，不知是不是错觉，从他的眼神深处……读到了一丝消沉。

“真想不到，你马上要结婚了。”她的语气中没有讥讽，也没有激动，只有时光之后沉淀下的喟叹，“乔远川，恭喜你。”

乔远川慢慢侧过头，“今天刚回来吗？阿原去接你的？”

唐思晨并不否认，“在吃饭呢。你打电话来，像是喝醉了，我们就过来看看。”

他的后背触着墙壁，倏然抬头笑了笑，一双眸子亮得怕人，“以后……我是不是该叫你小舅妈了？”

她怔怔地看着他，忽然觉得这句话这样荒谬。

“阿原很好，你们在一起……”他的声音渐渐低缓下来，“我觉得很好。”

唐思晨只是笑了笑，“我先走了。你也别玩太疯。”

包厢的门打开，出来的是徐泊原。站在他的角度，看不到乔远川的存在。他手上挽着她的风衣，向她招招手，揽了她的肩，说笑着离开了。

走廊的灯光落下来，乔远川像是一个幻影，立在那里一动不动，看着他们的背影慢慢离开。他的手插在口袋中，微微动了动，却又止住了。恍惚间似乎还记得自己曾说过不会放弃，可终究还是放弃了；就像从未相信他们会真的分手，可到底还是分开了。他的糖糖，给了自己最好年华的糖糖，如今彻底地，不是自己的了。

他忽然觉得透不过气来，之前的酒劲儿又泛上来，只觉得喉间有些作呕。返身打开了走廊上密闭的窗户，乔远川大口地呼吸，然后拼命地咳嗽。

有人轻柔地从背后伸出手，递给他纸巾，“司机到了，我们回去吧？”

他努力地咽下口中微微的腥甜味道，拿纸巾摁了摁唇角，良久，才说：“走吧。”

林荟文却忽然站住了，目光停滞在他的掌心那团纸巾上，上边是一团殷红的血迹。

## 9

“你怎么不问我们说了什么？”唐思晨坐在车上，有些好奇地问徐泊原。

“嗯。”他回答得漫不经心，踩了刹车等红灯，“这有什么好问的。”

唐思晨微窘。

“恭喜你……谢谢……”他俯身过来摸摸她的脸颊，“是不是这样？”

其实也差不多，唐思晨深深地弯起唇角，忍不住说：“真聪明。”

“唐思晨，不过丑话说到前头……”徐泊原有意拉下脸，沉声说，“以后背着我，不许你俩偷偷见面。”

唐思晨不理他，转头望向窗外，嗤笑了一声，“你是我什么人？凭什么管我见谁？”

他猛地踩了刹车，一把掰过她的脸，狠狠地吻上去。

如愿看到她因为惊吓而瞪大的双眼，徐泊原放开她，再辗转贴上她的唇，仿佛惩罚般地啃啮，喃喃地说：“我是你什么人……你到现在还不清楚？”

她的脖颈被他摁住，只能仰起头迎合。

“我不是你什么人，会追到欧洲去？”他复又吻下去，重得仿佛带着恨意，“我不是你什么人，会辛苦做饭给你吃？”

唐思晨的身子原本是僵直的，却被吻得渐渐柔软下去，她用力抓住他平整的肩，微微侧开脸，带着笑意说：“是啊……你怎么这么傻？”

徐泊原自嘲地笑了笑，伸手打开车顶的灯，光线柔和，他的表情亦是柔和，他只是一寸寸地抚着她的脸颊，与她额头抵在一处，轻声说：“那么，我们在一起，我当你是默许了。”

她闭上眼睛，这一刻的尘埃落定，比想象中的平静得多，“好。”

第二天因为还要回学校，唐思晨起得很早，走出卧室的时候，她想到了“窗明几净”这个词。而徐泊原坐在餐桌的一头，报纸展开，似乎看得专心致志。

“早。”唐思晨揉揉眼睛坐下，开始喝桌上的豆浆。

徐泊原的声音还有几分慵懒，“你起得很早……睡不着？”

“上午要去学校办手续。”唐思晨看着自己的行李被归置在客厅门边，像是某人一早就知道了今天该做什么。

他放下报纸，“下午呢？”

“我要回趟家。”

徐泊原像是等这句话很久了，“我送你回去？”

唐思晨差点没呛出来，趴在桌上看着他，却没有找到开玩笑的表情。她小心翼翼地回了一句，“送我回家？”

“我想见见你父母。”

“会不会太快了？”

他站起来，绕过餐桌，站在她面前，眼神却是温柔的，没有给她压迫，“你还记得我们是什么时候认识的吗？”

唐思晨怔怔地看着他。

“去年的九月，在海大的大礼堂第一次见你。”他唇角勾着温和的弧度，微微喟叹，“快一年了。”

不过一年而已啊……唐思晨心里默念，却不敢说出来，只“哦”了一声。

“你觉得一年很短，是吗？”徐泊原仿佛能猜出她的心思，轻轻俯下身，两人之间的距离更近了一些，“可我觉得很长。丫头，有时候我常常有一种再也等不起的感觉。”

唐思晨的心跳微微有些失律，他们认识快一年了——可自始至终，她知道自己并没有给他多少回应。换了任何人，都已经放弃了吧？可他没有。他一直站得比她靠前半步，耐心地等她，没有抱怨，也从来不责怪她的逃避。

这一次，他的表情有些疲倦，又有淡淡的期待。唐思晨心底一软，没有再拒绝，只是微扬了笑意，“好。”

唐思晨的家虽然不在文岛，开车过去也不算远。只是一路上徐泊原不大说话，直到下了高速公路出口，才回头看看后座上的几袋礼品说：“你爸妈……会喜欢吗？”

唐思晨有些愕然，这个是左右逢源、八面玲珑的徐泊原吗？她咬了咬唇，也咬住自己的笑意，“我爸妈很随和，不要紧张。”

“他们平时喜欢做些什么？”他目不斜视地开车，又问。

“我妈妈喜欢看电视，我爸喜欢养花。”唐思晨不假思索，“他们性子都很好相处的。”

小城的道路自然不如大都市宽阔，却是自己从小走到大的，闭着眼睛都能知道方向，唐思晨提醒他，“往右。”

车子停在小区门口，唐思晨先下车，忽然看到走在自己身前的两个人影。她有些惊喜，大喊了一声：“老爸，老妈！”

前面的两个人回过头来，见到女儿，一脸惊喜，“不是说傍晚才回来吗？”

唐妈妈手里提了大包小包的东西，唐爸爸抱着一个看上去很重的花盆。

徐泊原刚从车上下来，二话不说走到唐爸爸身前，俯身说：“叔叔，我来吧。”

“这个……”唐爸爸眯起眼睛打量他，又看看女儿，“你是晨晨的朋友？”

唐思晨接过妈妈手里的袋子，有些脸红，“老爸，你让他搬吧。他是我朋友。”

花盆倒还好，可里边还装着泥土，还有一株看不出是什么植物的小苗，因此分量不轻。徐泊原搬到阳台上，身上一件浅蓝的衬衫已经扑满了灰。

唐妈妈给他端了杯新茶，笑眯眯地说：“去洗洗手吧，来吃水果。”

徐泊原说了句“谢谢”，他知道唐妈妈已经悄悄打量自己很多眼了，这种审视的目光让他觉得紧张，甚至比在工作的时候还紧张。他坐下来，双手接过茶，忽然觉得忘了什么东西。

果然。

“思晨，我把礼物忘在车上了。”

“来家里玩玩，带礼物干什么？”唐妈妈将洗切干净的果盘放在茶几上，笑着说，“晨晨，过来吃水果。”

唐思晨倒是很不客气地坐下了，拿叉子扎了一块猕猴桃递给徐泊原，“老妈，今晚吃什么？”

“还不是你最爱吃的那些？糖醋鱼，酱烧排骨。你一年回来没几次，唉……”唐妈妈叹了口气，又转向徐泊原，“你们……是同事吗？在敦煌认识的？”

徐泊原摇头，“不是。”

“那你工作在这边？”徐妈妈有些怀疑地看了他一眼。

“他自己开公司，做电子产品的。”唐思晨抢着说，“我们在这里认识的。”

唐妈妈“哦”了一声，不说话了。

唐思晨拉着徐泊原起来，“走，我带你去看看我的房间。”

唐思晨的房间不大，进屋的一堵墙做成了书架，满满都是书。他随手抽了一本《美术史》，上边密密麻麻地做了许多笔记。书架的下排，全是奖状。“全国书画比赛少儿组一等奖”、“文岛市迎六一少年书画比赛特别奖”……而她的画具则整整齐齐地码在桌下，并没有积灰，想来是父母经常会清扫。

徐泊原细细地看一张照片，忍不住微笑，“这是小学的时候？”

唐思晨却仿佛没听见，看着自己床上刚换好的床单，怔怔地说：“徐泊原，你会不会觉得……我很任性？”

他微扬了眉梢。

“从小我就喜欢画画，请老师私教，后来读艺术系，这些开销，都不便宜。可是我爸妈从来没阻止过我。哪怕我要去敦煌工作，哪怕后来出了车祸，他们从来都是支持我的。”她在床边坐下，无意识地去抚平床单上的折痕，“我是不是很自私？”

徐泊原在她身边，伸手揽过她的肩膀，静静地说：“思晨，叔叔阿姨希望你幸福。如果……你能幸福，就不任性，也不自私。”

他总是能将一切话都说得这样有道理，唐思晨忍不住想，这样的诡辩，听起来可真有道理。

“丫头，还有件事。”徐泊原若有所思，“你妈妈，好像对我有点不放心。”

“啊？”唐思晨有些惊讶，她怎么没看出来？

“她问起我工作的时候，大概是觉得异地会有问题吧。”徐泊原淡淡地说。

唐思晨抿了抿唇，她确实从未和徐泊原提起过将来工作的问题。当初……难道不就是这个问题，才让自己和乔远川分手的吗？她饶有兴趣地看着他，想知道他会说些什么。

可是徐泊原什么都没说，只是握了握她的手，温和地说：“不过没关系，我会解决的。”

晚饭的时候，唐妈妈果然还是提起了这件事。

“小徐，晨晨的工作关系还保留着，是在甘肃，这你知道吗？”

唐思晨闷头吃饭。

“我知道。”徐泊原镇定自若地说，“我陪她去过一次。”

“那么，以后……”唐妈妈欲言又止。

“阿姨，我和思晨在一起，已经很慎重地考虑过这个问题。她毕业后想要回去工作，我会尊重她自己的意见。毕竟现在的交通很方便。如果将来她要回来，我也觉得很好。我想地域问题，并不重要。”他说得很慢，却又很清晰，“思晨对自己的事业很重视，我并不希望她放弃自己喜欢的东西。”

唐爸爸给女儿夹了块排骨，又看了徐泊原一眼，目光中似乎有些赞许，“先吃饭吧。”

晚饭后又看了会儿新闻，唐思晨站起来说：“我送他去酒店。”

唐妈妈有些不乐意，“干吗住酒店？我们家不是还有间客房吗？”

唐思晨看了徐泊原一眼，正要替他拒绝，徐泊原却抢在前面，很有礼貌地说：“阿姨，这样不会麻烦吗？”

“不麻烦不麻烦。”唐妈妈喜滋滋地说，“家里多个人，热闹些好。”

妈妈很喜欢他。唐思晨又看了眼爸爸，他却站起来，对徐泊原说："小徐，我们去小区里的公园散散步吧？"

徐泊原十分顺从地站起来，"好。"

看着他们出门，唐思晨觉得有些茫然，只听到妈妈说："你爸爸想和他谈谈吧，没事。"

唐思晨喝了口水，"哦"了一声。

唐妈妈又问了些情况，一个多小时后，两个男人才从外边回来。

大约是真的谈笑风生，唐思晨从没见过老爸笑得这样开心……一点都没有身为长辈的矜持。她在心里默念着，直到唐爸爸说："晨晨，爸爸和你说点事。"

与徐泊原擦肩而过的时候，他悄悄拽了拽她的手，唐思晨疑惑地看他一眼，却见他笑得像孩子一样，比着口型，无声地说："搞定了。"

没想到唐爸爸的第一句话就是，"晨晨，小徐比你大五岁，待人接物比你老到得多，你和他在一起，我很放心。"

意料之中的结果，唐思晨"嗯"了一声。

"他的工作、家庭我也了解了。其实爸爸并没有希望你找一个家境太好的男朋友。"唐爸爸顿了顿，或许是觉得"太好"这个词依然不够形容徐泊原，又说，"可是小徐很沉稳，看得出来，对你也很上心，爸爸也就不说什么了。"

"晨晨，你从小到大，爸爸妈妈很少干涉你的决定。你要学画，我们送你去学画；你要去敦煌，我们也不反对；出车祸之后，爸爸曾经很担心你一蹶不振，可是你依然很努力——这些我都很为你骄傲。至于家里，我们老两口一起，也不需要你有负担。但是你记住，我们这样做，是因为你是我们女儿，我们可以无条件地对你好。但是别人不一样，他们没有义务，也没有责任无条件地付出。你不能只想着自己，也要考虑对方的付出。"唐爸爸叹了口气，"别的我不多说了，你自己好好想想。"

唐思晨怔怔地看着父亲，她知道父亲说得没错。是啊……别人没有义务，也没有责任为自己的梦想和坚持埋单。可是她和乔远川明白这个道理的时候，彼此间已经物是人非了。

回到文岛已经是三天以后了。

唐思晨搬回宿舍，又接到了单位的电话，希望她暑假能回去继续敦煌莫高窟仿制窟的工作。她自然是答应了下来，又拨电话给徐泊原。

这段时间DAB推出了新一季的产品，徐泊原工作很忙，她几次都打不通，直到深夜，他才拨回来，声音听上去很疲倦。

“你很累吗？”唐思晨有些担心，“是不是又喝酒了？”

“嗯。”他忽然笑，“我想吃阿姨做的排骨了。”

“我妈很乐意做给你吃。”唐思晨有些得意，“下次吧。”

“有什么事吗？是想我了？”徐泊原的声音有几分试探，似乎还有些期待。

唐思晨有些犹豫，可到底还是说：“我想告诉你件事，月底我这边课程结束，可能就要回敦煌。”

他波澜不惊地“哦”了一声，旋即有些抱歉地说：“月底……我好像要出差，不能陪你过去了。”

唐思晨轻轻抽了抽鼻子，“不用。”

他便低低地笑，“不要觉得难过。我记得对你的承诺，你呢？”

她也记得。

一直记得这个男人教会自己成长，教会自己面对，和再一次爱的能力。

# V

# 岁月漂洗的颜色

七月。

盛夏的敦煌。

乔远川每一次来这个地方，印象都是类似的：笔直的道路，望不到尽头的沙漠，难以克制住的情绪，和无望的等待。

司机将车停下了，他拿出手机，一个一个摁下数字。

电话是意料之中的无人接听，她在工作的时候，一定是开静音的。乔远川就靠在椅背上，静静地等了一会儿。

再响起的时候，已经是半小时以后了。

那个号码一闪一闪的，乔远川克制住内心的波澜，尽量平静地接起来。

柔和的女声，“你好，哪位？”

“是我，乔远川。”

那边停顿了一会儿，声音没有什么异样，又似乎无话可说，于是“哦”了一声。

“我就在敦煌，能见一面吗？”乔远川说出这句话的时候，心里莫名的有些紧张。

唐思晨比他想象得爽快，只犹豫了片刻，只说："我还在工作。下班可以吗？"

"你在莫高窟？"乔远川很清楚地知道她工作的地点，"我可以来看看你吗？"

"我在新建的博物馆里，就是三危山对面。你到正门来，我等你。"

敦煌博物馆就建在莫高窟的对面，沿着宕河，与三危山对峙而立。博物馆的建筑是深灰色的，并不高，仿佛是低低伏着的蝶翼，与周遭深黄干燥的砾石沙漠衬在一起，现代与永恒，有些古怪的融合，却非常妥帖。

他在门口等了一会儿，因为正值旅游旺季，游客来往不绝。乔远川在往来的人群中，依然能一眼认出那个身影，穿着深蓝色的工装工作服，头发束在脑后，素面朝天。

他向她招招手。

唐思晨在检票口和同事说了几句话，便出来了。她的表情有些惊讶，可是却很好地收敛起来，只是有些局促地拿手背擦了擦脸颊，"你……怎么来了这里？"

"工程结束了。"他简单地说，"几个同事说要来这里转转，就陪他们一起来了。"

他穿得很随便，T恤和牛仔裤，很轻松的样子。在学校的时候，一直有人说他穿T恤很好看，可是这次唐思晨上下打量他，却觉得他瘦了很多，以往合身的T恤只松松垮垮地挂在身上。

"乔远川……你好像瘦了。"她皱了皱眉，"是你身体还没有好？还是吃不惯西北的东西？"

乔远川倒无所谓地笑了笑，"是吗？可能压力太大了。"

她沉默了一会儿，似乎不知道说什么。乔远川侧身看了看光线幽暗的博物馆，慢慢地说："带我去看看你工作的地方吧？"

"哦，好。"

他们就这样一前一后地走着，偶尔交谈，偶尔沉默。这种感觉很奇怪，仿佛是极好的朋友，因为失去了联系，再见面时，彼此已经陌生了，于是小心翼翼地寻些安全的话题，说不出话的时候，便尴尬地相视一笑。

唐思晨心中并不确定他为什么来找自己。是来这里缅怀旧情，还是来挽回？可看他的表情，却又不像，或许……真的只是陪着朋友过来吧。想到这里，她便放松了一些，领他走进还在施工中的57窟，“我在这里工作。不过下班还有一会儿。”

“没关系，我随便看看。”乔远川的语气异常温和，他看上去对眼前的一切都很感兴趣，指着层次分明的墙壁说，“这些是什么？”

唐思晨很高兴，此刻终于能找到一个安全、却又可以继续的话题。

“敦煌的壁画是要分层的。第一层是粗泥，你看，就是这些颗粒大的；第二层是细泥。”她指了指工作人员，“他们还要用工具将墙面压平直到匀净，再喷水，防止干裂，最后抹上灰浆。我们才能开始动笔仿制。”

她讲解得很认真，乔远川双手插在裤兜里，似乎也听得津津有味。

“那你需要做些什么？”

唐思晨笑了笑，从桌上拿了张画纸，展开给他看。

“很多美女。”乔远川评价。

唐思晨莞尔，“这个窟的别名就是美人窟。你看她们的眼睛，矜持、娇媚，却又这样若不经意。”

他一直俯身看着，听到这句话，却下意识地抬头看她，眼神比之前的更用心，“还有呢？”

唐思晨怔了怔，没有接口。

他却笑了，“糖糖，不要怕我，我真的只是随便来逛逛的，想找你一起聊聊天。”

唐思晨只是皱眉，“乔远川……你怎么了？”

他的眸子很黑很亮，或许是因为最近消瘦的原因，五官与轮廓更加立体，修长的手指摁在画卷上，答非所问，“你呢，你做些什么？”

“我……给这里的雕塑敷色。”唐思晨压下满腹疑虑，见他若无其事的样子，又不能再追问下去，只能说，“你看这里，这里的两颊、下颌，都要用红色晕开。苏教授最近根据古卷，重新找回了天竺遗法的技法。我们先在这一窟试验。”

“可以画画了？”他低头看看她的手，摁在画卷上的手指轻轻动了动，像是想靠近，却又止住了动作，微笑起来，“恭喜你。”

“太精细的还不行。还是会抖。”唐思晨抿了抿唇，心下微微觉得有些酸涩，“可是粗线条的……可以试试。”

他依然“嗯”了一声，“总有一天会好的。”

这句话的语气有些异样，可是具体哪里奇怪，唐思晨却说不出来，她只是低头，手中的画笔蘸了颜料，“那我继续工作了。”

“好。我随便出去转转。一会儿再来这里找你。”

“你拿着我的工作牌吧。”唐思晨想了想，想要把工作证从脖子里摘下来，却又因为沾了一手的油彩，有些不便。

他靠过来，十分自然地伸手过去，“我来。”

他的手指擦过她想要慌忙躲避的右手，两个人都僵硬了一下。

他们不约而同地想起了几年前，她在画室，脖子里挂着校园卡，又支使他去食堂打饭。总是这样，她低下头，他就伸手摘下来，然后问：“老三样？”

画室外阳光落进来，她眉眼弯弯地笑，“老三样，快点，我好饿。”

唐思晨最先回过神，他的气息拂过自己的头顶，让她觉得微痒，又觉得尴尬，于是低下头说：“你摘吧。”乔远川便笑了笑，拿下来，很快出去了。

唐思晨定了定神，努力将注意力放在眼前的工作上。只画下第一笔，忽然又有些慌乱。

徐泊原知不知道乔远川来找自己？她要不要告诉他……她放下画笔，想要拿出手机，却只能对着一手油彩苦笑。

乔远川并没有离开。他只是站在这个半成品的洞窟外，倚着大理石栏柱，静静地看着这一切。

直到此刻，他才觉得他们在一起的时间这样少，他不知道她工作的环境，不知道她工作的内容，不知道她工作时习惯性的动作……

数米远的地方，他看到她用手背将落下的发丝拨回脑后，下笔前用力抿了抿唇，画完数笔，又将调色盘凑近冷光灯，仔细地对比，一丝不苟。

以前有那样多的时间，为什么不去发现这些？又为什么要将时间用在争吵上，用在逼迫上，用在让她难过上？

那样爱她，为什么不去包容她？却又孩子气地找别的女人，一步步将她推到别人的怀抱？

他低头看看时间，正一分一秒地流逝，他还能这样看着她多久？黑暗中，乔远川无意识地握紧了拳，难以遏制地，被后悔淹没得难以呼吸。

“乔远川？”唐思晨换回衣服回来，见他站在不远的地方，“你转完了吗？”

乔远川微微蹙眉，眼前的景象原本慢慢模糊，却又因为她的声音而渐渐清晰，“转完了，怕打扰你，就没叫你。”

唐思晨“嗯”了一声，“今天早点下班，一起去吃饭吧？要叫上你的朋友吗？”

他将手中的工作卡还给她，若无其事地说：“不用了。你想吃什么？烧烤？”

她看着他，沉默了许久。

“怎么了？”他柔声问她。

“为什么骗我？你一个人来的，不是为了陪朋友。”她淡淡地说，他们相处太久，彼此间的小习惯，早已了若指掌。

乔远川脸上的笑容慢慢收敛了，有一瞬间的不知所措。

他不说，她便不走，于是静默地对峙，谁都不知道该说些什么。

过了很久，唐思晨拿出了电话，“你不说也行。但我要和徐泊原说一声——”

他静静地伸出手，握住她的手腕，声音微哑，“请你……不要这样做。”

说这句话的时候，又涩又苦，他直直地看着她，毫不避讳眼中的伤痛，“糖糖，我不是来这里要你原谅我，也不是来纠缠你——我只是请你，陪我这两天，好吗？”

他的语气隐忍而克制，幽暗的灯光下，脸颊微微凹陷，脸色苍白却英俊，神情带着几分难以察觉的脆弱，像是走投无路的困兽……可是眼神，又这样温柔深邃。

唐思晨猝然低头，他的手冰凉，手背上是狰狞的伤疤，像是彼此过往的见证。她深呼吸，眼眶有些不争气地酸涩起来，“为什么？”

“因为……因为我要离开了啊。”他故作轻松地说，“公司下个十年的战略会重点在欧洲发展。我来这里……给自己做个了断。”

她依然没有抬头，握着手机的手却在轻颤。

“只要两天，我们像在学校那样，好不好？”他一字一句地说，隐隐带了祈求，“我向你发誓，以后，再也不会打搅你了。”

她知道这个理由多么荒谬，她知道理智上自己该拒绝，可是最终脱口而出的，却是自己也难以控制的三个字，“好……两天。”

乔远川像个孩子一样笑了起来，像是一下子抛下了所有的顾虑，“你想吃什么？”

唐思晨努力想要像他那样快活起来，于是弯起眼角说：“老地方？”

他有些怀念，又有些怅然，“好。老地方。”

和大多数游客去沙洲市场不同，他们去的，是真正敦煌人爱去的一家烧烤店，马尕子烧烤。

因为下班时间早，唐思晨并没有等到员工班车，于是和乔远川一道去坐公交。经过莫高窟边的小邮局，乔远川忽然想起了什么，停下脚步，“荟文让我给她寄一张明信片。”

“好，我等你。”她便站在遮阳伞下，看着他的背影，走进那间邮局。

背影依然高瘦挺拔，步履沉稳，可是唐思晨莫名觉得有些不安——她实在看不出，也猜不出，他心里在想些什么。她认识他这么多年，见过他沉着、深情、愤怒、暴躁……可他的眼神，却从未像今天那样平静——那种平静仿佛掩饰起了什么，隐隐让她觉得心惊。

他很快出来了，神色轻松，唇角含着笑意，“走吧。”

晃晃悠悠地坐着公交，乔远川竟然认出来，那售票大叔还是几年前那位。那时他丢了钱包，是这位大叔拾到了，千方百计送回来，还坚决不肯收下他的酬谢。

“你说……他还认得我吗？”乔远川若有所思。

“哎，是你们啊！”大叔走过来，买完票，一拍脑袋想起来，“我记得你！”

乔远川亦笑得开心，“大叔，上班哪？”

“是啊是啊，还有两年退休。”大叔呵呵地乐，“好几年了，没碰到你。你这小媳妇倒是常来坐我的车。”

唐思晨依然微笑着，却转过了头，望向窗外无边的沙漠，烈日暴晒，枯寂得可怕。

“是啊。”乔远川脸色不变，依然和大叔闲聊，直到敦煌市区，才和大叔道别。

两个人晃荡着走进了马尕子烤肉店。这家店是出了名的人多店小，这样热的天气，只有电扇呼呼地扇着，却依然熟客满座。

唐思晨拿起破破烂烂的菜单，点了五香驴肉、羊羔肉和几十串烤肉，又问乔远川：“你喝扎啤还是杏皮水？”

“烤肉当然是配扎啤。”乔远川眉头都不皱，“老板，两杯扎啤。”

最先上的是冰镇扎啤，杯壁上全是细细密密的水珠，轻轻触碰一下，就化成一道道水痕，纷乱地滑下来。

唐思晨喝了一大口，口感是轻微的苦涩，却又酣畅淋漓。她看着他二话不说地灌下半杯，突然记起来，“你的胃不好，喝冰镇的东西没关系吗？”

“难得啊。以后想喝，都没有机会了吧。”乔远川轻轻咳嗽了一声，“没关系。”

店主又送来大把大把的烤肉，滋滋地冒着油，上边撒了大把大把的辣子和孜然，香味钻到鼻下，就让人食指大动。

乔远川并不急着吃，却只怅然望着这大份的美食，“你知道吗？后来我去了很多地方，却始终找不到比这里更好吃的烤肉了。”

唐思晨便拣了最肥的一串递给他，“那么多吃点。”

他们默默吃着，直到桌上一片狼藉，却异常有默契地同时抬起头，“吃饱了吗？”

看到彼此眼中的笑意，乔远川叫来老板，“还要五十串。再来两杯扎啤。”

当扎啤喝到还剩最后一口的时候，他忽然举杯说：“糖糖，我敬你。”

“敬我什么？”她微歪了头，脸蛋红扑扑的。

“敬你……”乔远川垂眸想了一会儿，却又抬头淡笑，“谢谢你。”

她莞尔，却没有追问，晃了晃杯子里的液体，与他碰了一下，“那我也敬你……前途不可限量好了。”

乔远川深深地看她，轻轻笑了声，“好。”

这一顿，从五点吃到七点，因为吃了近百串烤肉，一低头就能看到微微凸起的小腹，唐思晨觉得自己微醉了，“很久没有吃得这么爽快了。”

乔远川也点头，“我们去消食？”

“呃，去哪里？”

“骑骆驼。”乔远川仔细看了公交车的站牌，语气中有些不可思议，“现在想起来，我来了这么多次敦煌，竟然一次也没去过鸣沙山。”

西北的夏天，直到九点多才会天黑。唐思晨看看时间，这个时间去鸣沙山，再好不过了，既不热，又不大晒。

“也好，那我们走吧。”她二话不说，拉着他跳上公交车。

买票进门，驼队就在门口附近候着，他们一走进，就有工作人员招呼，“骑骆驼吗？六十元一位。”

乔远川走近骆驼，那家伙也傻傻地回视自己，味道不好闻，长得……还真丑。

“两位。”

“行。你们再等等，凑成了一队我们出发。”

乔远川却说：“我们不想和别人在一起，就两位。”

那工作人员愣了愣，“那价格贵些。”

他并不在意，“好。”

唐思晨一直默默地看着，并没有阻止他。

有人从那长长的驼队中解下了两匹，请他们骑上去。

“你骑过吗？”唐思晨打量他，“要不你骑前面那匹？那匹看起来比较乖。”

“你坐前面。”他淡淡地坚持，径直站在后面那匹骆驼身边。光线将他的身影拉得很长很长，落在金黄的沙粒上，却又那样清晰，唐思晨忍不住回头去看他，可他逆光站着，叫人看不清表情。

骆驼乖乖地趴下了，她没有再细想，跨坐在驼峰中间。工作人员吆喝了一声，两匹骆驼便循着之前的蹄印，慢悠悠地往前走了。

沙山的阳面阴面，以一种锋锐的姿态被光线分割，线条完整而光滑。

驼铃声悠扬，乔远川握着缰绳，静默地看着唐思晨的背影。

她穿着白色的T恤，腰肢纤细，长发束在脑后，因为骆驼一颠一颠，那些发丝也随之飞扬。她此刻的表情是什么样的呢？会不会在微笑？他忽然后悔……为什么以前他没有和她一道来这里，那个时候明明有很多时间，他们甚至不用骑骆驼，可以手牵着手，在这沙漠上一道看日出日落，直到地久天长。

唐思晨忽然回头，大声地对他喊话：“乔远川，看那边！”

他便微笑着，顺着她指的方向望过去。

那是一泊明净的湖水，仿佛是美人的眉眼，又像是天边的弯月，虽然被周围的层层沙山裹住了，却依然神奇地存在，温婉明净。

“月牙泉？”他伸手，按住胃部的地方，不动声色地回应她。

“是啊。漂亮吗？”唐思晨的眉眼飞扬，“我们下去看看吧？”

隔了很久，他答应她，“好。”

他爬下驼峰的时候，动作有些笨拙，仿佛是害怕。这让唐思晨觉得有趣，抿唇在一旁笑着，“原来你怕骆驼。”

他笑了笑，英俊的脸上泛起了淡淡的红色，却不置可否，“走吧。”

沙子是滚烫的，最开始他们并行，渐渐地，乔远川却落到后面去了。唐思晨放慢脚步，停下来等他，“沙漠里走路很累吧？习惯了就好了。”

他笑了笑，不知道为什么，笑容有几分苍白。

“我们去那里坐坐。”她指指不远处的石凳，大约也察觉出了他的脸色不大好，“你不舒服吗？”

“没有。”他却否认，加快了脚步，“我只是觉得热。”

坐下之后，唐思晨掬起一把沙子，握紧，看着它们慢慢地自指尖滑落，边玩边说：“你相信奇迹吗？”

“什么奇迹？”

“是同事告诉我的。”唐思晨微微抬起脸，望向远处明湛的天空，“她说敦煌往西，有一块雅丹地貌，是很大片的戈壁。去年社科院的一支语言考察项目组曾经深入进去。然后一个女队员就迷路了。”

暮色中，她的侧脸柔和，而话语温软，乔远川微笑着追问：“然后呢？”

“失踪了三天，就快过了国际上公认的生存期了。可她的未婚夫追了过来，一个人去找她。”唐思晨歪着头，轻轻地说，“后来救援组还是找到了他们。那个男人为了救未婚妻，自己被埋在了土层里，还被毒蛇咬伤，昏迷不醒。”

“后来呢？他没事了？”

“是啊。据说那人被挖出来的时候，所有人都觉得他一定会死了，因为西北没有那种毒蛇的抗体血清。”唐思晨轻轻喟叹了一句，“可他活下来了。所有人都说，那是个奇迹。”

乔远川轻轻笑出声来，伸手摸了摸她的头发，“是啊，真是奇迹。”

“你相信？”她转过头，定定地看着他。

“既然是真的，为什么不相信？”乔远川轻轻地叹息，语气隐忍而眷恋。

“嗯，我也相信。”唐思晨想了很久，也轻轻地说。

他们就这样静静地坐着，等待着大漠落日。唐思晨包里的手机忽然响起来，她看了看号码，接起来，“老妈。”

电话那边不知说了什么，唐思晨的声音忽然低了下来，“真的吗？爸爸说什么了？”

又低低说了几句话，她挂了电话，看到乔远川的目光，勉强笑笑，“为什么这样看着我？”

“你带着阿原回家了，是吗？”他移开目光，装作不在意地说。

唐思晨沉默了一会儿，“是啊。我爸妈很喜欢他。”

“真可惜。”他眼中的黯淡一闪而逝，却很快微笑，“没机会见见叔叔阿姨。我一直在想，是怎么样的父母，才能让女儿变得这样可爱？”

唐思晨忍不住失笑，“我不可爱，你再了解不过了。”

他温柔地注视她，轻柔地拨开她被吹乱的额发，“不，是我没有珍惜。对不起。”

扎啤的酒劲直到现在才涌上来吗？唐思晨忽然觉得眼前有些模糊，她慌忙转过头，掩饰般用手去擦，可那种感觉……越擦，却越浓烈。

“你不要对我说对不起。你从来没有对不起我。我知道……你也已经做到了最好。我任性、自私、不成熟……曾经我责怪你的缺点，其实我也一样有。如果非要说对不起……那么我们谁也没欠谁。”

“这样的结局，当时我们谁都没料到吧？”乔远川忽然安静地说，目光遥遥，仿佛坠入了记忆的长河，“竟然会这样。”

“是啊。”唐思晨抚了抚耳边的乱发，低低地说，“那就这样吧，顺其自然。”

远处有人在玩滑沙。所谓滑沙，是站在沙山的顶端，坐一块光滑的木板滑下来。唐思晨眯起眼睛看了看，问他：“我以前一直以为滑沙和滑雪差不多。”

他微微笑着，“滑雪好玩吗？”

唐思晨呼吸有些轻微的急促，她凝神看着他，似乎想要知道他说出这句话的真意。

而乔远川却恍然不觉，“下次来欧洲，我们一起去滑雪。阿原滑得很好。”

她沉默了一下，只是点了点头。乔远川的视线掠到她闷闷不乐的样子，有些懊恼——既然她不想让人知道，他为什么要提起这个呢？他为什么要惹她不开心呢？

天色终于渐渐暗了下去，直到最后一丝光线收落在大漠沙尘之后，繁星杂乱，眉月渐清。

乔远川站起来，伸手给她，“落日了，回去吧。”

她犹豫了一下，纤细的手指轻轻动了动，却终究没有伸过去，只是站起来，“走吧。”

他便收回了自己的手，依然站在她身侧，微微有些失落。

这一天，或许他们是最后出这鸣沙山的两人。

夜风拂过耳旁，仿佛是谁在低声喃语，而他们不约而同地保持着沉默。

“你住哪里？”在错过了最后的公车后，唐思晨忍不住问他。

乔远川报了宾馆的名字，唐思晨又有一瞬的沉默。

她忍不住，涩声说：“其实隔壁那家条件更好一些，不会动不动断水。”

乔远川只是笑，轻轻抿着唇，没有与她争辩。

出租车先将唐思晨送回宿舍，他在她下车前，却又喊住她，“明天呢？”

她莞尔，“你还想去哪里玩？”

他坐在后座，侧影仿佛是岩刻，轮廓分明，却又隐在暗色中，叫人瞧不清神色。

“你还没带我去看过莫高窟。”

“好。”她一口答应，“明天见。”

乔远川独自回到住处，这么多年过去，依然是这个房间，像是一切陈列都没有变过，只是那些家具都老旧了。

他坐在床上，手指轻轻拂过雪白的床单。是在这里……她因为断水而幸灾乐祸，笨笨地去提热水，又被逼着给自己洗头，一幕幕闪过，清晰得不可思议。而他……也是在这里，彻底地拥有她。

隔了这么多年，他只能辗转回来这里，希冀一丝并不存在的温暖。这一晚，乔远川只是靠在床头，未曾闭上眼睛。

而唐思晨住在宿舍，也睡得很糟糕，忽冷忽热，又噩梦连连。愈是这样，醒来的时候就愈晚。唐思晨最后惊醒着坐起来，抹去满头的汗，看了看时间，竟然已经九点多。

她连忙打开手机，只有一条短信跳出来，“起床了打电话给我。”

看看时间，是两小时前。

她忙拨回去，只等了片刻，乔远川已经接起来，“起床了？”

“我马上来找你。”

“不用，你慢慢来。”他并不急，“我的飞机是下午，来得及。”

唐思晨放下心，洗漱完，急急忙忙地下楼。

宿舍楼下是一大片灌木丛，唐思晨却忽然停住了脚步。乔远川靠着一辆黑色的越野车，他侧对着自己，静静地站着，像是石刻一般，一动不动，仿佛已经等了很久很久。

他真的瘦了，穿着一件浅灰色衬衣，却仿佛只有骨架撑着，从唐思晨这个角度望过去，脸颊凹陷得更厉害。

这样孤寂的画面，只有他指尖的烟是生动的，唐思晨忽然一阵怆然，再也提不起勇气靠近。

乔远川却轻易地发现了她，转身轻轻一笑，“下来了？”

“你等了很久？为什么不敲门来找我？”她抬头看着他。

“我不知道你是不是换了宿舍。”他的视线这样平静，回答得波澜不惊。

“没换。”唐思晨抿了抿唇，拉开车门，“我们走吧。”

刚坐上车，徐泊原的电话打过来，每天这个时候，他都会准时打过来。

唐思晨没有看乔远川，捏着振动的手机，只觉得自己有些发抖。

他依然深深地看着她，微笑着说：“阿原的电话？你接吧。”说完大约是怕她尴尬，自己便下车了。

手指摁下通话键的时候，竟然轻轻地一抖。唐思晨努力让声音听起来轻松一些，“你昨天去了我家？”

“是啊，和叔叔约好去钓鱼。”徐泊原的心情似乎不错，“他比我厉害。”

“你也有输的时候？”

他忽然不说话了，良久，低低地说：“我有三十五天没有见到你了。”

“彼此彼此。”

他有些不满，“唐思晨，你听起来很心不在焉。”

隔着玻璃，唐思晨看着乔远川的背影，却什么都说不出来。

他终于还是妥协，“好了，后天的会开完，我就来找你。”

“嗯。”唐思晨挂电话之前，忽然又喊住他，“阿原……”

“嗯？”

“我很累……”她低低地重复，“我很累。”

徐泊原静默了片刻，才说：“发生什么事了？”

她的鼻子发酸，目光依然停留在乔远川手指间那根烟上，隔了很久才说：“没什么。”

挂了电话之后许久，乔远川才坐回车里，若无其事地递给她一个肉夹馍，“吃过早饭了吗？”

是她喜欢的那家店买的，只是已经微凉，唐思晨接过来，低低地说了句“谢谢”。

他侧身看着她，看她小口小口地吃着，表情有些无奈，更多的却是关心，只是语气却渐渐严厉，“以后记得吃早饭，这个习惯你要我说几遍？”

“哦。”她知道理亏，点头答应。

他等她吃完，又递给她纸巾。唐思晨胡乱擦了擦，他摇摇头，顺手又抽了一张出来，自然而然地替她擦拭下巴。

唐思晨没有闪避，却只是呆呆地看着他伸过手来。

他很快也察觉到了不妥，甚至没有擦干净，就收了回来，沉声说：“你自己擦。”

她默默地擦了擦，掌心中那张纸被捏得皱成一团。

乔远川沉默着发动汽车，而她为了掩饰尴尬，随口找了话题说：“你和林小姐是怎么认识的？”

“工作上认识的。”他有问必答，淡淡地说。

“哦。”唐思晨讷讷地说，“真巧。”

乔远川横看她一眼，重复了一遍，“真巧？工作上认识有什么巧的？”

她语塞，纸团在掌心搓来搓去，半晌才说：“我是说，她是你师妹……”

他踩了个刹车，极深极深地看着她。唐思晨忽然意识到自己说得并不确切，尴尬得脸颊微红。

他终于还是无奈地笑了笑，“手里的纸团扔了吧，别捏来捏去了。”

他们没有再说什么，车子一路开到莫高窟，唐思晨跳下车，“我带你看特窟。”

“特窟？”

“特窟就是你花钱也看不到的窟龛。”唐思晨眨眨眼睛，“一般人要所长的批条才能看呢。”

“从第一个开始看起？”

“不。”唐思晨纠正他，“我带你看真正值得看的。”

这一日是周日，游客们被导游带着，从一个指定窟走向另一个，人群拥挤在栈道上，而他们却挑那些僻静的角落，唐思晨握着那串钥匙，一间间地打开寂静的特窟。

“57窟。还记得吗？我们昨天在仿制的那个。”唐思晨拿着手电，一圈圆润的光晕落在壁画上，果然是各式的美人，秋波暗送，笑意淡淡。而中央立着的菩萨，佛冠与璎珞上沥粉堆金，雍容尊贵。

“沥粉堆金，就是用胶和泥成为沥粉，等到沥粉干透，再贴上金箔。”唐思晨将光点在菩萨的佛冠上晃了晃，“在这里。”

时光慢慢地在这些洞窟中流过，他沉默地聆听，而她如数家珍。

“159窟，文殊赴会图。还记得媛媛的歌舞吗？那些舞姿，很多都参考了这张壁画。”她继续指给他看，“你看你看，这头狮子前，乐姬正用脚趾打节拍呢。”

果然如此。

他愈发觉得有趣，凑近了细看，却毫不留情地被唐思晨扯了扯，“别靠太近，呼吸会影响壁画。”

她情急之下，动作有些大了，乔远川被他一扯，没有站稳，重重地往她身体上靠去，两个人一起撞在保护壁画用的钢铁护栏上。

唐思晨倒吸了一口冷气，腰间痛得一时间有些回不过神。

他并不比她好多少，双眉紧紧蹙着，却下意识地伸手替她揉撞痛的那处地方，“怎么样？没事吧？”

他的力道正好，唐思晨觉得稍微好了一些，等到剧痛舒缓了一些，却蓦然发现，他的脸已经近在眼前。

呼吸交错在彼此的脸颊上，唐思晨想要退开，却又退无可退。

而他像是知道她要逃避，原本的搓揉停了下来，两只手牢牢地扣在她的腰肢上，用力将她的身体贴向自己。

手电哐啷一声，落在了地上，仿佛扬起了无数的尘埃。

温热而熟悉的气息一点点地逼近，唐思晨的脑海中一片空白，只是下意识地将手抽出来，放在两人中间，想要抵挡。

可他甚至没有在意这点单薄的阻碍，抽出一只手，毫不费力地拉下她的手臂，黑暗中，却自然而然地寻到了她的唇。

最初或许是因为她的紧张，只是浅浅地触碰了一下。她想要将头扭开，可他强硬地不许，身体已经牢牢地将她压在了那钢铁护栏上，双手便捧着她的脸颊，温柔地亲吻。

还是那样柔软，他靠得更近一些，她的睫毛便一下下地扫在自己脸上，痒得足以让他战栗。他终于渐渐失去耐心，她透不过气来，他便乘虚而入，舌尖温存而挑衅，毫不留情地辗转入侵。

唐思晨终于放弃了挣扎，她的双手软软地垂在身侧，却听见他微微离开自己的唇，低低地说：“糖糖，抱着我。”

那一刻，她想起他们第一次亲吻，他也是说：“抱着我。”不管他抱得多紧，他总是喜欢说“抱着我”，哪怕她一点点羞涩地回应，他也能欣喜上半天。

于是心软了，她的手臂浅浅环住他的腰身，明显感知他的身子轻轻颤抖了一下，旋即是更加温柔的深吻。

仿佛是在广袤的星空下，无人低语时，而佛祖的目光慈悲，他看着世人爱欲纠缠，却只拈花微笑。

他将三年的思念倾泻出来，一发而不可止，而她的理智却在慢慢恢复。

他已经订婚，她有了男友……这样终究还是不行的。

她颓然松开手，心底理智的声音越来越清晰。唇齿间的纠缠，亦渗透进冰凉的气息。

乔远川的动作终于渐渐地缓了下来，他强忍着不舍，一点点地退出呼吸间的缠绵，直到他们之间的距离变得安全。

他看着她的目光眷恋、迷离、怅然，微微喘着气说："对不起。"

唐思晨的手指痉挛着抓住自己的胸口，她不知道自己该怎么回应，于是索性快步转身离开。

洞外艳阳正烈，一时间刺激得睁不开眼睛。唐思晨无意识地用手指一下一下抚着唇，像是要努力抹去那些印记。

"对不起。糖糖。"他沉默地跟着她出来，站在她身后，声音轻轻颤抖，"是我没控制住。"

唐思晨很快地打断他，眼神已经彻底地清醒明亮，"你是几点的飞机？"

他和她并肩站着，沉默许久，语气中最后一丝眷恋褪去了，"马上就去。你送我吗？"

"嗯。"她握紧栏杆。

回到宾馆，载上司机，一路往敦煌机场直奔。

他们都没再说话，各自扭头，看着车窗外的风景，仿佛那是一切。

到了机场，司机搬出了行李，而乔远川吩咐他，"你待会儿送唐小姐回去。"

唐思晨跟在他的身后，他像很多年以前一样，在夏天，穿着T恤板鞋来看她，然后她送他去机场，一路上他们都因为即将到来的分离而沉默。

可这是真正的，最后一次了。

乔远川在安检前，转过身，定定站在她的面前。

时光没有烙下任何的印记，他的眉眼依旧英俊，而薄唇紧紧抿成一条线，语气低沉，“糖糖，还有一些话，我一直来不及告诉你。”

“你说。”

“阿原虽然是我舅舅，可我们从小一起长大，感情和兄弟差不多。我了解他，他不会在乎别人的眼光，也会把你照顾得很好，所以你自己心里，不要因为我而有负担。”他顿了顿，神情有些凄然，“假如我的存在……只是为了让你们相遇，我也很高兴……是他继续爱你。”

唐思晨的身子轻轻一颤，这是骄傲如乔远川说出的话吗？

而他仿佛看出她的疑惑，很轻柔地抬起她的下颌，“以后见面——如果我们还会见面的话，我大概会喊你小舅妈了。你也不要尴尬，不要躲避，好吗？我想看到你坦然放松地活着，我也希望……这世界上没有会令你觉得不安的东西。”

“乔远川……你怎么了？”她忽然疑惑起来，“你为什么这样和我说话？”

他眉宇轻轻一皱，很快却又松开，笑了笑说：“因为我马上要离开你了啊，真的如你所愿那样离开你。不会再纠缠你——我说话算话。”

她愣愣地看着他，双手握拳，又再放开，“你不回来了吗？”

他却不回答，低头凝视她良久，字斟句酌地开口，“糖糖，我还想问你一个问题……”

她看着他。

这一次，乔远川踌躇了很久，却只是一笑，“算了，问了也没有意义。”

她的眉尖蹙了蹙，隐约知道他要问的是什么，却同他一样，所有的无奈与感慨，最后却只能怅然一笑。

机场的广播开始催促游客登机。

乔远川的唇角弯得很深，眸色亮得不可思议，紧紧地盯着她，这样短暂而又漫长的一瞬，他要将这一刻的她烙在脑海深处。

“最后，再让我抱抱你，好吗？”

唐思晨被他拉进怀里，这个怀抱依然温暖，却也消瘦了许多。

如同刚才在洞窟里一样，他将她抱得越来越紧，几乎勒得她不能呼吸，而她只是将脸埋在他胸口，有些咸涩的液体慢慢地渗透进了布料中，她喃喃地说："你要保重身体。"

乔远川的十指插在她的发丝间，俯下身，在她耳边轻轻说了最后一句话：

"我真庆幸，我曾经挂了一次课，却认识了你。"

最后一丝的声音逸散在空气中，他决然放开她，转身离开，不再犹豫，亦不复眷恋。

唐思晨站在原地，看着他的背影在等待候机的人群中前移，却什么也说不出来，只有泪水无声地肆虐。

就放纵自己这样一次，看着这个男人离开吧……真正地，在自己的生命中离开。她站了很久很久，她也知道自己的手机在响，可却舍不得移开目光，直到周围有人提醒她，"小姐，你的手机响了很久了。"

她看了看那串陌生的号码，接起来，是个女人的声音。

徐泊丽，乔远川的母亲。

"是唐思晨吗？"电话那边的声音满满的，全是焦虑，她难以想象那样一个优雅的女人，会因为什么而惊慌至此。

"是我。"唐思晨努力让自己的声音听起来自然一些。

"远川去找过你吗？"

唐思晨一怔，这个反应让对方尖叫起来，"他还在你那边，是不是？"

"伯母……"

"请你一定要留住他好吗？"因为激动，徐泊丽的声音开始颤抖，语无伦次地重复，"唐小姐，请你一定要留住他，请他配合治疗，好吗？"

"什么治疗？"

"他是胃癌晚期，已经开始扩散了，可是他一直瞒着所有的人。"电话那边嘤嘤地开始哭泣，"请你留住他，劝劝他好吗？"

从指尖开始，每一寸肌肤都开始变得冰冷，手机啪的一声掉在地上，强烈的不安得到了证实，唐思晨忽然明白了。

他祈求她陪自己两天，他说他再也不会回来，他最后……果断地放手。

泪水刹那间汹涌而出，唐思晨不顾一切往前跑去，他怎么能就这样走了？他拥有了这两天，就心满意足了吗？

“乔远川！”隔了那么多人，她拼命叫他，旁人的目光有多诧异，她一点都没在意，一心一意，她希望他能听到。

可是终究差了那么一步，她没有挽留住他，眼睁睁地看着他走进去了——

“乔远川……”浑身都失却了力气，唐思晨软软地倒在地上，最后一次喊他的名字，也希望他能回头。

泪眼迷蒙间，似乎见到乔远川的背影停留了一瞬，还是往前走了，再没有回头。

机场安保拦住了这个看似发疯的女人，将她拖离到安全线以外。她蓄起最后的力气拼命挣扎，“那是我朋友，你们让我去找他。”

“小姐，你再这样，我们要直接将你拉到机场外了。”安保递给她一支手机，“这是你掉的吧？”

她终于停下所有动作，只是将手机紧紧地握着，想要拨出一个号码，可是手指在颤抖，怎么也摁不到导航键。

先拨乔远川的号码，对方已经关机。

她呆坐了很久，终于想起另外一个人，拨通的时候，唐思晨失态地坐在地上，对着电话那头，放声大哭。

“丫头，怎么了？”

以前徐泊原的声音可以让她安静下来，可这次不行，她几乎耗尽了全身的意志力，才断续地说：“乔远川——他，他快要死了吗？可我眼睁睁地看着他走了……我留不住他……”

她依然望着那扇门，眼泪肆虐，却又留着最后的期冀——希望他能心软，希望他转身回来。

可是过了很久很久，终究没有那个人走出来，笑着唤她一声“糖糖”。

徐泊原赶到敦煌的时候，已经是第二日的中午了。

昨天在机场，那样喧哗的地方，冷静内敛的她，竟会那样，在很多人的围观中号啕大哭、近乎崩溃。

而现在，她正在给壁画上色，专心致志，侧脸隐在光线中，神情柔和。

“思晨……”他低声唤她名字，引得她抬起头，唯有那双微红轻肿的眼睛，大约还是泄露了蛛丝马迹。徐泊原叹了口气，走上前，将她揽紧在怀里。

“乔远川呢？找到了吗？”

“找到了。”他的语气正一点点地抚慰她，“荟文打电话来，说她会陪着他。欧洲那边也已经安排了最好的医院，他们已经过去了。”

“真的？”

“真的。”他的下巴搁在她的耳侧，闭上了眼睛，有些艰难地说，“可是远川提出了一个要求。”

“什么？”

“他说不希望有人去看他……否则，他不会配合治疗。”

唐思晨忽然想到了很久之前的自己，也是这样倔强而骄傲，不容许最爱的人见到自己跌落谷底的狼狈。

到头来，他们还是这样相似。

此刻，她伏在徐泊原的怀里，却想起乔远川离开前没有问出的那个问题。

傻瓜，你是想问我……假如你不放弃，我们是不是还有可能，对吗?

可是现在，他无法亲耳听到那个答案了。

# 尾声

两年后。

文岛市。

新闻频道。

“两年前一场舞剧《敦煌》，让敦煌热从西北延续到了东南沿海的文岛。而今天，从西北大漠中传来的好消息是，敦煌莫高窟的数字化保存，在历经二十多年之后，终于完成了。

“据悉，敦煌文物的数字化保存一直以难度高、信息量大而著称。敦煌研究院先后和十数个不同科研机构合作，均未能完成。那时仅仅是为了完成一个洞窟壁画的数字化，就需要将壁画分割成手掌大小的图片，每一块都需要重复拍摄，反复拉伸重合。这样计算，一个洞窟的复制，需要六个月时间。而两年前，DAB引用先进的保真遥感技术，解决了这个难题。”

后面还有整整半小时的专题，沙发前的男人看得津津有味。

“行了行了，你是功臣，可以了吧？”唐思晨将遥控器从他手里拿下来，“阿姨说吃饭了。”

他“嗯”了一声，眼神却未离开电视，兴致盎然地说：“马上就采访你了。”

唐思晨捂住脸，“可你也不用看三遍啊……上个电视而已。”

他扬眉，语气有几分刻意装出的不悦，“我不像你。你关心过我上电视没有？”

唐思晨不理他，一扬手将靠枕扔过去，“不吃拉倒。”

电视里的女孩子穿着粉色的开襟毛衫，或许是有几分局促的关系，并没有什么笑容，“当然，除了数字化保存外，我们还在进行临摹复制。临摹需要起稿，画线，上色，是画在纸上的，比照片更有质感和厚重感……两者是不可互相取代的……”

徐泊原站起来，悄声走到唐思晨身后，一把揽住她，“我忽然觉得很值得。”

“什么？”

“当时和敦煌研究院的合作……”他慢慢地说，“我不懂它的意义，也不懂它在人类文明史上的重要性。我只知道，有了数字保存，你不必常常离开我，哪怕在这里，也能研究你喜欢的东西。”

唐思晨微微笑了笑，“我可不是因为这个回来的。”

“是，是因为你导师的话——他说敦煌需要人走进去，也需要人走出来。”他妥协，笑着去吻她的脸颊，“婚纱去试过了吗？”

“嗯。”她点头，“下午去的。”

他笑得愈发温柔，“晚上要干什么？”

唐思晨忽然想了起来，“我要去趟学校。整理一份报告。”

海大历史学院的办公楼在夜晚总是灯火通明的。

学生们趴在地上画海报，说说笑笑，有几个见到唐思晨，便急忙让出一条路来，“唐老师。”

她笑笑便过去了。

报告就搁在办公桌上，她拿起来，匆匆往外走，徐泊原还在外面等她。

转身的时候，冷不防，一封信落在地上。

她疑惑地捡起来，看了看信封，是敦煌研究所寄来的。

拆开，里边夹着一张便条：敦煌研究院宿管科转海大历史系，唐思晨收。

竟然是信中信，想必是有人寄到了那边，那边又转了过来。

信封已经很旧了，仿佛是淋过雨，又像是被曝晒过，皱巴巴的。她先看到地址，写错了门牌，而邮戳和日期，是两年前的七月，所以辗转到现在才收到吧。

两年前的七月……唐思晨的手指难以抑制地轻轻颤抖起来。

里面是轻飘飘的一页纸。

唐思晨屏住呼吸，将目光缓缓地投向那一个个熟悉的字迹。

糖糖：

当你看到这封信的时候，大概意味着，我们没有再见的机会了吧？

你曾经撕碎过那封检讨书，我不知道这一封……会不会是一样的命运，原谅我怯懦的心思，我会故意把门牌号写错几位，然后理所当然地认为你已经收到了。

此刻我在去敦煌的飞机上，还是那个航班，相识至今，六年零八个月，我头一次带着这样的心情去见你。期待、祈求，或者恐惧，我不知道你是否会答应我。两天的时间说长不长，对我来说，却是那样奢侈。

假若你不愿意再见我，我也理解，敦煌对于我们来说，并不算是甜蜜的回忆。我只是有些后悔，在能够好好爱你的时候，我却将一切浪费在无谓的争执与彼此伤害上。

你知道吗，有一段时间，我爱你有多么深，就恨你有多么深……恨你没有告诉我真相，恨你逼得我没有退路。可是一样的事发生在自己的身上，我却选择同样这么做。糖糖，在我知道自己只剩下半年时间之前，我曾经发誓，不论做什么，也会让你回到我身边——哪怕对手是阿原，我也决不放弃。

可如今，我很庆幸，阿原认识了你，爱上了你，在将来可以照顾你。

再多的不舍和无奈，我只想告诉你，你要幸福。

哪怕那一天，我不能亲眼看到了。

乔远川

泪水毫无征兆地，扑簌簌地落下来，滢湿了那些字迹。

而她控制不住地小声抽泣，直到信封里又落出一张明信片，

她模糊的记忆里，想起一个背影，高瘦、挺拔。那时他走进邮局，笑着说：“我给荟文寄一张明信片。”

如今这张明信片捏在自己手里，没有落款，笔迹潦草，上边只有短短的一行字：

糖糖，我真的很高兴，你愿意陪我这两天。

外边是学生们的欢声笑语，青春那样让人艳羡，办公室的灯光变得忽明忽暗，她用力地抓紧了桌角，身体仿佛失去了力气，一点点地滑落下去，直到坐在了地上，双手抱住膝盖，泣不成声。

一年半了。

整整一年半了。

他固执地留在国外治疗，固执地只让一个人陪，固执地……在三个月后死去。而他的未婚妻，抱着他的骨灰回到文岛，悄然在陵园下葬。

彼时她有些茫然地站在徐泊原身边，没有哭，没有任何表情，却蓦然想起曾经的青葱岁月。她戴着假发，狼狈地赶到教室，而年轻的男孩子坐在自己身后，毫无风度地轻笑。

你一定经历过这样一个男子。

你因他大笑，

为他痛苦。

你曾以为他是你一生所系。

可最后陪你走完这一生的，

却并不是他。

【正文完】

# 番外一

## 遥向那年青春

“哥们，现在才回来，就等着你了。”罗老大拍了拍乔远川的肩膀，呵呵地笑，“走，班长请客，庆祝全奖申请成功，马上就要奔赴美帝的怀抱了！”

“好啊！”乔远川一直黑着的脸终于稍稍转晴了，“去哪里？”

罗老大十分同情地看他一眼，“又被小学妹气到了？”

他的脸色又是微微一黑，却不回答。

“你说你，快毕业了，一世英名就被这小姑娘给毁了。”罗老大十分没有眼力见儿地继续说，“这次是怎么了？”

乔远川头也不回地出了宿舍，显然没有深谈八卦的意思。

班长订的饭店是在后门，途中要经过艺术学院，他有意不去看那间熟悉的画室，不过身边的狐朋狗友却大呼小叫起来，“那不是你女朋友吗？要不要叫上一起？”

乔远川终于还是忍不住回头，唐思晨背着画具站在树荫下，低了头拨弄手机。

他下意识地看看自己的手机，隔了一会儿，一点动静都没有，而她已经在讲电话了。

他连掩饰的笑都没有了，沉声说：“你们先去，我一会儿过来。”

兄弟们都挤眉弄眼地笑，吹着口哨离开了。

“你干吗不声不响站我后面啊？”唐思晨打完电话，显然被乔远川吓了一跳。

乔远川双手抱在胸前，居高临下地看着她，“你干什么去？”

“吃饭。”她揉揉鼻子，手肘的地方还沾着油墨，好像是没有洗干净。

“和谁？”

“费祎平她们啊。”唐思晨警惕地看他一眼，“干吗？我们宿舍姐妹聚会。”

乔远川冷笑，“随口问一句，你以为我要和你一起去？”

唐思晨也不生气，“刚才对不起啊，我最讨厌别人打断我思路了，不是故意吼你的。”说完她摆摆手，十分欢快地说，“我先走了，下次见。”

她就这么没心没肺地走了，留下乔远川一个人站在原地，发脾气找不到对象，掉头就走又不甘心。

那是刚才快晚饭的时候，他去画室找她，艺术系的学生正三三两两地走出来。他只认识费祎平，就问：“唐思晨呢？”

费祎平就指了指最里边的画室，“她还在用功呢。”

他就直直走过去了，留下身后一阵窃窃私语。

落日前的阳光是最温暖最柔和的，窗外的香樟树刚刚抽出嫩芽，空气中浅浅浮动着植物的清香。

画室里只有唐思晨一个人，手里执着笔，眉心精巧地皱着，像是遇到了犹豫不决的难题。

他静静地等了一会儿，直到整幢楼人越来越少，天色亦暗下来，终于伸手将灯开了。

唐思晨被吓了一跳，直愣愣地转身，看到他，才松了口气，“你怎么来了？”

“艺术家也要吃饭。”他勾起唇角，“你不饿吗？”

她默默地又转过头去，低头看着自己的半成品，一言不发。

“喂，给你电话短信怎么都不回？”他被冷落半天，终于有些不开心。

“你自己去吃吧。”唐思晨没有回头，依然沉浸在自己的世界里，“我在这里找感觉。”

“唐思晨！”乔远川终于沉不住气，她有没有身为自己女朋友的自觉？又觉得好笑，他乔远川……竟到了追着女朋友一起吃饭的地步？

“说了我不吃！”唐思晨并没察觉到自己的声音在提高，“你自己去吧！”

说完还将他推出去，砰地把门甩上了。

她究竟知不知道什么叫作谈恋爱？

有他们这样谈恋爱的？

怒气又渐渐升起来了，他想要去追上她，只是手机响了。罗老大十分不满他的磨蹭，“你到了没？快点快点，就差你了！女朋友也一起带来！”

他只能说：“马上来。”

到了饭店包厢，他一进门，大家立刻起哄，“干什么去了？”

他二话不说，自己喝一大杯，说：“我迟到了，自罚。”

坐下来之后才发现这一桌有男有女，其中的一个……他微微有些头痛，艺术系的系花，林雯雯。因为她是罗老大的老乡，又是学妹，常常跑来一起吃饭，不过明眼人都看得出来，醉翁之意不在酒。

果然，林雯雯很快换了位置，坐到了乔远川身边。

乔远川皱了皱眉，很怕听到那句有些腻歪的“师兄”。

至于同桌的人，大都咧嘴笑着，想看一出系花力挽狂澜的好戏。说起来，也不是不可能，毕竟乔远川和唐思晨在一起，才没几天。而且看起来，他们之间也并不如何亲密。

不过这一次，林雯雯倒没有怎么表示，只是闷头喝酒，来者不拒。结束的时候，甫一站起来，就没站稳，身子一个趔趄。乔远川下意识地扶了她一把，她便紧紧抓住他的肩膀，仿佛抓到了救命稻草。

罗老大恰好回头，乔远川便用眼神示意他来解围，可惜那小子喝高了，打了个酒嗝说：“乔远川，我把学妹交给你了……送她回去啊！”说完就走了。

他们俩落在一群人后面，乔远川看见林雯雯一脸幽怨地看着自己，他看得出今天她是特意打扮的，亚麻色的长发松松坠在肩上，刘海的弧度自然柔软，眼神更是娇媚。他叹了口气，由着她抓住自己的手臂，“走吧，我送你回去。”

九点多，海大的后街正是最热闹的时候。

他们站在一起，引来很多注目。林雯雯索性已经挽着他的手臂了，乔远川觉得热，又不好意思很重地推开她，只能站得很直，想要提醒她一下，却又不知道怎么开口。

后门近在眼前了，林雯雯忽然“哎呀”了一声，他皱眉，“怎么了？”

她站着不动，脸却涨得通红，刷的极漂亮的睫毛一闪一闪的，仿佛是尴尬。

“到底怎么了？”

“我的鞋子……卡住了。”林雯雯快哭出来了，“拔不出来。”

乔远川低头，见她穿着一双足足有七八厘米高的鞋子，细细的根恰好隼在了下水道盖子的小孔上。

乔远川抿了抿唇，她穿这样短的裙子，似乎也不好蹲下去拔，只能叹口气：“你别动，我帮你拔出来。”

本想叫她先将鞋子脱掉，可那鞋子又是绑带式的，乔远川蹲下去，一手扶住她的脚踝，一手去拔那高跟。

“哎，唐思晨，你看你看！”费祎平看着不远处的两个人，大声叫自己的好朋友。

那不是自己学院的系花师姐吗？今天打扮得可真撩人啊！果然是校花，连高跟鞋绑带松了，都有帅哥愿意蹲下去替她缚好。费祎平看得津津有味的时候，那个男生站起来，唇角微勾，侧脸轮廓分明——悲剧了，是乔远川！

她下意识地去看唐思晨，唐思晨脸色铁青，似乎是要跑过去大吵一架的架势。费祎平扶额，“果然有个太拉风的男友，也不是件好事。”

“你没事吧？”

唐思晨看着自己的男朋友正温柔款款地对林雯雯说着什么，而系花满脸娇羞地点了点头。说不生气是不可能的，连脸色都狰狞了，她有冲动现在就跑过去，转念想想，这样凶悍的姿态未免落了下乘，于是拉着费祎平加快脚步说："走，我们到他们前面去。"

有意走到乔远川前面，唐思晨回头。

乔远川先是惊讶，接着波澜不惊地笑笑，"吃完了？"

她想学他的波澜不惊，不过因为杀气太浓烈而没有成功，最后狠狠瞪他一眼，意思是"你去死"，然后恼火地离开。

"你真的和她在一起吗？"将林雯雯送到楼下，乔远川听到她这样问自己。

他似乎还在回味之前那个眼神，微微笑着，"是啊。"

"那你为什么对我这么好？"林雯雯泫然欲泣的样子，十分楚楚可怜，"你知道刚才你蹲下去的时候，我心里有多高兴吗？"

乔远川叹了口气，却只是拍了拍她的肩膀，淡淡地说："那是男生应该做的。"

她怔怔看着他的背影，再也说不出话来。

唐思晨回到宿舍，气得团团转。

她太丢脸了！这个恋爱不谈也罢！

几个姐妹同情地看着她，听她碎碎念着说："我不要谈恋爱了！"

呃……费祎平说了句实话，"你谈不谈恋爱，好像也没差啊……"还不是照样三点一线，只不过偶尔多了个愿意请她吃饭的冤大头。

唐思晨狠狠瞪她一眼，这时手机嘀的一声，进来一条短信，"睡了吗？"

她毫不犹豫地回，"我不要谈恋爱了！少烦我！"

乔远川站在她的宿舍楼下，忍不住想笑，怎么连吵架的语气都这么可爱？一般人难道不会说"分手"吗？他没有蠢到主动去提起这个话题，只回了一个"哦"。

"我想了一个办法。不能就这么算了！"费祎平出了个主意，"我表弟啊，今年大一。粉粉嫩嫩的小正太一枚。我免费把他借给你一天，气死乔远川！"

唐思晨回想起他云淡风轻的表情，怀疑……他根本不会生气，她犹豫了一下，

“这不好吧？”

话音未落，那个“哦”收到了，唐思晨顿时恶向胆边生，“明天我就去扑倒小正太！”

乔远川已经大四，只有一门课，恰好是第二天的下午。唐思晨知道他一般上完课就会在一食堂吃饭，早早地就派费祎平在门口潜伏着。

寝室的二姐甚至慷慨借出了自己刚买的高跟鞋，她费力地套上了，小心翼翼地走几步，费祎平的电话就来了，“来了来了！”

飞奔出门，费祎平的表弟是在别校读书，她与他在门口会合，便大摇大摆地进去了。

小男生个头很高，只是看上去有些紧张，她挽着他的手，低声说：“别怕，我让你干什么你就干什么。”

不知道费祎平对他怎么威逼利诱了，小男生就苦着一张脸，说：“知道了。”

打好了饭，他们有意坐在最显眼的地方，费祎平传来一条短信，“他来了，在你们后面，好像在犹豫着要不要走过来。”

唐思晨哼了一声，舀了一勺饭送到小男生嘴边，“快吃。”

小男生乖乖地吃了一口。

“手伸过来。”

小男生的手果然就放在了面前，唐思晨一咬牙，拼了——把自己的手覆上，活像一对吃饭如胶似漆的小情侣。

乔远川没有走过来，她就酣畅淋漓地把戏演完了，最后吩咐小男生端着餐盘站起来，经过乔远川身边，还有意挽着小男生的手臂，惊讶地打招呼，“嗨，你也在这里？”

乔远川是真正的面色铁青，至于他身边的几个朋友，脸色变幻不定，看着唐思晨，目光极其复杂。最后还是罗老大镇定地说：“嗨，真巧。”

唐思晨拉着小正太走开，因为一雪前耻，她心情很是舒畅，全然忘了今天自己穿的是高跟鞋。走到门口的时候，biu的一声，踩在一摊菜汤上，摔倒了。

唐思晨趴在地上，揉着膝盖，痛得倒吸凉气，说不出话来。

人来人往的，小正太慌了，蹲下来连声问："你怎么样？"

她本想忍着痛站起来，可是脚腕完全使不上劲，连话都说不清楚，眼泪就扑簌簌地滚下来了——一方面是因为痛，另一方面……实在太丢脸了！

围观的人越来越多，唐思晨泪眼迷蒙地看着小正太，心想你倒是扶我起来啊。可是小正太只是一脸焦急，还时不时地看看门外，大概是希望费祎平快点赶过来。

"让开。"低沉的声音从人群里穿出来，唐思晨轻轻颤了颤，心想不活了，乔远川都过来了。

他果然拨开人群，蹲在唐思晨面前，一脸的铁青还未褪下去，沉沉地看着她。

她被他看一眼，哭得更厉害。

乔远川什么都没说，俯身抱起她，"别哭了，去医院看看。"

她听到他很轻很轻的一声叹气，于是抬起头，看到他线条流畅的下颌，和一言不发的表情。

下课的时候，这样被抱着走，注定惹来目光无数。唐思晨挣扎了一下，"我自己走。"

他看也不看她，"你再动，我就这样把你扔在地上。"

她很识相地不动了。

到了校医院，乔远川把她放在了椅子上，自己去找急诊医生，几个室友包括小正太在内，鬼鬼祟祟地跟在后面，此刻蹿上来，一副不知道该说什么的表情。

唐思晨更加觉得丢脸，又想哭出来，乔远川走过来了，冷冷地看了他们一眼。

费祎平当即说："师兄在这里啊，那我们放心了，先走了啊。"

转眼间就走得一个不剩。

他又抱起她，一言不发。

医生简单检查了下，说是没什么事，只是扭伤了，关照她好好休息。

乔远川就让她坐在走廊的长椅上，自己替她擦药膏。

脚踝的地方肿了一大块，他的动作尽量放轻了，可是唐思晨还是喊疼，他就无奈，“忍着点，真是自作自受。”

唐思晨气得很想拿脚踹他一下，又怕痛，只说：“你不是哦了吗，还来烦我干什么？”

乔远川抬头，笑眯眯看着她，“我实在不想看你在那么多人面前丢脸。”

唐思晨眼眶微红，真的不要他上药了，鞋也没穿，单脚站在地上说：“我要回去了。”

他扣住她的手腕，低声说：“坐下！”

她抬头回瞪他，一动不动。

因为已经下班，医院里就他们两个人，空气里是消毒药水的味道，他们之间却是火药味四射。

乔远川冷冷看着她，忽然扔了手里的药膏，跨上一步，双手就捧住了她的脸，重重地吻了下去。

唐思晨的眼睛一下张大了，因为太惊讶，连躲闪都忘了，就任凭他亲下来，毫无反应。只是心跳顿时快了好几倍，那种电流滑过心尖的感觉，让她觉得这样不可思议。

良久，乔远川低声说：“抱着我……”

她脑海里一片空白，乖乖地抱了他一下。他却笑了，温柔地托起她的下颌说：“以后不要这么笨了。”

“啊？”

他继续给她涂完药膏，含着笑意说：“我背你回去。”

唐思晨脸颊微红，还有些扭捏。

他欺近，“那我抱你回去？”

“呃，还是背吧……”

这个时节的海大校园，空气中飘浮着很清幽的花香，他背着她走，旁人或许是以为这是情侣间的玩闹，并没有人觉得奇怪。

“你还背过其他人吗？”

“没有。”

“如果昨天……林雯雯的脚也崴了呢？”

“那我就让她等着，去借辆车，送她到医院。”

“真的？”

他静静地回头，看到她因为紧张而皱起的眉头，很有伸出手指去抚平的冲动，“糖糖，我只背你一个人。”

唐思晨不说话了，出神地把脸颊贴在他肩胛的地方，不知在想些什么。

她的身躯这样轻，这样柔软，当他看到她的宿舍楼时，忽然有些舍不得将她放下来，于是忍不住问她：“还要不要谈恋爱了？”

唐思晨装模作样地思考了一下，凑过去，亲了他一下，笑意满满地说：“好吧，还是谈吧。”

他在她把头转开前，温柔地回吻她，喃喃地说：“现在，将来，只有你一个人。”

# 番外二

## 时光唇边的诗

林荟文是在好友的MSN签名上看到这句话的：

He is just not that into you.

翻译过来的意思是，其实他没那么喜欢你。

她是理工科的学生，曾经孜孜不倦地背完了GRE的红宝书，但是水平仅止于此，甚至连翻译的“信达雅”三条标准都未听说过，可就是莫名觉得这翻译并不对味。如鲠在喉，却又说不出究竟差在了哪里。

好友陷在一段单相思中，日日想着相亲认识的那个男人怎么没有和自己联系，却又矜持着，不愿主动出击，以至于签名都这样意味深长。那时林荟文过着很快乐的单身生活，如愿以偿地进了自己向往的公司，虽然单身，却因为年轻，所以并不焦急。

其实生活中仰慕的对象，不是没有的。譬如公司里年轻的老板，又是师兄，她很早就晓得他了，因为但凡进入海大的资环院，上一届的师姐都会指着院办那排毕业照中一个后排的高个儿男生告诉新鲜人，“乔远川啊，咱们院的偶像，风向标。”

乔远川，乔远川，在他认识自己之前，林荟文真的已经将这个名字默念很多遍了。

林荟文并不知道，第一次真正意义上的接触，自己竟然这样狼狈。实验的结果被质疑，她却只是小菜鸟一枚，只能擦干眼泪，躲在那家粥店暴饮暴食，恍惚得没去看对座拼桌的年轻人一眼。

直到有道微哑而低沉的声音说："吃得真不少。"

像是调侃，又微含笑意，她愣愣地抬起头，乔远川那天穿的是细条纹的衬衣，领口处笔挺，有些消瘦，但是很英俊，是她十分喜欢的味道。

倏然间红了脸，当时是想叫他一声"师兄"的，可最后屏住呼吸，还是说："乔总……"

这个晚上，她经历了很多以前只在梦里YY的事，譬如他请客吃了饭，他们一起静静地在实验室里等测试结果，而他最后和她一道出公司，告诉她职场上的规则，隐晦而善意。

那个晚上她辗转反侧，最终还是爬起来上网，对好友说："怎么办？我见到暗恋的对象，还和他一起吃饭了！"

好友比她兴奋，"他喜欢你吗？"

"我不知道。可他对我很好。"

"怎么个好法？"

林荟文噼里啪啦打了一段字，却又一个字一个字地删掉。是啊……她怎样才能描摹出此刻的心境呢？他的每个眼神，每个动作，自己说不出来，却能婉转地体会到。原本是遥远而模糊的影子，可现在，它具体起来了，一点点地放大，活生生的，她甚至能想起他身上淡淡的烟草味，和下巴上青茬茬的胡须。

这一晚失眠了。早起上班，被同事打趣说眼睛红得和小白兔一样。偏偏中午在餐厅又遇到了他，和自己上司在一起，低声讨论着什么。一紧张，就连他们说了什么都不知道，只记得上司介绍了自己，还指着乔远川说："这是你师兄。"

“师兄。”她便叫了一声。

那一瞬间，她发誓，自己看到了他眼中的笑意一闪而过，他们就像陌生人一样，一本正经地打招呼，然后保守彼此的小秘密。

午餐吃得食不知味，似乎一抬头，就能看到乔远川含着笑意的眼睛，他或许并没有在看自己，可是她却觉得在这样一个人面前，自己的情绪无处藏匿。

到了下午的时候，组长宣布他们的数据要求重新测试，因为上边再三强调了安全的重要性。自然只字没有提到自己，她安全地坐在同事身后，低着头，不让人瞧出笑意来。果然像乔远川说的那样，这是最好的方法了。

实验结束之后，她之前的质疑果然被证实。表面上看，这依然和林荟文没有任何关系，仿佛只是巧合。而她谦逊低调的态度，也让上司和同事对她好感大增。

傍晚的时候，上司径直将她叫到了办公室，递给她装帧精美的舞台剧门票，笑着说：“乔总给你的。对了，别忘记通知大家晚上聚餐。”

她拿着门票的一刻，心花怒放，一再地告诉自己要镇静，要镇定——可是怎么能镇静下来呢？乔远川，他不动声色地帮自己解决工作上的麻烦，他甚至还记得这张小小的门票。

技术部门的聚餐照例是男多女少。

喝到后来，大多数人都已经茫然了，林荟文身边坐着Erica，她好意，便说：“少喝点吧，差不多了。”

Erica大笑，“有喝必醉，是我们部门的传统啊。就是从……乔远川那时候开始的。”

听到这个名字，林荟文心跳有一瞬间的失律。

“对了，那个舞剧的主演……嘿嘿，和他青梅竹马。”男人喝醉了也开始八卦，“很漂亮！”

林荟文不知道自己用什么样的心态，最后还是问了一句：“他的女朋友？”

“也不算吧。”Erica搔搔头，“乔远川的女朋友是和他一个学校的，后来分手了，就没见他正经谈个恋爱。”

回到宿舍，林荟文打开电脑，想了想，又开了MSN，找到了大学时的好友。

“你认识乔远川吗？”

那位大洋彼岸的同学欣然回复：“怎么可能不认识。我一位师兄还是当年和他一个寝室的呢。”

犹豫了很久，她还是问：“那你知道他有女朋友吗？”

“呃……我问问。”

心不在焉地等了十五分钟，好朋友的头像跳动了。

“问了。他女朋友是艺术系学画画的，后来毕业去了外地，好像就分了。现在有没有不知道。”

林荟文回了个“哦”，下线。

翌日是舞剧《敦煌》的首演。

林荟文并不知道自己的位置竟和乔远川在一起。当他推门进来的时候，她像是小女孩得逞的窃喜，又仿佛有着一些不应该有的期待……他是故意给自己这张门票的吗？

打过招呼之后，乔远川就静静坐着，查看着手中的节目单。她想要说话，却又有些怯意，而这个时候，身后的包厢门又推开了。

一个女生站在门口，她回头看了一眼，莫名觉得有些眼熟。

而乔远川也是，他就这样僵直在座椅上，仿佛顷刻间被石化了。

服务生的声音打破了沉默，原来只是领错了包厢。

在这之后，乔远川恢复了从容，只是沉默地靠着椅背，手指一下一下，随着音乐打着节拍。

演出自然是精彩的，林荟文看到一半，再回头，他却不在那里了。她有些失望，又有些庆幸，假若他不在的话，自己还能更专心一些吧。

舞剧结束，林荟文随着人群走出大厅，却意外地看到乔远川。他靠着墙，姿态懒懒的，目光却是专注地望向某个方向。

林荟文小心翼翼地顺着那个方向望去，拥挤的人潮中，她一眼就看到了一个熟悉的身影。

是刚才走错了包厢的那个女孩。

林荟文咬唇，努力地想着……她一定在哪里见过那个人的。不知不觉地，错过公车，错过出租车停靠站点，冬夜的寒风中，她一步步地走回宿舍。

她是谁呢?

一辆黑色的车子在身边停下，车窗拉下来，乔远川正看着她，“太晚了，我送你吧。”

她上了车，却意外地发现，车的后座上还有一个女子，虽是中年，却依旧眉目精致，正善意地对自己微笑。

乔远川的母亲。

彼时的林荟文还沉浸在自己的回忆中，忽冷忽热，并不知道这个女人……有一天竟成了自己的婆婆。

当你对一个人有了期待，那份感情，就会趋于无限地放大，哪怕飞蛾扑火也在所不惜。

林荟文后来回想起来，这个道理，是命运教会自己的。

年前的时候，林荟文接到通知，晚上有一场饭局。这让她觉得诧异，谁会找一个技术人员去陪饭局?

下班的时候在公司门口等着，开来的车子让她觉得眼熟，心跳渐渐剧烈起来，果然，乔远川坐在后座，向她招了招手。

时隔一个多月，她再一次见到他。

“乔总，组长让我在这里等车。是你吗？”她有些摸不着头脑。

“是我。”乔远川淡淡笑了笑，“突然想起来，你也是海大的，就一起回去吃个饭。”

到了席间，见到熟悉的院长和数位教授，林荟文才知道原来是公司和海大资环院签订了学生实习的协议。她注意到乔远川的助理将他杯中的酒换成了温水，而他也甚少吃菜，只是抿几口水，断断续续地和院长老师交谈。

他不喝酒吗？林荟文悄悄看了乔远川几眼，不知道是不是错觉，总觉得他比起之前瘦了些，脸颊也有几分苍白。幸好这顿饭吃得温和，没有人强行劝酒，到了八点多便散了。

站在酒店门口，乔远川从助理手中接过车钥匙，对林荟文说："我送你回去。"

他发动汽车，开了暖气，又顺手解开领口的一颗扣子，林荟文看着他，觉得他竟然将这些简单的动作做得这样好看。

或许是因为饭局刚结束，话题也不离海大。林荟文兴致盎然地说："师兄，你去二食堂的三楼吃过火锅吗？"

乔远川沉默了一瞬。

"那边的鱿鱼锅很好吃！"

乔远川的唇角浮现一丝温柔的笑意，"我有个朋友，因为吃这个，还全身过敏——却总是不怕死地去吃第二次。"

这丝笑意这样的明显，小女生的直觉告诉林荟文……这个朋友，并不寻常。

"原来这个火锅的历史这么悠久啊。"她不动声色，"你也常和朋友一起吃？"

乔远川笑了笑，目光中浮动的，像是落寞。

她便不好意思再问下去了。

恰好是红灯，他踩了刹车，又因为有些热，便脱下了风衣往后座一扔。

"师兄，这是你衣服里掉下来的吗？"林荟文俯身，在脚边捡起了一张纸。

乔远川的脸色微变，不顾绿灯跳亮，直直地伸手出去，"给我。"

可是来不及了，她已经扫到了一眼——似乎是一张医生的诊断报告。

他劈手要夺过来，可她怔怔地看着他，声音轻颤，"是你的吗？"

眼前的男人脸色苍白，只有双颊是微红的，黑色的眸深邃无底，"给我。"

"是你的吗？"她倔强地追问，右手握着那张纸，颤抖得不能自已。

后边的车子开始不耐烦地摁响喇叭，而乔远川踩下油门，异常平静地说："看完了，就放回去。”

他再也没有说出一个字，仿佛这件事之于他，是不存在的，冷静得仿佛旁观别人的遭遇。

林荟文看着他英俊的侧脸，心尖被锥子刺了一遍，又一遍，模模糊糊的只剩一个念头，“他这么年轻……会不会是弄错了呢？”

“到了。”乔远川出声提醒她。

她依然握着那张泛着油墨香的纸，一动不动地凝视他，“你为什么还要上班？为什么不去治疗？”

乔远川短促地笑了声，眼神是她未见过的冷淡和锋锐，“林小姐，你是除了医生之外，唯一一个知道这件事的人。下车之后，我不希望还有别人知道这件事。”

“师兄，这个病治得好的。我有个叔叔，做了手术之后，十多年了，现在好好的。”她带了一丝祈求，有些慌乱地说，“你……好好配合医生，一定能治好的。”

“这是我自己的事。”乔远川依然毫不留情地提醒她，“到了。”

“你妈妈都不知道吗？”林荟文并没有下车，愣愣地看着他，“你为什么瞒着所有人？”

他开始不耐烦，一手扶在方向盘上，紧紧抿着唇，一言不发。

“得了这种病——这是你自己的事吗？那么多关心你的人、爱你的人怎么办？”林荟文语无伦次地劝他，“难道你没有喜欢的人吗？如果让她知道了，会有多难过——”

“这些真的和你无关。”他一字一句地说，眯起了眼睛，“现在，请你放下这张纸，然后下车。”

她定定地看着他，眼眶慢慢的滢湿，“可是……我喜欢你啊……我不想看到你死……”

那一瞬间，乔远川的表情稍稍柔和起来，他抿唇，却依然用平静的语气说：“那么从现在开始，你最好不要再喜欢我了。”

“我不——我偏偏要喜欢你！”林荟文像个孩子一样哭出声音来，“只要你好起来——你好起来，我什么都听你的。”

他终于转头，看着这个开始哭泣的小姑娘，眸色闪动，仿佛有什么东西破冰而出。

“好了，不要哭了。”他伸手拍拍她的肩膀，“得病的是我，又不是你。”

“可是只要你好起来……我什么都愿意去做。”她抽抽噎噎地说。

乔远川下意识地去抚摸自己手背上的伤疤，良久，才说：“很晚了，你先回去吧。”

第二天上班的时候，仪器的数据读错了好几次，同事频频停下来，看着她红肿的眼睛，忍不住问：“你怎么了？”

她摇头说没事，却依然魂不守舍。

傍晚的时候，一个陌生的电话打到了手机上，她接起来，是乔远川，“你现在到我办公室来。”

走到办公室门口的时候，她才恍惚地发现，自己连实验室的白大褂都没脱下来。

Luce看了她一眼，虽然有些不解，却什么都没问，“乔总在等你。”

她推门进去，乔远川坐在办公桌后，十指交叠在身前，微笑着说：“你来了。”

她坐下，欲言又止。

“今天请你来，是因为我需要人帮忙。”他的神色仿佛是一泊毫无波澜的水，宁静、柔和。

她什么都不问，却匆匆打断他，“我愿意帮你，什么都愿意。”

乔远川嘴角的笑意一直未断，“我需要一个未婚妻，一个能替我保持秘密的未婚妻。”

林荟文愕然，她不确定自己是不是听错了，只是喃喃着说：“什么？”

“这不是个好差事。医生给我的诊断是，还剩半年时间。而我也给不了你爱情。”乔远川自嘲地笑了笑，“假如你拒绝，我会理解。”

她努力地去理解他说的每一句话，“我想知道为什么。”

“为了一个我爱的人。”他倏尔微笑，眼神温柔，“抱歉，我这样自私。”

她只是看着他，目光探究，却又难掩苦涩。

“当然，作为回报，我能做到的是，我不会让时间拖得太久。半年后，或者我死了，又或者我还没死，都会有人妥当地解决我们的关系，不会对你将来的人生造成影响。物质上你有什么要求，也可以提出来。”

他的语气冷静得可怕，像是一个商人，直接开价，没有给对方和自己任何余地。

办公室里只有空调嗡嗡送风的声音。林芸文沉默良久，慢慢地说：“我可以答应你。可我只有两个要求。”

他笑，“说说看。”

“第一，你要配合医生，好好治疗。”

“好。”

“第二，我想知道……你的过去。”

这一次，他并未即刻答应，只是考量般看着她，“这对你来说不重要。”

“不，很重要。”她坚持。

他微微苦笑，“你想知道什么？”

“那个你爱的人，是谁？”

她第一次在他的眼中，读到了错综复杂。他静默了片刻，才轻柔地吐出那个名字，“唐思晨。”

“唐思晨……”她喃喃地重复一遍，脱口而出，“是那次看舞剧的时候，走错包厢的女孩吗？”

他并未想到她会提起这个，却直接地承认，“是。”

“为什么呢？你爱她的话，为什么不让她陪在你身边？”

“我曾经也这样想。我想让她回到我身边。”乔远川唇角的笑渐转哀凉，“可是现在，我希望她不要再回头，有人比我更适合……留在她身边。”

林荟文一言不发地聆听，听他说起初识，毕业，分离，和车祸。她一瞬不瞬地看他的表情，听他自然而然地将那个女孩叫作糖糖，那种温柔，无迹可寻，却又无处不在。

记忆的碎片在这个瞬间莫名地被拼凑起来了——林荟文忽然想起来，那场讲座上，老教授说起了一个故事，他的女学生留在敦煌，一年，两年。后来那个漂亮的学姐站起来，半开玩笑说："本来男朋友说，回来结婚吧。结果掰了。"

那时自己也曾感动于这个学姐的坚持，也感慨现实的无奈，然而此刻转身回顾，故事的背后，却藏着这样惨烈的爱情，和绝望的坚持。

"我答应你。"指甲紧紧地刺进了掌心，林荟文声音微哑，"哪怕是为了别人，也请你，好好地活下去，好吗？"

他轻轻笑起来，"谢谢你，我会的。"

林荟文遵守自己的承诺，没有将他的病情告诉任何人。而他也默契地与她扮演未婚夫妇的戏码，人前恩爱甜蜜。至于其他的事，并不需要她操心。她本以为像乔远川这样的家庭，长辈并不好相处。可徐泊丽对她却是异常的和善，偶尔看着他们在一起的眼神，也带了几分欣慰。这天傍晚，从医生那里回来，乔远川忽然说："我舅舅从欧洲回来了，一起吃个饭吧？"

"好啊。"她说，"怎么没提起过你有舅舅？"

"你一定知道他。"乔远川忍不住笑了笑，"徐泊原。"

"啊——什么？"她结结巴巴地说，"DAB的徐泊原？"

他侧脸望着窗外，"嗯"了一声。

"他……年纪不大吧？"林荟文的眼睛又瞪大几分，有几个理工科的学生会不知道徐泊原呢？

乔远川淡淡笑了笑，"所以我也不喜欢叫他舅舅。"

"停车。"林荟文看到报刊亭的时候，忍不住出声，"我去买份报纸。"

她灵巧地钻出去，很快拿了份报纸回到后座，递给乔远川，"你看！这是你舅舅吗？"

报纸上的那个男人这样年轻，身材修长，与一个高挑的女子一道从酒店出来，形状亲昵。

“假的。”乔远川忍不住笑了笑，年轻的女孩子总是爱关注这样的八卦，“阿原不是这种人。”

晚餐非常的愉快，因为近距离地接触到了偶像，林荟文有些羞涩，也有些紧张。只是徐泊原很快就离开了，一晚上都面色如常的乔远川，终于淡声问：“什么朋友这么重要？”

徐泊原在门口顿了顿，没有回答。

她却细心地发现，乔远川的手放在膝上，无意识地握成了拳。她以为他又开始疼痛，悄悄将药递给他。可乔远川却推开了，指尖扶着微烫的杯壁，似乎在出神地想着什么，而身形这样僵硬，令林荟文想起看舞剧的那个瞬间。

那晚他似乎不想回家，叫了许多同事与朋友，最后在半城酒店唱歌。

她有些担心他的身体，却也发现他的异常，因而不敢开口劝他。

车子掉个头就到了酒店门口，乔远川的目光却不曾离开那一片漆黑黑的街区，薄唇抿紧，心事重重。

“喂，你怎么啦？”

黑暗中，她依然能感知到空气中一种极为紧绷的情绪。良久，他才收回目光，打破沉默，“没什么。”

同事们大都玩HIGH了。林荟文一直紧盯着乔远川，但凡有人来敬酒，她便不动声色地替他挡掉。可到底百密一疏，自己出去打个电话的时间，乔远川竟开始喝酒，大杯大杯的洋酒，眉头不眨地喝掉。等她回来，他竟已经是浓浓的醉意。她又气又急，却又不能在同事面前发作，手足无措的时候，打电话给徐泊原。

最后是他一把夺走电话，重新拨了号码，口齿不清地说了什么，才笑着说：“他们也过来。”

林荟文不敢再离开他身边了，又等了半个多小时，包厢门被推开了。

她推推乔远川，“小舅舅来了。”

他躺在沙发上，似乎睡着了，她便只能站起来，对着那个人影招手，“这里！”

那两个人很快地走近，林荟文的身子忽然僵住了。

她看到徐泊原俊朗的眉眼中浅含的温柔笑意，他的手亲昵地揽在那个女孩子的腰侧，而那个女孩，自己见过的次数虽然不多，却印象深刻——唐思晨。

醍醐灌顶。

乔远川隐忍地说：“我希望她不要再回头，有人比我更适合……留在她身边。”

那个人竟然是徐泊原。

她努力掩饰起震惊的目光，低头看着乔远川。

他在孩子气地沉睡，不曾见到这一幕——林荟文有那样多的问题要问，却莫名地庆幸，他没有看到这一幕。

有太多的事，在短短的一段时间里发生，迫得她难以思考，也难以呼吸。她看到唐思晨逃离一样出了包厢，看到徐泊原有些刻意地起身去另一个角落拿饮料，看到乔远川挣扎着起身，跟着那个背影一道离开。

再回过神的时候，徐泊原已经坐在了自己身边，他像是没发觉这里少了两个人，只是云淡风轻地抿着水。

“小舅舅……”她看到他的目光深邃如海，想要说什么，却又不知道怎么开口。

他侧头对她笑笑，直到手机一闪一闪地亮起，他低头看了一条短信，唇边蓦现温柔，“司机很快来了，你和远川一起回去吧。”

“你呢？”林荟文脱口而出。

“我去找她。”他的神色平静得不可思议，“我们也回去了。”

这一晚，她看到他咳出的血，带着哭腔，颤声说：“你还好吗？”

“小丫头，别哭。”乔远川抬手替她擦去眼泪，低低地说，“我没事。”

七月的盛夏，他已很少去上班，除了接受治疗，便安静地待在家中。

虽然病情的进展并不乐观，可林荟文总是很有信心，只要他的意志不消沉，就还有希望。她有他家的钥匙，这天推门进去，偌大的房子，空空无人。

没人知道他去了哪里，她独自一人，找遍了文岛每一处他可能出现的场所，却一无所获。

直到第二天，医生打电话来，语气严厉，询问乔远川为什么不来治疗。

她终于着慌。

纸终究包不住火。

短短的三个月，只有林荟文才知道为了保守这个秘密，自己究竟处在怎样的高压之下。她失眠了数晚，终于再也坐不住，哭着打电话给徐泊丽，一五一十地说出他的病情，独独隐瞒住他们的关系——那是她仅存的，自欺欺人。

徐泊丽的反应同任何一个母亲一样，难以置信，失声痛哭，那个声音仿佛突然间苍老了十岁，却一直喃喃地说："他一定去找她了……一定是的。"

五小时后，失踪了三天的乔远川终于给她打电话，云淡风轻，仿佛什么都没发生，"荟文，你愿意去欧洲吗？"

那一刻，担心、委屈、焦虑同时哽咽在喉间，她哭得说不出话来。

电话那头乔远川叹了口气，"别哭了，我没事。"

她拼命点头，却又想起他是看不到的，气息平复良久，才断断续续说出来，"我愿意。"

最后的三个月，林荟文每天拉开窗帘，都看得见阿尔卑斯山顶的积雪，乳霜一般的白色，令她想起小时候吃过的雪糕。那时她舍不得吃，就拿在手里，结果雪糕竟慢慢地化了，最后一滴都没留下。她大哭，家中的大人却都笑起来，觉得这小姑娘这样傻。

她将这个故事讲给乔远川听，他亦觉得有趣，唇角微弯，低低地说："从小你就这样傻。"

林荟文为他倒了杯水，医生切开了他的腹腔，却因扩散太快，又匆匆缝上了。

他躺在床上，瘦得愈发厉害，能让他笑，她便觉得高兴。

大约是又发作了，她看到他额上的汗和隐忍的表情，不自觉地将手伸进枕头下，似乎要抓住那里的床单。

林荟文不愿多看，叫来护士，多给他一些镇静剂。

他的痛苦纾解了些，皱着眉头，深深地睡去了。她小心地将他的手抽出来，想要塞回被子里，却意外地带出了一张纸。

那是张很破烂的纸，曾经被人撕得很碎很碎。此刻却又被粘起来，大约是一些碎片找不到了，零零落落，始终缺了三分之一的样子。

上边的笔迹却是乔远川的。

他写得寥寥草草，她只看到第一行的中央，三个有些张牙舞爪的字：检讨书。

她一个字一个字地看完，直到最后一行：

“糖糖，谁给你出的缺德主意啊，我写不出来你知道不？你再生气，我可真没辙了啊！”

落款是乔远川，时间是五年前。

林荟文微笑，直到笑出眼泪。泪眼迷蒙间，看着乔远川轮廓分明的侧脸，喃喃地说：“原来你以前这么幼稚。”然后她重新将那张纸塞回他的枕头下边，不让他知道自己曾经看过。

乔远川醒来后，精神好了许多。

他让她打开病床边的抽屉，指着里边一沓文件说：“那是给你的。”

林荟文疑惑地打开，是一份股权证书，他将自己名下、公司里一半的股份转让给她，一并转让的，似乎还有房子，还有许多东西。

她什么都没说，只是静静地看着他。

“不要这样看着我，荟文。”他吃力地说，“我知道你不稀罕这些，可是抱歉，我只能给你这些。”

他顿了顿，“我很感激你，却不知道怎么回报。请你收下……这样我走的时候，就不会那么愧疚。你还很年轻，有了这些东西，人生的底气会足一些，可以去做很多自己想做的事，再去找一个很爱你的人。”

她移开目光，低低地说：“这些东西，你应该留给你最在意的人。”

他微笑起来，“糖糖她……并不缺这些。”

她终于忍不住，湿湿凉凉的液体肆无忌惮地滑过脸颊，“乔远川，你说过，你会好好活下去的——我什么都不要，你要好起来啊！你要好起来啊！”

她扑在她的床边，哭得说不出话来，“你好起来了……才能和她在一起……”

他伸出手，一下一下地抚着她的头发，却只是微笑着不说话。

她继续说：“你跑去敦煌找她，你们只在一起待了两天……这怎么够呢？”

他眷恋而满足地笑，轻轻眯起眼睛，目光的尽头，仿佛看到了沙山起伏，驼铃清响。而唐思晨的身影就在眼前。他又想起很久之前，他背着她，他们温柔地在校园的小径上亲吻。那种软软的感觉，此刻竟然这样清晰……

他唇角笑意更浓，“傻孩子，对我来说，够了。”

午后，阳光落进来，却因为素净的病房而显得苍白。他依然抚慰般拍她的肩膀，尽管动作很轻很轻，可林荟文却不敢再哭，也不敢再动。

很久很久之后，那只手终于不动了，无力地垂下来。

直到此刻，终于知道自己不必再怕惊醒他，她慢慢直起身子，放声大哭。

两个星期后，林荟文回到文岛。

秋天的陵园，阳光淡薄如水。

她在这里遇到很多人，亲人、朋友，还有……唐思晨。她不由自主地去观察那个女人，她站在最角落的地方，面无表情，因为衣服是黑色的，脸色显得愈发的苍白，仿佛秋风一卷，就摇摇欲坠。

林荟文下意识地将手伸进了口袋，那里有一张薄薄的纸，上边粘着很多胶带，触摸上去，有些硬硬的，滑滑的。

那是属于他们的东西。

她下定决心，往那个方向走去。

唐思晨见到她，只是点了点头。

秋风渐起，落叶飘扬到脚下，慢慢地打着旋儿。

林荟文听到唐思晨微哑的声音，“他……走的时候，痛苦吗？”

“不。”她摇了摇头，又加重语气，“一点儿也不。”

唐思晨望着她，唇角微勾，那一笑，仿佛是感激，却又哀凉得深入骨髓。

沉默了很久，林荟文的拇指和食指一直捏着那张纸，她鼓足勇气，低低地说：“唐思晨……”

唐思晨侧头看她。

林荟文看着她的眼睛，也看到她轻轻颤抖的右臂，忽然想起来，她知道“订婚”的真相吗？知道乔远川的苦心吗？她知道乔远川……至死都这样爱她吗？

远处徐泊原正陪着姐姐慢慢走过来，他第一眼便找到唐思晨，他的眼神悲伤，却又有难以自禁的关切。

而唐思晨，像是感应到他的目光，微微抬起下颌，努力地露出一丝微笑，仿佛是让他放心。

林荟文默默地看着，他们会一直这样走下去的吧，像乔远川希望的那样。

她倏然收回了手，掌心紧紧握着那张纸，有些生硬地对她说：“他希望你……能幸福。”

徐泊丽亲手将儿子的骨灰放下去，工作人员便要最后盖上那块大理石，林荟文快步走到她的身边，低低地说：“伯母，请让我撒些花瓣，好吗？”

徐泊丽看着她，这是陪着儿子走过最后一段时间的女孩子啊……她凄然笑了笑，“好。”

所有人都看着乔远川的未婚妻慢慢地蹲下去。

她将花瓣撒下，动作仔细轻柔，最后又将手心攥着的那张纸，不为人知地放在骨灰盒旁边。

站起来之前，宛如老朋友般，她在心里对他说：

“你放心，她会过得很好，她不会回头——而我明白你的意思，最后一分深情的负担，我亦会替你遮掩起。”

我将终身用一种温柔的心情，来守口如瓶。

唇边的诗句，静止在这一刻的，淡漠时光中。

# 番外三

## 起点与终点之间

“快看快看啊，双胞胎哎！好可爱！”

“啊啊啊啊，还是一男一女耶，怎么这么可爱？”

……

年轻的妈妈仿佛习惯因为这一双儿女带来的注目，只是善意地对那两个小姑娘微笑了一下，又蹲下身子，将儿子踢开的毛毯重又盖上了。

包里的电话响了，她便将自己手中的婴儿车也交给了妈妈，自己走到一边接起来。

“阿原今晚回来吗？”唐妈妈问。

“回来的。妈妈，你做他爱吃的排骨吧？”

她们说说笑笑地走向商场的出口，冷不防一个男人从旁边蹿了出来，拦在了婴儿车前。

唐思晨吓了一跳，倏然止住脚步。

而身后有个年轻男人几乎在同时出现，拦住了那个人，沉声问：“你干什么？”

那个陌生人盯着那对双胞胎不放，因为被推搡了一下，后退了两步，才抬头看着那个阻拦自己的年轻人。

是孩子的爸爸吗？

他飞速地思考着，脸上带了笑，“这对双胞胎真可爱！”

唐思晨很警惕地盯着那个人，而小刘一边拦住他，一边回头对她说：“太太，你先上车，车子就在门口。”

她点了点头，和妈妈一道推了婴儿车，快步走向门口。

身后还有脚步声在追近，唐妈妈很紧张地说：“不是要绑架吧？”

唐思晨苦笑，心里觉得这样有些荒谬……可是好像……也会有这样的可能啊。

“喂，别走啊……我们谈谈。”

唐思晨愈发有些害怕，脚步更快，深蓝色的商旅车就在面前，司机也在等着，这让她觉得松了口气。直到将孩子放进车里，小刘也三步两步追了上来，关上车门，对司机说：“走吧。”

司机刚发动汽车，那男人竟然追了过来，将一张纸片扔了进来，一边大声嚷嚷着什么。唐思晨心有余悸地说：“快走吧。”

小刘捡起那张纸片，递给唐思晨说：“那人塞了张名片进来。”

唐思晨看都不看，扔进包里，莫名其妙，“他要干什么？”

唐妈妈拍着胸口说：“真的是疯子吧。”

回家的时候，徐泊原已经回来了，换了一身休闲的家居服，正在沙发边看杂志。

他从岳母手上接过了女儿，又亲了亲儿子的脸颊，笑着问唐思晨：“出去转了这么久？”

唐思晨犹豫了片刻，不确定要不要把刚才发生的事告诉他。想了想，自己不说，小刘也会说，于是便简单说了。

徐泊原脸色有点凝肃，“下次出去，我会再多叫几个人跟着。”

唐思晨小声说：“你太夸张了。”

他只浅浅皱眉，正要说话的时候，手机响了起来。

徐泊原将女儿放在婴儿车里，走到窗台边去接，唐思晨偶尔听到几句，听起来他的语气好似有些惊讶，于是忍不住回头看了一眼。

“你猜谁打来的？”

徐泊原很少会露出这样的表情，唐思晨说不好是什么——或许是惊讶，更多的却是高兴，虽然她并不知道自己的丈夫在高兴什么。

“助理？”她很没创意地猜测。

“不是。”徐泊原蹲下去，拿了一只毛茸茸的小鸭子去逗女儿，英俊的眉眼舒展开，近乎神采飞扬。

“你谈成了之前的收购计划！”这次唐思晨很肯定。

徐泊原却不轻不重地横她一眼，轻笑，“这算什么？”

“那是什么事？”

“你刚才遇到的那个人……你猜是谁？”他淡定地说，小女儿因为抓到了那只小鸭子，兴奋地咿咿呀呀大叫起来。

唐思晨一脸茫然。

“金世书。”徐泊原挑起眉梢，得意地说。

名字挺耳熟的，唐思晨皱眉想了很久，“是那个大导演？拍《蝶》的那个？”

徐泊原微微颔首，他绝对是近两年来电影界最崭露头角的导演了，几部电影均是叫好叫座。

“找你投资电影吗？”唐思晨有些困惑。

“不。”徐泊原愈加得意，一把抱起了女儿，“他找他们拍电影。”

“他俩？”唐思晨微微张大嘴巴，看着一双儿女，“拍电影？”

“是啊。他说新片里一直要找一对龙凤胎宝贝，不过选了很久，跑遍了很多城市的妇产科，没找到更可爱的了。”年轻的爸爸双眸熠熠，笑容近乎张扬，“刚才你们走得快，他只来得及记下了车号——也算他有本事，能找到我这里来。”

“孩子太小了。”唐思晨并不感兴趣，“你对他说什么了？”

“我也这么说的。”徐泊原看着女儿，像是在看着珍宝，语气却是饶有兴趣，

“不过看他的样子，好像是不会这么快放弃的。”

唐思晨撇了撇嘴角，“那你就干脆拒绝啊。”

他不可思议地转头看妻子，“我为什么要拒绝这种乐趣？”

唐思晨看着他认真的表情，知道他在享受被人夸奖自家孩子的乐趣，于是叹气，“徐泊原，你真是肤浅……又幼稚啊。”

大导演果然锲而不舍地联系徐泊原，却又很苦恼于自己无法开出让对方心动的条件。

片酬？那对小宝宝的家世……最不差的，就是钱吧？

许诺片场中请专职育婴看护？听说只是在家里，这对孩子就有一个团队的看护……

还能有什么呢？

纠结了三天之后，金导演抱着不成功便成仁的想法，最后一次拨通那个电话。

导演的开场白很温暖，“你们有给孩子拍照做成长日记吗？”

“当然有。”

“为什么不试试用电影这种方式呢？”导演循循善诱，“徐先生，这次新片的摄影可是许平啊，摄影界的大腕。你不想看看镜头下，大荧幕上……自己的孩子是什么样的吗？”

对方沉默了一瞬。

有戏！大导演趁热打铁，继续说：“还有，想想看，会有多少人在电影院里夸奖这么可爱的孩子？”

那一刹那，徐泊原下定了决心，他淡淡地说：“好。”

“那么我们马上签订合同？”导演生怕对方反悔。

“合同的事，我的律师会和你们法务一道处理。”年轻的爸爸轻描淡写地表示。

于是在三天后，剧组收到了一份史上……最详尽的演员合同。其中的保密安全条款真是多到眼花缭乱，甚至包括要求摄影师专门为将来的小童星拍摄现场花絮。

大导演看得心惊肉跳，一一与律师核对完毕，最后亲自打电话给徐泊原说：“孩子什么时候可以进剧组？”

徐泊原淡定地说：“过两天吧。明天他们还要抓周。”

“周岁的抓周？”导演愣了愣，忍不住笑说，“记得放上几片DVD，我想有一天……说不定他们能成为影后影帝。”

唐思晨在二楼的卧房里逗弄着孩子，因为怀孕而剪断的头发如今又长了些，及肩，有几丝落了下来，躺在婴儿床里的小丫头就咯咯笑了起来，伸出胖乎乎的指头去抓。而她的身边，小男孩睡得正香，口水毫无知觉地淌下来，沾湿了围兜。

阿姨敲了敲门，“准备好啦。”

唐思晨说了句“好”，站起身，准备将一双儿女放进婴儿车里。

“我来。”徐泊原不知什么时候进来的，“我来抱吧。”

她便放了手，看着徐泊原很轻松地一手一个，将他们抱在臂弯间。女儿因为抓不到妈妈的头发了，便改而去抓爸爸的耳朵，而儿子依然睡得死死的。

“你说他们会抓什么呢？”唐思晨有些期待地问，站在楼梯上，看到一楼的客厅已经收拾干净了，中央铺着一张极大的绒毯，周遭堆满了各式各样的东西。

抓周是老家的风俗，唐妈妈无意间提到，而徐泊原很快将一切布置妥当。

想来也真是奇怪，唐思晨以前从不相信所谓的“抓周”，可是初为人母之后，那种心情蓦然改变了。明知这只是一场寓意着祝福的仪式，还是忐忑起来，仿佛两个孩子这一抓，真能一把抓到未来。

“不知道。”徐泊原回头，深深地笑，“或许是一支画笔？”

只是看到那些准备好的东西，唐思晨有些讶异，“呃，那把雨伞是什么意思？”

徐泊原认真地想了想，“大概是气象学家吧？”

“铁锅呢？”

“说真的，想当厨师或者甜品师，我觉得也不错。”

“说不定会是明星。”唐思晨看着那堆DVD，“这么小，就有星探来找他们。”

徐泊原俯身将两个小家伙放在地毯中间，回身揽住唐思晨说：“我们的孩子，哪怕有一天，全世界都是他们的，我也不觉得惊讶。”

他说这句话的时候，双目清睿，并没有在开玩笑的意思。

唐思晨暗中摇了摇头，谁说徐泊原谦逊有礼？他只是……将自己的狂妄掩藏得很好罢了——尤其是对着自己的孩子，从来都是不折不扣的自大狂啊。

小丫头已经兴奋地爬来爬去了，而小男孩现在才醒，有些迷惘地看了一圈，不知道这是在什么地方。

徐泊原望着一双儿女，目光鼓励而温和。

小姑娘咿咿呀呀地叫着，手足并用地撑起自己的身子，环顾了一圈。往左手边爬了几步，好像那个细细长长的东西还是很远……她停下来，认真地思考了数秒，决定换一个方向。那个黑亮的小盒子是什么？应该也不会好玩吧？她又放弃了。

“看起来，画笔、DAB的电脑……她都不喜欢的。”唐思晨喃喃地说，看着女儿竟然在毛毯中央躺了下去，仿佛是爬累了，决定要睡觉。

“呃，她睡着了？”

小儿子却彻底醒了，他不像姐姐那样好动，往旁边爬了爬，看到不远的地方那个被风一吹就会动的小家伙，加快了手足并用的速度。

“他拿着的……是风电模型吗？”唐思晨喃喃地说，与丈夫十指紧扣，似是想起了什么，神情有片刻的怔然。

而小姑娘醒过来，揉了揉眼睛，看到了弟弟手里的玩具，不顾一切地爬过去要抢，于是两个小肉团纠结在一起，谁都不肯退让。

阿姨跨上几步，想要分开他们，他们却哭闹得更加起劲了，胖乎乎的手指抓着小模型，气呼呼地彼此瞪视。

徐泊原静静地看着，唇角的微笑像妻子一样，有些怅然，却又温柔得能凝成水，“他们要是像远川一样，成为能源工程师的话……也很好。”

客厅里落地玻璃那样明亮，唐思晨没有接话，只是淡淡地抬起眉眼，直视阳光。

那里依稀站着一个修长的身影——那是个年轻男子，英俊的面容仿佛是记忆中盘旋的尘埃。

那么模糊，却又真真切切的，温暖。

她再回头看着儿女，忍不住与丈夫更紧地十指交扣，轻轻地说："是啊……那真的很好。"

# 后记

这个故事已经完成很久了，因为种种原因，直到此刻才能让它艰难地和大家见面，有种很错综复杂的满足感。

交稿之前，特意回头看了一遍，心想或许时间过了两年，人的想法总会有些不同的吧？可是看完全篇，还是一字未动，只是还很清楚地记得当时完稿的情景：那天我的身份还是学生，中午是同门聚餐，下午约了导师谈论文。天气是九月份特有的阴沉，仿佛随时会下一场暴雨，借以打破一直以来的闷热。我打完最后一个字，哭得眼睛都红了，于是拿了块冷毛巾敷脸，心想一会儿别被人看出破绽……

我想，之所以隔了两年，却一字不改的原因，是……这篇文里带着我很喜欢的青春气息：有关于年轻时的冲动、误会、挣扎和坚持，在现在的我看来，更加的可贵。

写的时候一直在听许巍的《悠远的天空》，男人苍凉宽广的音域里，多少也藏着我一直有的“敦煌”情节——

“我的心曾乘着风啊，

自由穿行梦想里啊。
我沉默地祈祷啊，
感受着你的光芒。
我曾经寂寞漂泊，
在这茫茫人海里，
如此向往的你，
却一直在这里。”

并不想去说敦煌的文化意义历史地位，也不想说一代代的人对敦煌的付出（我想在故事里已经阐释得很清楚了），此刻的怀念——只是因为，在我还是学生的时候，和朋友一起背着包，可以坐很长时间的硬座而面不改色；可以在沙洲夜市喝着杏皮水，皱着眉头尝试驴肉；可以夜半拖着行李，和酒店的老板砍价，并且做出随时要走的架势……年轻时出行的拮据，和那种初生牛犊不怕虎的勇气，现在回想起来，真是会不自觉地让唇角露出微笑呢。

这个故事里，少年的乔远川，无疑也有这样的锐气。可是命运并未给他足够的时间，最后他隐忍而沉默地离去，却学会了真正地去爱——不以深情为负累的爱——这或许就是成长需要付出的代价。

我希望，每个女孩都能在年轻的时候遇上乔远川，最后与你携手走完这一生的，未必是他。可你们在那些青春的甜蜜与争执中，都已经学会付出和得到，并能从容幸福地生活下去。

最后是要感谢我的编辑元宵小姐，是她的努力和帮助能让这本书得以出版，就算是圆了我一个“敦煌”梦。也一并感谢两次敦煌行的同伴，孙掌门、张感子和Lina，那真是十分美好的回忆呢！^_^

无处可逃

2012-08-21